T0355820

EL PRÍNCIPE CAUTIVO
EL ESCLAVO

C. S. PACAT

EL PRÍNCIPE CAUTIVO

EL ESCLAVO

Traducción de David Tejera Expósito

☾ UMBRIEL

Argentina • Chile • Colombia • España
Estados Unidos • México • Perú • Uruguay

Título original: *Captive Prince*
Editor original: Berkley, un sello de Penguin Random House LLC
Traductor: David Tejera Expósito

1.ª edición: septiembre 2024

ISBN: 978-84-10085-22-0
E-ISBN: 978-84-10365-14-8
Depósito legal: M-16.610-2024

Fotocomposición: Urano World Spain, S.A.U.
Impreso por: Romanyà Valls, S.A. – Verdaguer, 1 – 08786 Capellades (Barcelona)

Impreso en España – *Printed in Spain*

EL PRÍNCIPE CAUTIVO *está dedicado a los lectores originales y a los que apoyaron la historia. Este libro ha sido posible gracias a vuestro ánimo y entusiasmo.*

Muchísimas gracias a todos.

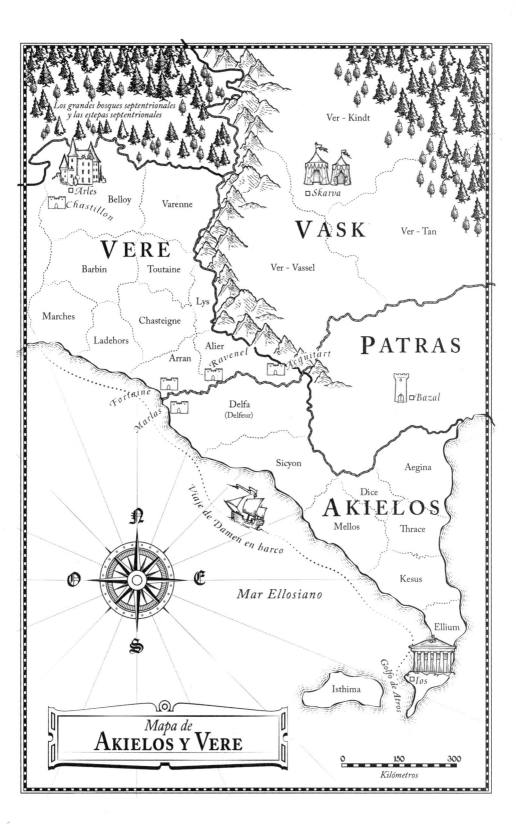

Los grandes bosques septentrionales
y las estepas septentrionales

Ver - Kindt

□ *Arles*
Belloy
Chastillon
Varenne

□ *Skarva*

VASK

Ver - Tan

VERE

Barbin
Toutaine

Ver - Vassel

Lys

Marches

Chasteigne

Ladehors

Alier

PATRAS

Arran

Ravenel

Acquitart

Fortaine

□ *Bazal*

Marlas

Delfa
(Delfeur)

Sicyon

Aegina

Dice

AKIELOS

Viaje de Damen en barco

Mellos

Thrace

N

Kesus

O

E

Mar Ellosiano

Ellium

S

□ *Ios*

Golfo de Atros

Isthima

Mapa de
AKIELOS Y VERE

0   150   300

Kilómetros

PERSONAJES

AKIELOS

THEOMEDES, rey de Akielos
DAMIANOS (DAMEN), hijo y heredero de Theomedes
KASTOR, hijo ilegítimo de Theomedes y hermanastro de Damen

JOKASTE, dama de la corte akielense

ADRASTUS, guardián de los esclavos reales
LYKAIOS, esclava en la casa de Damianos
ERASMUS, esclavo

VERE
EL REGENTE de Vere
LAURENT, heredero del trono de Vere

RADEL, supervisor de la casa del príncipe

GUION, integrante del Consejo Vereciano y embajador en Akielos

AUDIN, integrante del Consejo Vereciano

HERODE, integrante del Consejo Vereciano
JEURRE, integrante del Consejo Vereciano
CHELAUT, integrante del Consejo Vereciano

NICAISE, mascota

GOVART, antiguo integrante de la Guardia del Rey

JORD, integrante de la Guardia del Príncipe
ORLANT, integrante de la Guardia del Príncipe

VANNES, cortesana
TALIK, su mascota

ESTIENNE, cortesano

BERENGER, cortesano
ANCEL, su mascota

PATRAS
TORGEIR, rey de Patras
TORVELD, hermano menor de Torgeir y embajador en Vere

PERSONAJES DEL PASADO
ALERON, antiguo rey de Vere y padre de Laurent
AUGUSTE, antiguo heredero del trono de Vere y hermano mayor
    de Laurent

PRÓLOGO

—**H**emos oído que su príncipe tiene su propio harén —dijo la dama Jokaste—. Estos esclavos complacerían a cualquier tradicionalista, pero le he pedido a Adrastus que prepare un añadido especial, un regalo personal para el príncipe de parte del rey. Un diamante en bruto, podría decirse.

—Su majestad ya ha sido demasiado generosa —dijo el consejero Guion, embajador de Vere.

Avanzaron de un lado a otro de la galería. Guion había cenado unas apetitosas carnes especiadas envueltas en hojas de parra, reclinado mientras los atentos esclavos lo abanicaban para aliviar el calor del mediodía. Había estado muy dispuesto a admitir que aquel país de bárbaros también tenía sus encantos. La comida era tosca, pero los esclavos eran perfectos: siempre obedientes y entrenados para pasar inadvertidos y anticiparse; nada comparable a las mascotas consentidas de la corte de Vere.

La galería estaba decorada con un escaparate de dos docenas de esclavos. Estaban todos desnudos o ataviados con poco más que unas sedas transparentes. Alrededor del cuello llevaban collares de oro decorados con rubíes y tanzanitas, y unas esposas doradas en las muñecas. Eran del todo ornamentales. Los esclavos se arrodillaron para demostrar su sumisión voluntaria.

Eran un regalo del nuevo rey de Akielos al regente de Vere, uno muy generoso. El oro ya valía una pequeña fortuna de por sí, mientras que los esclavos se contaban sin duda entre los mejores de la región. Guion ya había reservado uno de los de palacio para su uso personal, un joven tímido con una cintura esbelta y atractiva y unas pestañas frondosas tras las que destacaban unos ojos negros.

Cuando llegaron al otro extremo de la galería, Adrastus, el guardián de los esclavos reales, les dedicó una reverencia brusca al tiempo que unía los talones de sus botas de cuero marrón con cordones.

—Bien. Ya hemos llegado —dijo la dama Jokaste con una sonrisa en el gesto.

Frente a ellos se encontraba un esclavo atado y vigilado por muchos guardias, uno que no se parecía a ningún otro que Guion hubiese visto antes.

Tenía una musculatura recia y un aspecto físico imponente, y no llevaba esas cadenas de adorno que ornamentaban al resto de los esclavos. Estas eran reales. Le habían sujetado las muñecas a la espalda, mientras que unas cuerdas muy gruesas le rodeaban las piernas y el torso. A pesar de ello, daba la impresión de que casi no eran capaces de contener la fuerza que emanaba de su cuerpo. Los ojos oscuros le brillaban con rabia por encima de la mordaza, y, si uno se paraba a contemplar de cerca las ligaduras costosas que le sujetaban el torso y las piernas, veía las marcas rojizas que le habían quedado en la piel al intentar liberarse con tanta intensidad.

A Guion se le aceleró el pulso, casi como si hubiese entrado en pánico. ¿Un diamante en bruto? El esclavo podía considerarse más bien un animal salvaje y no tenía nada que ver con los veinticuatro gatitos domesticados que había alineados en el pasillo. Las cuerdas casi no conseguían contener la fuerza bruta de su cuerpo.

Guion miró a Adrastus, que se había quedado atrás, como si la presencia del esclavo lo pusiese nervioso.

—¿Todos los nuevos esclavos están atados? —preguntó Guion mientras intentaba recuperar la compostura.

—No. Solo él. No está... —Adrastus titubeó.

—¿Sí?

—No está acostumbrado a que lo mangoneen —dijo mientras miraba de soslayo y con inquietud a la dama Jokaste—. No está entrenado.

—Hemos oído que al príncipe le gustan los desafíos —comentó la susodicha.

Guion intentó reprimir su reacción mientras volvía a mirar al esclavo. No tenía nada claro si aquel regalo propio de unos bárbaros iba a gustarle al príncipe, quien no tenía en alta estima a los habitantes salvajes de Akielos, por decirlo con suavidad.

—¿Tiene nombre? —preguntó Guion.

—Su príncipe puede llamarlo como desee, obviamente —respondió la dama Jokaste—. Pero creo que el rey estaría muy agradecido si dicho nombre fuese «Damen». —Le resplandecieron los ojos.

—Dama Jokaste —llamó Adrastus, al parecer disgustado. Aunque eso era imposible, claro.

Guion los miró de hito en hito. Luego, se dio cuenta de que estaban esperando a que hiciese algún comentario.

—Es una elección... llamativa, sin duda —comentó. Se había quedado paralizado.

—Justo lo que piensa el rey —apostilló la dama Jokaste con una leve sonrisa en el gesto.

Habían matado a su esclava Lykaios con el más mínimo tajo en la garganta. Era una esclava palaciega que no estaba entrenada para el combate y obedecía con tanta dulzura que, de habérselo ordenado, se habría arrodillado y expuesto el cuello para recibir el golpe. No le habían dado la oportunidad de obedecer ni de resistirse.

Se dobló sobre sí misma sin emitir sonido alguno y sus extremidades pálidas quedaron inertes sobre el mármol blanco. Bajo ella, la sangre empezó a extenderse poco a poco por el suelo.

—¡Aprehendedlo! —dijo uno de los soldados que entró en la estancia, un hombre con el pelo liso y castaño. Damen se sorprendió, pero justo en ese momento dos de los soldados se acercaron a Lykaios y acabaron con ella.

Cuando terminó el primer forcejeo, quedaron tres soldados muertos y Damen se había hecho con una espada.

Los hombres que tenía frente a él titubearon y mantuvieron las distancias.

—¿Quién os envía? —preguntó Damen.

—El rey —respondió el soldado de pelo lacio.

—¿Padre? —Estuvo a punto de bajar la espada.

—Kastor. Tu padre está muerto. Aprehendedlo.

Luchar era algo innato para Damen, cuyas aptitudes eran fruto de la fuerza, la capacidad natural y una práctica incesante. Pero alguien que lo conocía muy bien había enviado a esos hombres y no había escatimado en la cantidad de soldados necesaria para detener a alguien de la talla de Damen. Lo superaban en número, por lo que terminaron por apresarlo, retorcerle las manos en la espalda y colocarle una espada en la garganta.

En aquel momento, había sido lo bastante ingenuo como para creer que iban a matarlo. En lugar de eso, le dieron una paliza, lo ataron y, cuando consiguió zafarse tras infligir unas heridas muy gratificantes a un soldado que no iba armado, le dieron otra paliza.

—Sacadlo de aquí —dijo el soldado de pelo lacio mientras se enjugaba el estrecho hilillo de sangre que le caía por la sien con el dorso de la mano.

Lo tiraron en una celda. No era capaz de encontrarle sentido a lo que estaba ocurriendo. No estaba acostumbrado a algo así.

—Quiero ver a mi hermano —exigió y los soldados rieron. Uno de ellos le dio una patada en el estómago.

—Tu hermano es uno de los que ha dado la orden —comentó otro con desdén.

—Mientes. Kastor no es un traidor.

Pero la puerta de la celda se cerró de golpe y las dudas empezaron a aflorar en su mente por primera vez.

Una vocecilla empezó a susurrarle que había sido demasiado inocente. No se había anticipado ni había sido capaz de prever lo ocurrido. O puede que se hubiese negado a ello tras no darle crédito a los rumores turbios que parecían mancillar el honor con el que un hijo debería tratar a su padre enfermo y moribundo durante sus últimos días.

La mañana después de que lo capturasen, cuando ya había comprendido lo ocurrido y ansiaba hablar con su captor con una mezcla de valentía y amargo orgullo, dejó que le colocasen los brazos detrás de la espalda, que lo tratasen con brusquedad y que lo guiasen a empellones entre los hombros.

Cuando se percató del lugar al que lo llevaban, volvió a intentar zafarse con vehemencia.

La estancia estaba excavada en mármol blanco. El suelo, también del mismo material, tenía una ligera inclinación y terminaba en un arroyo igualmente excavado que pasaba desapercibido. Del techo colgaban un par de grilletes a los que habían encadenado a Damen contra su voluntad y no sin resistencia. Los brazos le colgaban sobre la cabeza.

Eran los baños de los esclavos.

Forcejeó, pero no sirvió de nada. Tenía las muñecas amoratadas. En aquel lado del agua había toda una variedad de cojines y toallas dispuestos de manera desordenada. Unas botellas de vidrio de colores con todo tipo de formas contenían aceites y relucían como joyas entre los cojines.

El agua estaba perfumada; era de textura lechosa y estaba decorada con pétalos de rosa que se hundían poco a poco. Disponía de todo tipo de comodidades. No podía estarle ocurriendo algo así. Damen sintió una tensión en el pecho: rabia, indignación, así como algo enterrado entre dichas emociones, algo diferente que se retorcía y se agitaba en las entrañas.

Uno de los soldados lo inmovilizó desde atrás con una llave que parecía tener bien practicada. El otro empezó a desnudarlo.

No tardaron en quitarle la ropa y también le cortaron las sandalias. La humillación bullía en su interior y el rubor se apoderó de sus mejillas mientras colgaba allí atado y desnudo, con la humedad del calor de los baños adherida a la piel.

Los soldados se retiraron hacia la entrada, donde una figura de rostro cincelado, atractivo y familiar les indicó que se marchasen.

Adrastus era el guardián de los esclavos reales, un puesto prestigioso que le había otorgado el rey Theomedes. Damen sintió una rabia tan intensa que estuvo a punto de cegarlo. Cuando recuperó la compostura, se percató de la manera en la que lo contemplaba Adrastus.

—No te atreverías a ponerme una mano encima —dijo Damen.

—Cumplo órdenes —indicó Adrastus, que titubeó.

—Te mataré —dijo Damen.

—Puede que sea mejor… una mujer —comentó Adrastus, que dio un paso atrás y susurró al oído de uno de sus ayudantes, quien hizo una reverencia antes de marcharse de la estancia.

Una esclava entró unos momentos después. La habían elegido a conciencia y reunía todos los gustos conocidos de Damen. Tenía la piel tan blanca como el mármol de los baños, y el cabello rubio y recogido de manera sencilla dejaba al descubierto la elegante columna que era su cuello. Contaba con pechos generosos debajo de la ropa y se le notaban un poco los pezones rosados.

Damen la vio acercarse con la misma cautela con la que habría seguido los movimientos de un oponente, aunque no era ajeno a los cuidados que le dispensaban los esclavos.

La mujer alzó una mano hasta el broche que llevaba en el hombro. Dejó al descubierto la curva de un pecho y una cintura estrecha cuando la ropa le cayó hasta las caderas y más. El atuendo terminó en el suelo y luego recogió agua con una jarra.

Lo bañó desnudo, con jabón que luego enjuagó, ajena a la manera en la que el agua se le derramaba por la piel y le salpicaba los pechos redondos. Terminó mojándole y enjabonándole el pelo, para después lavarlo con minuciosidad. Después se puso de puntillas y le derramó por la cabeza una de las tinas de agua caliente más pequeñas.

Damen se sacudió como un perro. Echó un vistazo alrededor en busca de Adrastus, pero el guardián de los esclavos parecía haber desaparecido.

La esclava se hizo con uno de los viales de colores y derramó un poco de aceite en la palma de su mano. Se embadurnó ambas y empezó a frotarle la piel con movimientos metódicos para aplicarlo por todas partes. Damen no había dejado de mirar al suelo y siguió haciéndolo incluso cuando los movimientos se hicieron más lentos y ella se acercó a él. Se aferró con fuerza a las cadenas.

—Suficiente —dijo Jokaste y la esclava se apartó de Damen de un salto para luego postrarse de inmediato en el suelo de mármol húmedo.

Damen, cuya excitación saltaba a la vista, le mantuvo la mirada sosegada y escrutadora a Jokaste.

—Quiero ver a mi hermano —exigió Damen.

—No tienes hermano —respondió Jokaste—. No tienes familia. No tienes nombre, rango ni posición. Ya deberías saberlo a estas alturas.

—¿Esperas que no haga nada el respecto? ¿Que me deje mangonear por...? ¿Por quién? ¿Por Adrastus? Pienso degollarlo.

—Sí. Lo sé. Pero no servirás en el palacio.

—¿Dónde? —preguntó sin emoción alguna en la voz.

Jokaste lo miró.

—¿Qué has hecho? —preguntó Damen.

—Nada —respondió ella—. He elegido a uno de los hermanos.

La última vez que habían hablado había sido en los aposentos de ella en el palacio, y Jokaste lo había agarrado por el brazo.

Parecía como salida de un cuadro. Tenía unos bucles rubios enroscados y perfectos, la frente alta y lisa, y unos rasgos proporcionados y serenos. Avanzó más allá del lugar en el que se había detenido Adrastus y sus delicadas sandalias se abrieron paso con calma y seguridad por el mármol mojado.

—¿Por qué me mantienes con vida? —preguntó él—. ¿Qué necesidad hay? El plan es perfecto a excepción de ese detalle. ¿Es...? —Se contuvo, y ella malinterpretó a propósito sus palabras.

—¿El amor de un hermano? Está claro que no lo conoces. La muerte es algo demasiado rápido y fácil. Quiere que siempre te atormente la idea de que la única vez que te venció fue la definitiva.

Damen sintió cómo se le torcía el gesto.

—¿Qué...?

Ella le tocó la mandíbula, sin miedo alguno. Tenía los dedos esbeltos, blancos y de una elegancia impecable.

—Ya entiendo por qué prefieres la piel pálida —espetó—. La tuya oculta los moretones.

Le pintaron la cara después de ponerle el collar de oro y los grilletes.

La desnudez masculina no era tabú en Akielos, pero la pintura servía para marcar a los esclavos y era algo humillante. Pensó en que no había deshonra mayor que cuando lo tiraron al suelo delante de Adrastus. Después vio el gesto voraz en la cara del hombre.

—Estás... —El susodicho lo miró de arriba abajo.

Damen tenía los brazos atados a la espalda. Le habían puesto más ligaduras y ahora apenas podía moverse. Consiguió ponerse de rodillas, pero dos guardias lo agarraron para asegurarse de que no se levantaba más.

—Si lo que querías era un cargo —dijo Damen con una voz de la que emanaba odio—, eres un imbécil. Nunca lo conseguirás. Él no puede confiar en ti. Ya has traicionado a alguien una vez para beneficiarte.

El golpe le hizo virar la cabeza a un lado. Damen se pasó la lengua por la cara interna de los labios y paladeó la sangre.

—No te he dado permiso para hablar —dijo Adrastus.

—Tienes la fuerza de un catamito amamantado —imprecó Damen.

Adrastus dio un paso atrás, con el rostro lívido.

—Amordazadlo —ordenó y Damen empezó a forcejear de nuevo en vano contra los guardias. Le abrieron la mandíbula con maestría para luego meterle un bocado de metal cubierto de una tela gruesa y afianzárselo con fuerza. Solo consiguió emitir un sonido amortiguado, pero fulminó a Adrastus con ojos desafiantes por encima de la mordaza.

—Aún no lo has entendido —dijo el guardia de los esclavos—, pero lo harás. Llegarás a comprender que lo que se dice en el palacio, en las tabernas y en las calles es cierto. Eres un esclavo. No vales nada. El príncipe Damianos ha muerto.

UNO

Damen volvió en sí poco a poco. Notaba las narcotizadas extremidades muy pesadas sobre los cojines de seda y los grilletes de oro de las muñecas parecían estar hechos de plomo. Abrió y cerró los párpados. No les encontró sentido a los primeros sonidos que oyó, un murmullo de voces que hablaba en vereciano. El instinto lo animó a levantarse.

Recuperó la compostura y consiguió incorporarse hasta ponerse de rodillas.

¿Voces en vereciano?

Estaba demasiado confundido como para sacar nada en claro en un primer momento. Le estaba costando centrarse. No fue capaz de recordar nada inmediatamente posterior a su captura, aunque sabía que había pasado algo de tiempo. Era consciente de que lo habían drogado en algún momento. Intentó centrarse en ese recuerdo y al fin consiguió verlo claro.

Había intentado escapar.

Lo habían llevado en el interior de un carro cerrado y bien vigilado hasta una casa que había en un extremo de la ciudad. Del carro lo habían llevado hasta un patio cerrado y… recordaba campanas. El repentino repicar se había apoderado del lugar, una cacofonía de sonidos que venía desde los lugares más altos de la ciudad y se extendía gracias a la brisa templada de la tarde.

Campanas al atardecer que proclamaban un nuevo rey.

«Theomedes ha muerto. Viva Kastor».

Ese ruido había hecho que la necesidad de escapar se sobrepusiese a toda cautela o subterfugio. Notaba cómo una parte de la rabia y de la aflicción le sobrevenía en oleadas. El sobresalto de los caballos le había dado la oportunidad que necesitaba.

Pero no tenía armas y estaba rodeado de soldados en un patio cerrado. Después no habían tenido cuidado alguno con él. Lo habían lanzado a una celda en las entrañas más profundas de la casa para luego drogarlo. No era capaz de diferenciar los días.

Lo único que recordaba del resto eran destellos fugaces que hacían que se le encogiese el estómago, como el romper de las olas y la espuma de agua salada. Lo llevaban a bordo de un barco.

Se le empezaba a aclarar la mente. Le pasaba por primera vez en… ¿cuánto tiempo?

¿Cuánto hacía que lo habían capturado? ¿Cuánto había pasado desde el repicar de las campanas? ¿Cuánto llevaba permitiendo todo aquello? Un acceso de fuerza de voluntad hizo que Damen pasase de estar de rodillas a estar de pie. Tenía que proteger su casa, su pueblo. Dio un paso.

Oyó el tintineo de una campana. El suelo de baldosas se deslizó confuso bajo sus pies. Se le nubló la vista.

Extendió el brazo para encontrar un apoyo y se estabilizó tras descansar un hombro contra la pared. No se deslizó hasta el suelo gracias a la fuerza de voluntad. Se mantuvo erguido e intentó obviar el mareo. ¿Dónde estaba? Obligó a su mente difusa a analizarse a sí mismo y su entorno.

Iba vestido con el atuendo escaso de un esclavo akielense, pero demasiado limpio de la cabeza a los pies. Se suponía que eso era sinónimo de que habían cuidado de él, pero no era capaz de recordar el momento en el que había ocurrido. Aún tenía el collar de oro y los grilletes dorados en las muñecas. Dicho collar estaba unido a un eslabón de hierro en el suelo mediante una cadena y un candado.

La histeria amenazó con apoderarse de él por un instante: notó un ligero aroma a rosas.

La estancia, por otra parte, estaba llena de adornos allá donde mirase. Las paredes estaban repletas de elementos decorativos. Las puertas de madera eran tan delicadas como un biombo y contaban con tallas de diseño repetitivo con agujeros que permitían intuir vagamente qué había al otro lado. Las ventanas eran similares. Hasta las baldosas del suelo tenían algunos colores y estaban dispuestas en patrones geométricos.

Todo daba la impresión de conformar patrones dentro de patrones, creaciones retorcidas de una mente vereciana. Todo encajó en ese momento: voces verecianas, la humillante presentación del consejero Guion («¿Todos los nuevos esclavos están atados?»), el barco, su destino…

Estaba en Vere.

Damen echó un vistazo a su alrededor, horrorizado. Estaba en mitad de territorio enemigo, a cientos de kilómetros de casa.

No tenía sentido. Respiraba, no tenía agujero alguno en el cuerpo y no había sufrido ese accidente desafortunado que esperaba. Los verecianos tenían una buena razón para odiar al príncipe Damianos de Akielos. ¿Por qué seguía vivo?

El estruendo de una cerradura al abrirse hizo que mirase con brusquedad hacia la puerta.

Dos hombres entraron en la habitación. Damen los miró con cautela y reconoció vagamente al primero, que era un tratante vereciano que había visto en el barco. El segundo era un desconocido: pelo negro, con barba, ropas de Vere y anillos en cada una de las tres articulaciones de todos los dedos.

—¿Este es el esclavo que le vamos a llevar al príncipe? —preguntó el de las sortijas.

El tratante asintió.

—Dices que es peligroso. ¿Qué es? ¿Prisionero de guerra? ¿Criminal?

El tratante se encogió de hombros como diciendo «A saber».

—No le quites las cadenas.

—No seas imbécil. No podemos tenerlo siempre encadenado. —Damen sintió cómo el de los anillos no dejaba de mirarlo. Lo siguiente que dijo estuvo cerca de poderse considerar un halago—. Míralo. Hasta el príncipe va a tener mucho trabajo.

—Lo drogamos a bordo del barco, cuando empezó a dar problemas —comentó el tratante.

—Ya veo. —La mirada del tipo se volvió un tanto más crítica—. Amordázalo y ponle una cadena más corta cuando venga el príncipe. Y que cuente con una escolta adecuada. Si vuelve a meterse en problemas, haz lo que tengas que hacer —dijo con tono desdeñoso, como si Damen no tuviese ni la más mínima importancia para él y fuese poco más que una de las tareas de su lista.

Había empezado a darse cuenta, ahora que su mente narcotizada empezaba a aclararse, de que los captores desconocían la identidad de su esclavo. «Un prisionero de guerra. Un criminal». Soltó un suspiro cauteloso.

Tenía que mantenerse en silencio, pasar desapercibido. Había conseguido recuperar el sentido lo suficiente como para darse cuenta de que era el príncipe Damianos y no tenía muchas posibilidades de pasar una noche vivo en Vere. Era mucho mejor seguir siendo un esclavo anónimo.

Se dejó toquetear. Analizó las salidas y la calidad de los guardias que le habían puesto de escolta. Dicha calidad era mucho menor que la de la cadena que le habían puesto en el cuello. Tenía los brazos atados a la espalda y lo habían amordazado, y la cadena del collar contaba solo con nueve eslabones, por lo que lo obligaba a mantener la cabeza gacha incluso cuando estaba de rodillas. Apenas podía alzar la vista.

Los guardias se colocaron en posición a ambos lados de él y de las puertas que tenía delante. Tuvo tiempo de sentir el silencio expectante de la estancia y los latidos cada vez más intensos de su corazón

Hubo un repentino arrebato de actividad: pasos y voces que se acercaban.

«La visita del príncipe».

El regente de Vere ocupaba el trono en nombre de su sobrino, el heredero. Damen no sabía casi nada sobre él, a excepción de que era el más joven de dos hijos. Sabía a ciencia cierta que el hermano mayor y anterior heredero estaba muerto, eso sí.

Un grupo de cortesanos empezó a entrar en la habitación.

Todos tenían un aspecto anodino a excepción de uno de ellos: un joven con un rostro asombrosamente encantador, con el cual habría conseguido una pequeña fortuna en la manzana de los esclavos de Akielos. Consiguió llamar la atención de Damen.

El joven era rubio, tenía los ojos azules y la piel muy blanca. El azul marino de su atuendo adusto era muy estridente para el color de su piel y contrastaba mucho con el estilo demasiado ornamentado de las estancias. A diferencia del resto de los cortesanos que iban detrás de él, no llevaba joya alguna, ni siquiera anillos en los dedos.

Cuando se acercó, Damen vio que la expresión que se apreciaba en su gesto encantador era de arrogancia y desagrado. Conocía a los que eran como él. Egocéntrico e interesado, criado para sobrestimarse a sí mismo y tratar con un ligero despotismo a los demás. Un malcriado.

—He oído que el rey de Akielos me ha enviado un regalo —dijo el joven, que era Laurent, el príncipe de Vere.

—Un akielense postrado de rodillas. Qué apropiado.

Damen era consciente de que los cortesanos que lo rodeaban mantenían la atención fija en él, reunidos allí para ser testigos de la manera en la que el príncipe recibía a su esclavo. Laurent se había quedado paralizado en el momento en el que había visto a Damen. Se había tornado lívido, una reacción más propia de haber sido insultado o de haber recibido un tortazo. Había sido capaz de verlo a pesar de la cadena tan corta que tenía atada al cuello. No obstante, la expresión de Laurent se había vuelto inescrutable poco después.

Damen había supuesto que era solo uno más de la remesa de esclavos y los murmullos de los dos cortesanos que estaban más cerca de él se lo confirmaron y lo irritaron. Laurent lo miraba de hito en hito, como si contemplara una mercancía cualquiera. Damen sintió que se le movía un músculo de la mandíbula.

El consejero Guion fue el siguiente en hablar:

—Se lo considera un esclavo de placer, pero no tiene entrenamiento. Kastor ha sugerido que quizás os apetecería doblegarlo cuando os venga en gana.

—No estoy tan desesperado como para tener que revolcarme en la inmundicia —dijo Laurent.

—Sí, alteza.

—Usad la cruz. Creo que será suficiente para cumplir mis obligaciones con el rey de Akielos.

—Sí, alteza.

Damen sintió el alivio que emanaba del consejero Guion. No tardaron en indicarle a los tratantes que podían llevárselo. Supuso que presentaba un desafío considerable para la diplomacia: el regalo de Kastor desdibujaba la línea que separaba la atrocidad de la generosidad.

Los cortesanos estaban a punto de marcharse. La farsa había llegado a su fin. Sintió que uno de los tratantes se afanaba con el eslabón de hierro del suelo. Iban a desencadenarlo para llevarlo a la cruz. Cerró las manos y se preparó sin quitarle ojo de encima al tratante, su único oponente.

—Un momento —dijo Laurent.

El tratante se quedó quieto y se enderezó.

Laurent se acercó unos pasos para colocarse frente a Damen y bajó la vista para mirarlo con expresión inescrutable.

—Quiero hablar con él. Quitadle la mordaza.

—Tiene la lengua muy larga —advirtió el tratante.

—Alteza, le sugiero que... —empezó a decir el consejero Guion.

—Hacedlo.

Damen se pasó la lengua por el interior de la boca después de que el tratante le quitase la mordaza.

—¿Cómo te llamas, guapo? —preguntó Laurent con tono no demasiado agradable.

Sabía muy bien que era mejor no responder a ninguna pregunta formulada con esa voz empalagosa. Alzó la vista para mirar a Laurent a los ojos. Había sido un error. Se miraron fijamente.

—Puede que no hable nuestro idioma —sugirió Guion.

Unos ojos de un azul cristalino se posaron en los suyos. Laurent repitió la pregunta despacio y en el idioma de Akielos.

Las palabras brotaron antes siquiera de que Damen pudiese evitarlo.

—Hablo tu idioma mucho mejor que tú el mío, guapo.

Lo había dicho con el más mínimo acento akielense y todos lo entendieron a la perfección, lo que le granjeó un golpe muy fuerte del tratante. Un integrante de la escolta le presionó la cara contra el suelo, por si acaso.

—El rey de Akielos dice que, si lo ve bien, puede llamarlo «Damen» —comentó el tratante y él sintió cómo el estómago le daba un vuelco.

Se oyeron unos cuantos murmullos estupefactos de los cortesanos que había por la estancia. El ambiente, que ya se respiraba lascivo, pasó a ser electrizante.

—Pensaron que un esclavo que tuviese el nombre del príncipe fallecido sería de vuestro agrado. Es de mal gusto. Está claro que son una sociedad poco culta —dijo el consejero Guion.

En esta ocasión, el tono de Laurent no cambió.

—He oído que el rey de Akielos podría llegar a casarse con su amante, la dama Jokaste. ¿Es cierto?

—Aún no ha hecho un anuncio oficial, pero se ha comentado la posibilidad, sí.

—Eso haría que el país quedase gobernado por un bastardo y una puta —comentó Laurent—. Qué apropiado.

Damen sintió que reaccionaba con brusquedad a las palabras a pesar de las ligaduras, pero las cadenas le impidieron moverse. Vio una sonrisa placentera en el gesto de Laurent. Las había dicho en voz lo bastante alta como para que las oyesen todos los cortesanos de la habitación.

—¿Quiere que lo llevemos a la cruz, alteza? —preguntó el tratante.

—No —respondió Laurent—. Dejadlo atado aquí en el harén. Después de que le enseñéis modales.

Los dos se pusieron manos a la obra y empezaron con una brutalidad simple y metódica. Pero había algo que los refrenaba a la hora de hacerle un daño irreparable: el hecho de que perteneciese al príncipe.

Él se percató de que el de los anillos había dado una serie de instrucciones antes de marcharse. Habrá que mantener al esclavo atado en el harén. Órdenes del príncipe. Nadie entrará ni saldrá de la habitación. Siempre habrá dos guardias en la puerta. Órdenes del príncipe. No se le quitará la cadena. Órdenes del príncipe.

Los tipos se quedaron por la estancia, pero al parecer ya habían terminado con los golpes. Damen se apoyó despacio hasta quedar a gatas. Había sacado algo bueno del valor y de la tenacidad: al menos ya tenía la mente del todo despejada.

La exposición había sido peor que la paliza. Lo había dejado más perturbado de lo que le hubiese gustado admitir. Si el collar no hubiese sido tan corto, tan rematadamente seguro, quizá no habría resistido a pesar de su determinación anterior. Sabía muy bien que se encontraba en una nación de arrogantes y también sabía qué pensaban los verecianos de sus gentes. Que eran unos bárbaros, unos esclavos. Damen hizo de tripas corazón para soportarlo.

Pero el príncipe había sido insoportable, con esa mezcla tan particular de una arrogancia propia de los caprichosos y de ese rencor mezquino.

—Pues no parece una mascota —dijo el más alto de los dos tipos.

—Ya has oído que es un esclavo de alcoba de Akielos —comentó el otro.

—¿Crees que el príncipe se lo tira? —preguntó escéptico.

—Yo diría que es al revés.

—Nos han dado unas órdenes muy blandas para tratarse de un esclavo de alcoba. —El alto se quedó dándole vueltas al tema mientras el otro gruñó para evitar responder—. Imagina cómo tiene que ser hacerlo con el príncipe.

Pues supongo que se parecerá mucho a acostarse con una serpiente venenosa, pensó Damen, pero no articuló las palabras.

Tan pronto como se marcharon, recapituló sobre su situación: aún no era posible liberarse. Volvía a tener las manos desatadas y le habían alargado la cadena del collar, pero aún era demasiado gruesa como para arrancarla del eslabón del suelo. Tampoco podía abrir el collar. Era de oro, un metal que se suponía que era blando, pero también era demasiado grueso como para manipularlo y le pesaba mucho en el cuello. Se sorprendió por lo ridículo que le parecía atar a un esclavo con oro. Los grilletes de dicho material tenían menos sentido aún. Podrían llegar a convertirse en un arma en un combate cuerpo a cuerpo, así como en una fuente de ingresos durante el viaje de vuelta a Akielos.

Si permanecía alerta mientras fingía obedecer, seguro que encontraría alguna oportunidad. La cadena era lo bastante larga como para permitirle dar unos tres pasos en cualquier dirección. También había una garrafa de madera llena de agua a su alcance. Podía recostarse cómodamente sobre los cojines y hasta hacer sus necesidades en un orinal dorado. No lo habían drogado, ni tampoco golpeado hasta dejarlo inconsciente, como sí había ocurrido en Akielos. Solo había dos guardias en la puerta. Y también una ventana que no estaba cerrada con llave.

La libertad estaba al alcance de su mano. Si no ahora, pronto.

Tenía que ser así. El tiempo no estaba de su parte. Cuanto más pasase allí retenido, más tiempo tendría Kastor para cimentar su gobierno. No podía soportar el hecho de no saber qué era lo que ocurría en su país, a sus seguidores, a su pueblo.

Y había otro problema.

Nadie lo había reconocido aún, pero eso no significaba que estuviese a salvo de que llegase a ocurrir. Akielos y Vere habían tenido poca relación desde la decisiva batalla de Marlas hacía seis años, pero, en algún lugar de Vere, seguro que había alguna persona o dos que habían visitado su ciudad y eran capaces de reconocer su rostro. Kastor lo había enviado al único lugar donde podían llegar a tratarlo peor como príncipe que como esclavo. En cualquier otro sitio, si alguno de sus captores hubiese llegado a descubrir su identidad, Damen habría tenido la oportunidad de convencerlo para que lo ayudase, ya fuese por empatía al comprobar la situación en la que se encontraba o por la promesa de una recompensa por parte de sus seguidores en Akielos. Pero eso no iba a ocurrir en Vere. Allí no podía arriesgarse.

Recordó las palabras de su padre la víspera de la batalla de Marlas, cuando le había advertido que debía luchar, que no podía confiarse, porque un vereciano jamás respetaba su palabra. Su padre había demostrado estar en lo cierto aquel día en el campo de batalla.

No quería pensar en él.

Lo mejor que podía hacer era descansar bien. Con eso en mente, bebió agua de la garrafa mientras contemplaba cómo los últimos haces de luz del atardecer desaparecían poco a poco de la estancia. Cuando quedó a oscuras, se tumbó en los cojines a pesar del dolor y terminó por dormirse.

Y se despertó. Una mano tiró de él hacia arriba por el collar hasta que consiguió ponerlo en pie. Lo flanqueaban dos de esos guardias sin rostro e intercambiables.

Un resplandor estalló en la estancia cuando un sirviente encendió las antorchas y las colocó en la pared. La habitación no era demasiado grande y el titilar de la luz transformó sus intrincados adornos en un agitar continuado y sinuoso de resplandores y siluetas.

Laurent se encontraba en el centro y lo miraba con unos ojos azules impertérritos.

El atuendo adusto y azul marino del príncipe parecía agobiante y lo cubría desde los pies hasta el cuello; también contaba con mangas largas que le llegaban hasta las muñecas, sin abertura alguna que no estuviese tapada con una hilera de cordones que daba la impresión de necesitar al menos una hora para soltar. La luz cálida de las antorchas no contribuía a suavizar el efecto.

Damen no vio nada que le hiciese cambiar de opinión: estaba podrido, como fruta que había pasado demasiado tiempo en una parra. Tenía los ojos algo entrecerrados y un gesto en la boca que indicaba que había pasado la noche bebiendo demasiado vino.

—He estado pensando en qué hacer contigo —dijo Laurent—. Quizá matarte a palos en un poste. O usarte como Kastor pretendía que lo hiciese. Creo que eso me gustaría mucho, sí.

Laurent se acercó hasta quedar a cuatro pasos. Era una distancia elegida con cautela. Damen calculó que, de haber estirado al máximo la cadena hasta dejarla tensa, se habrían quedado tan cerca como para tocarse.

—¿No tienes nada que decir? No me digas que eres tímido. Mira que ahora estamos solos tú y yo. —El tono aterciopelado de la voz de Laurent no sonaba ni agradable ni tranquilizador.

—Creía que no tenías intención de mancillarte con un bárbaro —comentó Damen, que tuvo cuidado de mantener un tono neutro. Era muy consciente de la velocidad a la que le latía el corazón.

—No la tenía —convino Laurent—. Pero, si te entrego a uno de los guardias, podría rebajarme hasta el punto de quedarme mirando.

Damen retrocedió por instinto y no pudo evitar hacer una mueca.

—¿No te gusta la idea? —preguntó Laurent—. Quizá termine por ocurrírseme algo mejor. Ven.

La desconfianza y la aversión que sentía hacia él le retorcieron las entrañas, pero recordó la situación en la que se encontraba. En Akielos, se había abalanzado a pesar de las ligaduras y el resultado había sido que se las habían apretado aún más. Aquí no era más que un esclavo y cabía la posibilidad de que surgiese una oportunidad de escapar si no la arruinaba tomando decisiones precipitadas. Tenía que resistirse al sadismo pueril y lacerante de Laurent. Damen debía regresar a Akielos y, para ello, era necesario que por ahora obedeciese todas las órdenes que le daban.

Dio un paso hacia delante con mucho cuidado.

—No —dijo Laurent con satisfacción—. A cuatro patas.

A cuatro patas.

Le dio la impresión de que todo se detenía a su alrededor cuando oyó la orden. La parte de la mente de Damen que le aseguraba que tenía que fingir ser obediente quedó acallada por su orgullo.

Pero la reacción de incredulidad desdeñosa de su gesto solo permaneció allí durante una fracción de segundo antes de que los guardias lo pusiesen a cuatro patas tras un gesto de Laurent. Un momento después, y también obedeciendo a otro de sus gestos, uno de los guardias le dio un puñetazo en la mandíbula a Damen. Luego otro. Y otro.

Le zumbaron los oídos. La sangre le goteaba desde la boca y caía al suelo. La miró e hizo acopio de fuerza de voluntad para no reaccionar. Tenía que aguantar. Ya le llegaría la oportunidad.

Intentó mover la mandíbula. No la tenía rota.

—Esta tarde también has sido un insolente. Es una costumbre que hay que eliminar. Con un látigo. —Laurent recorrió el cuerpo de Damen con la mirada. La ropa se le había descolocado debido a las manos firmes de los guardias y tenía el torso al aire libre—. Tienes una cicatriz.

Eran dos, pero la que había quedado a la vista era la que tenía justo debajo de la clavícula izquierda. Damen sintió por primera vez que estaba en peligro de verdad. Notó cómo se le aceleraba el pulso.

—Serví… en el ejército. —No era mentira.

—¿Quieres decir que Kastor ha enviado a un soldado de a pie para acostarse con un príncipe?

Damen eligió las palabras con cautela y deseó tener la misma facilidad que su hermanastro para mentir.

—Kastor quería humillarme. Supongo que… lo hice enfadar. Si tenía otro propósito para haberme enviado aquí, lo desconozco.

—El rey bastardo se deshace de su basura tirándola a mis pies. ¿Debería satisfacerme algo así? —preguntó Laurent.

—¿Hay alguna manera de hacerlo? —preguntó una voz detrás de él.

Laurent se dio la vuelta.

—De un tiempo a esta parte, le pones pegas a todo.

—Tío —saludó Laurent—, no te he oído entrar.

¿*Tío*? Damen acababa de sorprenderse por segunda vez aquella noche. Si Laurent lo llamaba así, aquel hombre cuya imponente figura ocupaba el umbral de la puerta tenía que ser el regente.

No había parecido físico alguno entre este y su sobrino. Era un hombre imponente de unos cuarenta años, voluminoso y de hombros recios. Tenía el pelo y la barba de un color castaño oscuro, sin el más mínimo atisbo de que el cabello rubio de Laurent viniese de la misma rama del árbol genealógico.

El regente miró a Damen de arriba abajo brevemente.

—Parece que el esclavo se ha autolesionado.

—Es mío. Puedo hacer con él lo que quiera.

—No si pretendes matarlo a golpes. No puedes hacer algo así con un regalo del rey Kastor. Tenemos un tratado con Akielos y no pienso echarlo por tierra por culpa de unos prejuicios mezquinos.

—¿Prejuicios mezquinos? —preguntó Laurent.

—Espero que respetes a nuestros aliados y el tratado, como hacemos todos.

—Supongo que el tratado dirá que puedo retozar con la escoria del ejército de Akielos, ¿no?

—No seas infantil. Acuéstate con quien te plazca, pero valora el regalo del rey Kastor. Ya has eludido tu deber en la frontera, pero no harás lo mismo con tus responsabilidades en la corte. Encuéntrale un uso apropiado a este esclavo. Es una orden y espero que la obedezcas.

Por un momento, dio la impresión de que Laurent iba a rebelarse, pero se contuvo y se limitó a decir:

—Sí, tío.

—Venga, dejemos esto al margen. Por suerte, me han informado de lo que estabas haciendo antes de que fuese demasiado tarde y se convirtiese en un problema serio.

—Sí, qué suerte que te hayan informado. No quiero ser un problema para ti, tío.

Lo dijo con toda tranquilidad, pero había cierto retintín en las palabras.

El regente respondió con un tono similar:

—Me alegra que estemos de acuerdo.

Damen tendría que haberse sentido aliviado al verlos partir y con la conversación del regente con su sobrino, pero recordó la

mirada de los ojos azules de Laurent y, a pesar de haberse quedado solo y con el resto de la noche en exclusiva para él, no tenía
muy claro si la misericordia del regente había mejorado o empeorado su situación.

DOS

—¿El regente estuvo aquí anoche? —preguntó el hombre de los anillos en los dedos sin saludar a Damen. Cuando asintió, el tipo frunció el ceño y se le formaron dos arrugas en el centro de la frente—. ¿Cómo se lo tomó el príncipe?

—Maravillosamente —respondió Damen.

El de los anillos lo fulminó con la mirada. Después dejó de hacerlo para dar una breve orden a un sirviente que recogía los restos de la comida del esclavo. Luego volvió a dirigirse a Damen.

—Me llamo Radel. Soy el supervisor. Solo voy a explicarte una cosa. Dicen que en Akielos atacaste a tus guardias. Si lo haces aquí, te drogaré como lo hicieron a bordo del barco y luego te dejaré sin algunos privilegios. ¿Entendido?

—Sí.

Otra mirada, como si la respuesta fuese sospechosa por algún motivo.

—Tienes que sentirte honrado por formar parte de la casa del príncipe. Son muchos los que desearían estar en tu pellejo. No sé qué desgracias te ocurrieron en tu país, pero aquí tienes un lugar privilegiado. Deberías arrodillarte y agradecerle al príncipe que ese sea el caso. Debes dejar de lado tu orgullo y los asuntos mezquinos que tuvieses en tu vida anterior. Solo existes para complacer al príncipe heredero que terminará por subir al trono.

—Sí —dijo Damen e hizo lo mejor para dar la impresión de estar agradecido y ser tolerante.

Al despertar, no se había sentido confundido y tenía muy claro dónde estaba, no como el día anterior. Sus recuerdos eran muy nítidos. El cuerpo se le había quejado a causa del maltrato de Laurent, pero Damen repasó brevemente sus heridas y llegó a la conclusión de que no eran peores que las que recibía en la arena de entrenamiento, por lo que no le dio mayor importancia.

Mientras Radel hablaba, Damen oyó el sonido lejano de un instrumento de cuerda que no le resultaba familiar y que emitía una melodía propia de Vere. El sonido atravesaba las puertas y las ventanas debido a todos los agujeros que había en ellas.

Por muy irónico que le pareciese, Radel tenía razón al considerar que se encontraba en una situación privilegiada. No estaba en una celda maloliente, como la de Akielos, ni lo habían drogado, razón por la que casi no recordaba estar encerrado a bordo del barco. La estancia en la que se encontraba ahora no era una prisión, sino que formaba parte de los aposentos de las mascotas reales. Le habían servido la comida en un plato dorado de formas intrincadas que asemejaban follaje y, cuando había empezado a soplar la brisa nocturna, había olido el aroma delicado del jazmín y el franchipán a través de la celosía de las ventanas.

Pero estaba en una prisión. Tenía un collar y una cadena alrededor del cuello. También estaba solo entre sus enemigos y a muchos kilómetros de casa.

Su primer privilegio había sido que se lo llevasen con los ojos vendados, con escolta y todo, a lavarlo y prepararlo, un ritual que había aprendido en Akielos. El palacio que había fuera de las estancias aún era un misterio debido a que la venda no le había permitido verlo. El sonido de un instrumento de cuerda aumentó de intensidad para luego convertirse en un eco casi inaudible. Oyó una o dos veces el arrullo leve y musical de unas voces. En una ocasión, percibió una risa suave y propia de un amante.

Lo llevaron a los aposentos de las mascotas. Damen recordó que no era el único akielense que habían regalado a Vere y se apoderó de él una preocupación por los demás. Lo más probable era que los esclavos resguardados de Akielos estuviesen desorientados y fuesen vulnerables, ya que nunca habían aprendido las habilidades necesarias para defenderse por sí mismos. ¿Serían capaces siquiera de hablar con sus amos? Aprendían varios idiomas, pero sabía a ciencia cierta que el de Vere no era uno de ellos. La relación con dicho reino había sido muy limitada y tremendamente hostil hasta la llegada del consejero Guion. La única razón por la que Damen sabía dicho idioma era que su padre había insistido en que el hecho de que un príncipe aprendiese el idioma del enemigo era igual de importante que aprender el de un amigo.

Le quitaron la venda de los ojos.

Aún no se había acostumbrado a los adornos. El baño estaba cubierto por unos azulejos pequeños de color azul, verde y dorado reluciente, desde el techo abovedado hasta la concavidad en la que caía el agua de los baños. El ruido del lugar se reducía a ecos ahogados y al vapor que se enroscaba en sí mismo. Las paredes estaban recorridas por una sucesión de nichos curvos para escarceos amorosos (vacíos en ese momento) y junto a cada uno de ellos había unos braseros de formas fantásticas. Las puertas desgastadas no eran de madera, sino de metal. El único elemento de contención era una estructura de madera rara y pesada. No casaba para nada con el resto de la estancia y Damen intentó no pensar que la habían llevado allí por él expresamente. Dejó de mirarla y se fijó en la entalladura de metal de la puerta. Contaba con unas figuras que se retorcían entre ellas, todas masculinas. Sus posiciones no eran nada ambiguas. Volvió a posar la mirada en los baños.

—Son fuentes termales naturales —explicó Radel como si hablase con un niño—. El agua brota de un gran río subterráneo que tiene agua caliente.

Un gran río subterráneo que tiene agua caliente.

—En Akielos usamos un sistema de acueductos para lo mismo —comentó Damen.

Radel frunció el ceño.

—Supongo que pensarás que algo así es muy inteligente. —Señaló a uno de los sirvientes con ademán un tanto distraído.

Lo desnudaron y lo lavaron sin atarlo, y Damen se comportó con una docilidad admirable, dispuesto a demostrar que podían confiarle breves instantes de libertad. Quizá funcionase, o quizá Radel estuviese acostumbrado a tratar con esclavos dóciles, al ser supervisor y no carcelero, como él mismo había dicho.

—Ahora quédate en remojo. Cinco minutos.

Unos escalones curvados descendían al agua. La escolta se retiró al exterior después de quitarle la cadena al collar de Damen.

Se internó en el agua y disfrutó de una breve e inesperada sensación de libertad. Estaba tan caliente que casi no podía aguantar, pero se sintió muy bien. El calor se filtró en su cuerpo, fundió por completo el dolor de sus extremidades maltratadas y le distendió los músculos agarrotados a causa de la tensión.

Radel había arrojado una sustancia a los braseros al marcharse, que avivó las llamas e hizo que empezasen a humear. La estancia se llenó casi de inmediato de un aroma demasiado dulzón que se entremezclaba con el vapor y que se apoderó de sus sentidos, lo que hizo que Damen se relajase aún más.

Empezó a dejarse llevar por sus pensamientos y terminó por pensar en Laurent.

«Tienes una cicatriz». Damen se pasó los dedos por el pecho húmedo hasta que llegó a la clavícula y luego recorrió la línea pálida de la cicatriz. Sintió la incomodidad que lo había agitado la noche anterior.

La cicatriz era obra del hermano mayor de Laurent, de hacía seis años, en la batalla de Marlas. Auguste, heredero y orgullo de Vere. Damen recordó sus cabellos dorados oscuros, el blasón con forma de estrella del príncipe heredero en su escudo cubierto de barro, sangre y abollado hasta convertirlo en un elemento casi irreconocible, al igual que su armadura de filigrana, que habría sido muy bella en el pasado. Recordó su desesperación en aquellos momentos, el rechinar del metal contra metal, la respiración entrecortada que bien podría haber sido la suya y una sensación de luchar por su vida como nunca antes había experimentado.

Hizo todo lo posible por obviar el recuerdo, pero este quedó reemplazado por otro más oscuro y antiguo. En algún lugar de las profundidades de su mente, una batalla dio paso a otra. Damen introdujo los dedos en el agua. La otra cicatriz la tenía en la parte baja del cuerpo. No se la había infligido Auguste y tampoco había sido en un campo de batalla.

Kastor lo había atacado con una espada en su decimotercer cumpleaños durante un entrenamiento.

Recordaba muy bien ese día. Había conseguido un punto contra Kastor por primera vez y, cuando se había quitado el yelmo henchido de orgullo, su hermano había sonreído y comentado que quería cambiar las espadas de entrenamiento de madera por unas de verdad.

Damen se había sentido orgulloso. Había pensado: *Tengo trece años y Kastor tiene que enfrentarse a mí, como si fuese un hombre más.* El susodicho no se había contenido en el combate, algo que hizo que el orgullo aflorase en él, incluso mientras la sangre se le derramaba entre las manos. Recordó la mirada sombría de Kastor y tuvo claro que se había equivocado en muchas cosas.

—Se acabó el tiempo —dijo Radel.

Damen asintió. Colocó las manos en el borde de los baños. Los grilletes y el collar dorados y absurdos aún le adornaban el cuello y las muñecas.

Los braseros estaban tapados, pero el aroma del incienso aún lo mareaba un poco. Damen dejó a un lado esa debilidad momentánea y se impulsó para salir de los baños calientes chorreando.

Radel se lo quedó mirando con los ojos abiertos como platos. Damen se pasó una mano por el pelo para escurrirse el agua. El supervisor abrió los ojos aún más si cabía. Cuando Damen dio un paso al frente, Radel dio uno atrás de forma involuntaria.

—Atadlo —ordenó con voz un poco ronca.

—No tenéis que... —empezó a decir Damen.

La estructura de madera se cerró sobre sus muñecas. Era pesada y firme, inamovible como una roca o como el tronco de un árbol enorme. Apoyó la frente en ella y los zarcillos húmedos de pelo oscurecieron las vetas de la madera allá donde se posaron.

—No tenía pensado resistirme —comentó Damen.

—Me alegra oírlo —dijo Radel.

Lo secaron, lo embadurnaron en aceite perfumado y luego le secaron los restos de dicho aceite con un trapo. No era peor que lo que había sucedido en Akielos. El roce de los sirvientes era brusco y superficial, incluso cuando le tocaron los genitales. No había ni rastro de sensualidad en los preparativos, algo que sí había notado cuando la esclava rubia lo había tocado en los baños de Akielos. No era lo peor que lo habían obligado a aguantar.

Uno de los sirvientes se colocó detrás de él y empezó a preparar la entrada a su cuerpo.

Damen se agitó con tanta fuerza que restalló la madera y oyó cómo un tarro de aceite se rompía contra las baldosas y el grito del sirviente detrás de él.

—Sujetadlo —ordenó Radel con tono sombrío.

Lo sacaron de la estructura al terminar y, en esta ocasión, la docilidad del momento parecía estar mezclada con la conmoción. Por unos instantes, fue menos consciente de lo que ocurría a su alrededor. Lo que le acababa de pasar hizo que se sintiese cambiado. No. No él. Lo que había cambiado era la situación. Se percató de que aquel aspecto de su cautividad, aquel peligro, no había sido real a pesar de las amenazas de Laurent.

—Nada de pintura —le comentó Radel a uno de los sirvientes—. Al príncipe no le gusta. Tampoco joyería. El oro está bien. Sí, ese atuendo. No, sin los bordados.

Volvieron a colocarle la venda alrededor de los ojos. Un momento después, Damen sintió que unos dedos anillados le recorrían la mandíbula y le alzaban el rostro, como si Radel quisiese admirar el cuadro que había pintado, vendado y con los brazos atados a la espalda.

—Sí, creo que no está nada mal —dijo.

Cuando le retiraron la venda en esta ocasión, se encontraba frente a unas puertas dobles y recubiertas de oro que alguien empujaba para abrir.

La estancia estaba a rebosar de cortesanos y decorada como si fuese a tener lugar un espectáculo. Había estrados llenos de almohadones en cada uno de los cuatro rincones del lugar. Le daba un efecto claustrofóbico propio de un anfiteatro cubierto de seda. También había una emoción considerable en el ambiente. Damas y nobles jóvenes se inclinaban hacia delante y susurraban a los oídos o detrás de manos alzadas. Los sirvientes atendían a los cortesanos y había vino y refrigerios, así como bandejas de plata llenas de dulces y frutas confitadas. En el centro de la habitación había un surco circular con una serie de eslabones de hierro que sobresalían del suelo. A Damen le dio un vuelco el corazón. Volvió a mirar a los cortesanos de los estrados.

No eran solo eso. Entre los nobles y las damas ataviados de forma más seria había criaturas exóticas que llevaban sedas de colores chillones que enseñaban las carnes y tenían los bellos rostros embadurnados en pintura. Vio por allí una joven que llevaba casi tanto oro como Damen: dos brazaletes circulares con forma de serpiente. También un pelirrojo despampanante con una pequeña corona de esmeraldas, una delicada cadena de plata y un peridoto alrededor de la cintura. Era como si los cortesanos hiciesen gala de sus riquezas mediante sus mascotas, como un noble que colmase de joyas a una concubina cara de por sí.

Damen vio a un anciano acompañado de un niño en los estrados. Lo rodeaba con el brazo como si fuese de su propiedad. Quizá fuese un padre que había traído a su hijo a ver su deporte favorito. Olió el dulzor que le resultaba familiar de los baños y vio que una dama le daba una calada larga a una pipa estrecha que tenía uno de los extremos curvados. Tenía los ojos medio cerrados y acariciaba a la mascota enjoyada que se encontraba junto a ella. Las manos se movían despacio por la carne a lo largo de todos los estrados en actos menores de libertinaje.

Era un buen reflejo de Vere, hedonista y decadente, un país del que rezumaba un dulce veneno. Damen recordó la noche antes del amanecer de Marlas, cuando de las tiendas de los verecianos que había al otro lado del río, con banderines de seda que se agitaban en la brisa nocturna, brotaban risas y sonidos propios de los que se creen superiores. También recordó el mensajero que había escupido a los pies de su padre.

Damen se dio cuenta de que se había detenido en el umbral cuando la cadena del cuello tiró de él hacia delante. Un paso. Otro. Era mejor caminar que ser arrastrado por el cuello.

No supo si sentirse aliviado o perturbado cuando no lo llevaron al centro directamente, sino que lo colocaron frente a un asiento cubierto de sedas azules con ese patrón estelado tan familiar bordado en oro, símbolo del príncipe heredero. Le engancharon la cadena a un eslabón del suelo. Cuando alzó la vista, lo único que vio fue una pierna que llevaba puesta una bota muy elegante.

En los gestos de Laurent no había nada que indicase que se hubiese pasado con la bebida la noche anterior. Parecía despierto, despreocupado y hermoso, con el cabello rubio reluciente sobre un atuendo de un azul tan oscuro que casi podía considerarse negro. Los ojos azules relucían inocentes como el cielo. Había que mirarlo con minuciosidad para ver algo sincero en ellos, algo parecido a la aversión. Damen lo atribuía al despecho; pensaba que Laurent tenía intención de hacerle pagar por haber oído la conversación con su tío la noche anterior. Pero lo cierto era que lo había mirado así desde la primera vez que había posado los ojos en él.

—Tienes un corte en los labios. Alguien te ha golpeado. Ah, ya recuerdo. Te quedaste quieto y se lo permitiste. ¿Te duele?

Sobrio era mucho peor. Damen relajó las manos, que, detrás de la espalda, había cerrado hasta apretar los puños.

—Tengo que darte conversación. Verás, primero me he preocupado por tu salud y ahora toca recordar. Recuerdo con mucho cariño nuestra primera noche juntos. ¿Has pensado en mí esta mañana?

No había respuesta adecuada a una pregunta así. De pronto, le vino a la mente el recuerdo de los baños, el calor del agua, el dulce aroma del incienso, el retorcerse de las volutas de vapor. «Tienes una cicatriz».

—Mi tío nos interrumpió cuando las cosas se ponían interesantes. Tengo curiosidad. —La expresión de Laurent estaba cargada de ingenuidad, pero no dejaba de ahondar en busca de debilidades—. ¿Hiciste algo para que Kastor te odiase? ¿Qué fue?

—¿Odiarme? —preguntó Damen, que se percató de la reacción de su voz, a pesar de que había decidido no enfrentarse al príncipe. Las palabras lo habían afectado.

—¿Crees que estás aquí porque te aprecia? ¿Qué le hiciste? ¿Le ganaste en un torneo? ¿Te tiraste a su amante? ¿Cómo se llamaba…? Jokaste. O puede que… —dijo Laurent, que abrió un poco más los ojos—. Puede que te marchases después de que él te la metiera.

La idea le revolvió tanto el estómago, lo tomó tan desprevenido, que paladeó la bilis en la garganta.

—No.

Los ojos azules de Laurent relucieron.

—Así que fue eso. Kastor monta a sus soldados en el patio como si fuesen caballos. ¿Apretaste los dientes y lo aceptaste porque era el rey o porque te gusta? —preguntó Laurent—. De verdad que no tienes ni idea de lo feliz que me haría algo así. Es perfecto: un hombre que te agarra bien fuerte mientras te mete una polla del tamaño de una botella y con una barba como la de mi tío.

Damen se dio cuenta de que acababa de retroceder. La cadena se tensó. Había algo obsceno en que alguien con una cara así pronunciase esas palabras con tanta naturalidad.

Laurent no hizo más comentarios desagradables debido a que se acercó un selecto grupo de cortesanos ante los que mostró un semblante angelical. Damen se envaró cuando reconoció al consejero Guion vestido con una túnica pesada y oscura adornada con el medallón de consejero al cuello. Las pocas palabras que Laurent había usado para saludar le habían servido a Damen para entender que la mujer con aire dominante se llamaba Vannes y que el hombre con la nariz puntiaguda era Estienne.

—Qué raro veros en este tipo de entretenimientos, alteza —dijo Vannes.

—Me apetecía divertirme —comentó Laurent.

—Vuestra nueva mascota ha causado un gran revuelo. —Vannes rodeó a Damen mientras hablaba—. No se parece en nada a los esclavos que Kastor ha regalado a vuestro tío. Me pregunto si su alteza ha tenido la oportunidad de verlos. Son mucho más…

—Sí los he visto.

—No parecéis complacido.

—Kastor ha enviado a dos docenas de esclavos entrenados para colarse en las alcobas de los integrantes más poderosos de la corte. Complacidísimo estoy.

—Un espionaje la mar de placentero —dijo Vannes mientras se acomodaba en el asiento—. Pero he oído que el regente mantiene muy controlados a los esclavos y no los presta. Además, dudo que los veamos en la arena. No tenían el... ímpetu necesario.

Estienne resopló y atrajo para sí a su mascota, una florecilla delicada que parecía capaz de marchitarse con solo rozar uno de sus pétalos.

—No todo el mundo tiene tu gusto para las mascotas capaces de competir en la arena, Vannes. A mí, por ejemplo, me alegra saber que todos los esclavos de Akielos no son como este. No lo son, ¿verdad? —preguntó esto último con un poco de nerviosismo.

—No —respondió el consejero Guion con autoridad—. Ninguno lo es. En la nobleza de Akielos, la dominación es un símbolo de estatus social. Todos los esclavos que tienen son sumisos. Es posible que os estén haciendo un cumplido al creer que podéis dominar a un esclavo tan fuerte como este, alteza...

No. No era un cumplido. Kastor se estaba burlando a costa de todo el mundo. Había convertido la vida de su hermanastro en un infierno e insultado con disimulo a Vere.

—En cuanto a su procedencia, allí disputan combates en la arena con regularidad: espadas, dagas, lanzas... Supongo que este era uno de los mejores luchadores. Tiene un aspecto propio de un bárbaro, sin duda. No llevan prácticamente atuendo alguno durante las peleas de espadas y los combates cuerpo a cuerpo los hacen desnudos.

—Como nuestras mascotas —rio uno de los cortesanos.

La conversación dio paso a cotilleos. Damen no oyó nada que le fuese útil, pero empezó a tener problemas para concentrarse. La arena, esa promesa de humillación y violencia, ocupaba ahora casi toda su atención. *El regente vigila con atención a sus esclavos. Algo es algo*, pensó.

—Esta nueva alianza con Akielos no encaja mucho con vos, alteza —dijo Estienne—. Todo el mundo sabe cómo os hace sentir ese país. Esas costumbres de bárbaros que tienen... Además, también está lo que ocurrió en Marlas...

De repente todo se quedó en silencio a su alrededor.

—Mi tío es el regente —comentó Laurent.

—Y vos cumplís veintiún años en primavera.

—Entonces, haríais bien en ser prudente, tanto en mi presencia como en la de mi tío.

—Sí, alteza —dijo Estienne, que hizo una ligera reverencia para luego apartarse a un lado al entender que le acababa de pedir que se retirara.

Algo había ocurrido en la arena.

Dos mascotas masculinas habían entrado en ella y se observaban con algo de cautela, como si fuesen a enfrentarse. Uno era moreno y tenía los ojos almendrados con grandes pestañas. El otro, que era el que más llamaba la atención de Damen, era rubio, aunque su pelo no tenía el mismo tono que el de Laurent, sino que era más oscuro, como arenoso, y tenía los ojos marrones en lugar de azules.

Damen notó un cambio en la tensión leve pero constante que lo acompañaba desde los baños, desde que se había despertado en aquel lugar entre cojines de seda.

Habían empezado a quitarle la ropa a las mascotas en la arena.

—¿Un dulce? —preguntó Laurent. Sostenía el confite con cuidado entre el pulgar y el dedo índice, a la distancia justa para que Damen tuviese que ponerse de rodillas para comerlo de la punta de los dedos. Este echó la cabeza hacia atrás—. Cabezota —comentó Laurent con tranquilidad y luego se llevó el dulce a los labios y se lo comió.

Había todo tipo de equipamiento en la arena: unas varas largas y doradas, varios tipos de correas, una serie de pelotas doradas con las que podría haber jugado un niño, una pequeña pila de campanas de plata, látigos grandes con el mango decorado con cintas y flecos. Era obvio que el de la arena era un entretenimiento variado e ingenioso.

Pero el que empezó a tener frente a él era simple: una violación.

Las mascotas se arrodillaron y se rodearon con los brazos la una a la otra, y un oficiante sostuvo un pañuelo rojo sobre ellas para luego soltarlo y dejar que empezase a agitarse en dirección al suelo.

La imagen tan bella que conformaban las mascotas se convirtió al momento en un forcejeo agitado entre el ruido de la multitud. Ambas eran atractivas y tenían los músculos algo marcados, aunque ninguna contaba con la constitución de un luchador. Eso sí, parecían algo más fuertes que algunas de las preciosidades esbeltas que se acurrucaban entre sus amos en el público. El moreno fue el primero en conseguir ventaja. Parecía más fuerte que el rubio.

Damen se dio cuenta de lo que ocurría frente a él, de que todos los cuchicheos que había oído en Akielos sobre la depravación de Vere empezaban a hacerse realidad ante su atenta mirada.

El moreno estaba encima y forzaba con las rodillas los muslos del rubio para que los abriese. Este intentaba con desesperación quitárselo de encima, pero no lo conseguía. El moreno le agarró los brazos hasta colocárselos detrás de la espalda y trató de montarlo. El rubio se resistió, pero el otro no tardó en entrar dentro de él, con la misma facilidad con la que se lo haría a una mujer. Al parecer habían…

… preparado al rubio…

Este soltó un grito e intentó zafarse, pero el movimiento solo hizo que lo penetrara aún más.

Damen apartó la mirada, pero era casi peor fijarse en el público. La mascota de la dama Vannes tenía las mejillas ruborizadas y su ama tenía los dedos bien ocupados. A la izquierda de Damen, el chico pelirrojo había empezado a desatar los cordones del atuendo de su amo para luego agarrar con fuerza lo que encontró al otro lado. En Akielos, los esclavos eran discretos. Los espectáculos públicos eran eróticos, sin llegar a aquello. Los encantos de los esclavos se disfrutaban en privado. La corte no se reunía para ver cómo mantenían relaciones dos de ellos. En aquel lugar, el ambiente era prácticamente el de una orgía y era imposible obviar los sonidos.

Laurent era el único que parecía ajeno a todo. Debía de estar tan acostumbrado que no le aceleraba el pulso siquiera. Estaba sentado con gracilidad, con una muñeca apoyada en el reposabrazos del asiento del palco. Daba la impresión de que podía ponerse a contemplarse las uñas en cualquier momento.

En la arena, el espectáculo estaba a punto de llegar a su fin. Llegados a este punto, era poco más que una actuación. Las mascotas estaban acostumbradas a actuar frente a un público. Los jadeos que emitía el rubio habían cambiado y ahora eran rítmicos y acompasados con los embates. El moreno tenía pensado montarlo hasta llegar al orgasmo. El otro no dejaba de resistirse con terquedad, mordiéndose el labio e intentando apartarse, pero cada embestida lo acercaba más, hasta que todo su cuerpo se estremeció y terminó por entregarse.

El moreno salió de su interior y se corrió por toda su espalda.

Damen sabía qué venía a continuación, a pesar de que el rubio abrió los ojos y un sirviente de su amo que se preocupó por él con diligencia lo ayudó a salir de la arena y lo obsequió con un largo pendiente de diamantes.

Laurent levantó los dedos refinados e hizo una señal que había acordado previamente con los guardias.

Unas manos agarraron a Damen por los hombros. Le quitaron la cadena del collar y, al comprobar que no se precipitaba hacia la arena como un perro suelto listo para la caza, lo llevaron hasta allí a punta de espada.

—No dejabais de insistirme en que metiese a una mascota en la arena —dijo Laurent a Vannes y al resto de los cortesanos que estaban en la estancia—. Me pareció un buen momento para satisfacer vuestros deseos.

Aquello no tenía nada que ver con entrar en la arena de Akielos, donde el enfrentamiento era un espectáculo de excelencia y el premio era el honor. Quitaron la última de las ligaduras a

Damen y después lo desnudaron, aunque tampoco tenía mucha ropa. Le parecía imposible que estuviese ocurriendo algo así. Volvió a sentir un mareo y náuseas... Agitó un poco la cabeza, como si necesitase despejarla, y luego alzó la vista.

Y vio a su oponente.

Laurent lo había amenazado con una violación. Y ahora tenía frente a él al hombre que iba a llevarla a cabo.

Era imposible que aquella bestia fuese una mascota. Era de huesos grandes, tenía los músculos desarrollados, pesaba más que Damen y contaba con una gruesa capa de carne que le cubría los músculos. Lo habían elegido por su tamaño, no por su aspecto. Tenía un cabello negro y lacio que parecía un casco. El pecho estaba cubierto con un vello frondoso que se extendía hasta la entrepierna desnuda. Tenía la nariz chata y rota; era obvio que no era ajeno a las peleas, aunque costaba imaginar a alguien lo bastante suicida como para darle un puñetazo en la nariz a un tipo así. Era muy probable que lo hubiese sacado de una compañía de mercenarios y le hubiese dicho: «Enfréntate al akielense, tíratelo y serás recompensado». Tenía una mirada fría que no dejaba de recorrer el cuerpo de Damen.

Estaba en clara desventaja. En circunstancias normales, la ansiedad no se hubiese apoderado de él. La lucha era una disciplina que se entrenaba bien en Akielos, en la que Damen destacaba y de la que disfrutaba. Pero había pasado días confinado en malas condiciones y le habían dado una paliza el día anterior. Tenía el cuerpo dolorido en algunos lugares y su piel olivácea no ocultaba todos los moretones. Había señales por todo su cuerpo que le indicaban a su adversario dónde tenía que atacar.

Pensó en eso. Pensó en las semanas que habían transcurrido desde su captura en Akielos. En las palizas. En las ligaduras. El orgullo empezó a agitarse en su interior. No tenía intención de dejarse violar en una habitación llena de cortesanos. ¿Querían ver un bárbaro en la arena? Pues les iba a demostrar que el bárbaro sabía luchar.

El enfrentamiento comenzó de manera un tanto asquerosa,

como había empezado con las dos mascotas: de rodillas y rodeándose con los brazos. La presencia de dos hombres adultos y fuertes desató algo en la multitud que no había estado presente antes. Empezaron a gritar insultos, apuestas y comentarios lascivos. Ahora que estaba cerca, Damen oyó la respiración del mercenario que era su oponente, así como también olió su hedor nauseabundo y masculino por encima del perfume de rosas empalagoso que le habían puesto a él. El pañuelo rojo se alzó.

El primer embate podía haber sido suficiente para partirle un brazo. El tipo parecía una montaña y, cuando Damen se enfrentó a él cuerpo a cuerpo, descubrió con cierta preocupación que aún le duraba el mareo. Notaba algo extraño en las extremidades... Las sentía muy lentas...

No había tiempo para pensar al respecto. Se percató de que unos pulgares le buscaban los ojos y se retorció. Eran partes de su cuerpo que eran blandas y delicadas y que había que evitar en un deporte justo, pero ahora tenía que protegerlas a toda costa. Su oponente estaba dispuesto a arañarle los ojos, a despedazárselos e incluso a sacárselos. Se sentía muy vulnerable por los moretones, a pesar de que su cuerpo solía ser resistente y no darle ningún problema. El tipo lo sabía. Los golpes brutales que le propinaba a Damen iban dirigidos a antiguas heridas. Era un oponente despiadado y formidable, entrenado para hacer daño.

A pesar de todo, él consiguió hacerse con la primera ventaja. El tipo era más grande que él y aún tenía que enfrentarse a ese extraño mareo, pero su habilidad le sirvió para algo. Consiguió aferrarse a la mole, pero, cuando intentó recurrir a sus fuerzas para acabar el enfrentamiento, se vio presa de una debilidad vacilante. El aire se le escapó de los pulmones de repente después de que le diesen un golpe en el diafragma. Su oponente había conseguido zafarse.

Volvió a encontrar la manera de sacarle ventaja a la situación. Se impulsó hacia abajo con toda su fuerza sobre el cuerpo del hombre y sintió cómo se estremecía. Le costó más de lo que debería. Los músculos de su contrincante se hincharon y, en esta ocasión, Damen sintió un estallido de dolor en el hombro. Oyó cómo la respiración se le volvía irregular.

Algo iba mal. La debilidad que sentía no era natural. Los mareos volvieron a apoderarse de él y recordó de repente ese olor demasiado dulzón de los baños..., el incienso del brasero... *Una droga*, pensó entre jadeos. Había inhalado alguna droga. No solo eso, sino que se había cocido en ella. No habían dejado nada al azar. Laurent se había asegurado de que el enfrentamiento acabase como él quería.

Recibió otra arremetida repentina y se tambaleó. Tardó demasiado en recuperarse. Intentó agarrar a su contrincante, pero no lo consiguió. Ninguno pudo agarrar al otro durante unos instantes. El sudor del hombre no dejaba de relucir, lo que lo hacía más complicado. Habían embadurnado el cuerpo de Damen con un poco de aceite, un mejunje perfumado propio de los esclavos que le había proporcionado una ventaja inesperada y había protegido su virtud. No era el momento de soltar una carcajada. Sintió el aliento tibio de su contrincante en la nuca.

Un segundo después, se vio de espaldas e inmovilizado. El tipo empezó a aplicarle una presión devastadora en la tráquea sobre el collar de oro y la oscuridad amenazó con apoderarse de él desde los límites de su visión. Sintió la presión del otro cuerpo contra él. El escándalo de la multitud se alzó de repente. Estaba intentando montarlo.

Mientras embestía a Damen, la respiración del hombre brotaba en leves gruñidos. Él intentó zafarse sin éxito, ya que no era lo bastante fuerte como para conseguirlo. Lo obligó a abrir los muslos. No. Intentó a la desesperada encontrar alguna debilidad de la que aprovecharse, pero no encontró ninguna.

Ahora que estaba a punto de conseguir su objetivo, la atención de su contrincante se centraba en agarrarlo y penetrarlo.

Damen usó todas las fuerzas que le quedaban para zafarse y sintió que el tipo flaqueaba, lo bastante como para cambiar un poco de posición y encontrar la manera de aprovechar la situación. Consiguió soltar un brazo...

Lo extendió y logró que uno de los pesados grilletes de las muñecas golpease al tipo en la sien, lo que emitió ese sonido desagradable de una barra de metal al golpear contra la carne y el hueso. Un instante después, Damen siguió, innecesariamente quizá, con el brazo derecho. Golpeó a su oponente aturdido y tambaleante hasta que cayó al suelo.

El cuerpo pesado del hombre se medio derrumbó sobre él.

Consiguió apartarlo de alguna manera y el instinto hizo que se separase de aquel tipo que ahora había quedado bocabajo. Tosió y notó la garganta irritada. Cuando descubrió que volvía a ser capaz de respirar, empezó a ponerse de rodillas muy despacio para luego quedar de pie. No iba a permitir que lo violasen. El pequeño espectáculo con la mascota rubia había sido una actuación. Ni siquiera aquellos cortesanos insensibles querían que se tirase a un hombre inconsciente.

Lo que sí notó fue que dicho público había quedado muy descontento. Nadie quería ver la victoria de un akielense sobre un vereciano. Y menos Laurent. En ese momento, recordó las palabras del consejero Guion: «Es de mal gusto».

Aquello no había acabado. Conseguir sobreponerse a la droga y vencer no había sido suficiente. No había manera de ganar. Le había quedado claro que las órdenes del regente no tenían validez alguna en el entretenimiento de la arena. Y lo que quiera que le pasase a Damen a partir de ahora iba a necesitar la aprobación del público.

Sabía lo que tenía que hacer. Reprimió todo instinto de rebeldía, empezó a caminar y se arrodilló frente a Laurent.

—Me pongo a vuestro servicio para luchar, alteza. —Rebuscó en sus recuerdos las palabras de Radel y las encontró—. Solo existo para complacer a mi príncipe. Que mi victoria sea un reflejo de vuestra gloria.

Sabía que no tenía que alzar la vista. Habló con la mayor claridad que le fue posible, palabras que iban dedicadas tanto a los espectadores como a Laurent. Intentó ser lo más respetuoso que fue capaz, algo que no le resultó muy difícil, agotado y de rodillas como estaba. Si alguien lo golpeaba ahora, seguro que caería hacia delante.

Laurent extendió un poco la pierna derecha y acercó la punta de la bota a Damen.

—Bésala —dijo.

El cuerpo de Damen reaccionó contra la idea de hacer algo así. El estómago le dio un vuelco. El corazón empezó a latirle desbocado en la jaula que era su pecho. Una humillación pública en lugar de otra. Pero era más fácil besar una bota que el hecho de que te violasen frente a una multitud…, ¿no? Damen inclinó la cabeza y presionó los labios contra la punta suave de cuero. Se obligó a hacerlo con respeto y sin prisa, de la misma manera que un vasallo besaría el anillo de un señor feudal. Acercó los labios a la curva de la punta. En Akielos, un esclavo desesperado habría seguido subiendo por el arco del pie de Laurent. Y, en caso de ser atrevido, hasta el gemelo.

Oyó hablar al consejero Guion:

—Obras milagros. Ese esclavo era incontrolable cuando estaba en el barco.

—Siempre hay una manera de amansar a las fieras —respondió Laurent.

—¡Magnífico! —dijo una voz suave y refinada que Damen desconocía.

—Consejero Audin —saludó Laurent.

Damen reconoció al anciano que había visto antes entre el público, el que estaba sentado con su hijo o con su sobrino. Llevaba un atuendo oscuro como el de Laurent, pero de mucha calidad. No tanta como el del príncipe, claro, pero casi.

—¡Menuda victoria! Vuestro esclavo se merece una recompensa. Permitidme ofrecérsela.

—Una recompensa —repitió Laurent con tono neutro.

—Ha sido un enfrentamiento magnífico aunque no haya llegado al clímax. Permitidme ofrecerle una mascota para suplir la conquista que no ha podido consumar —dijo Audin—. Diría que todos estamos ansiosos por verlo en acción.

Damen viró la cabeza en dirección a la mascota.

No se había acabado. *En acción*, pensó. Se le revolvieron las tripas.

Aquel joven no era su hijo. Era una mascota que no llegaba ni a adolescente, con extremidades estrechas y un cuerpo aún por desarrollarse. Era normal pensar que Damen lo había dejado aterrorizado. El pequeño barril que era su pecho subía y bajaba a ritmo frenético. Podía llegar a tener catorce años como mucho. Más bien doce.

Damen vio que sus oportunidades de volver a las calles de Akielos se extinguían como la llama de una vela, que se le cerraban todas las puertas de la libertad. Obedece. Cíñete a las normas. Besa la bota del príncipe. Pasa por el aro. Había pensado de verdad que iba a ser capaz de hacer algo así.

Hizo acopio de sus últimas fuerzas y dijo:

—Haced conmigo lo que queráis, pero no voy a violar a un niño.

La expresión de Laurent titubeó.

La objeción vino del lugar más inesperado.

—No soy un niño. —Con tono malhumorado. Pero, cuando Damen lo miró con gesto incrédulo, el chico se quedó lívido y con expresión aterrorizada.

La mirada de Laurent pasaba de Damen al niño y viceversa. Tenía el ceño fruncido, como si algo no tuviese sentido. O no fuese como él esperaba.

—¿Por qué no? —preguntó de repente.

—¿Que por qué no? —repitió Damen—. Porque no comparto esa costumbre tan cobarde vuestra de abusar solo de aquellos que no pueden defenderse. No me da placer hacer daño a los que son más débiles que yo. —Había perdido los papeles y lo había dicho en su idioma.

Laurent, que lo entendía, lo miró, momento en el que Damen le sostuvo la mirada y no se arrepintió de sus palabras. El odio se había apoderado de él.

—¿Alteza? —preguntó Audin, confundido.

Laurent terminó por girarse hacia él.

—El esclavo ha dicho que, si queréis que vuestra mascota acabe inconsciente, partida por la mitad o muerta de miedo, tendréis que buscaros otra manera de hacerlo. Ha rechazado la oferta.

Se levantó del palco y Damen estuvo a punto de caer hacia atrás cuando Laurent pasó junto a él y lo ignoró. Oyó que decía a uno de sus sirvientes:

—Preparad y llevad mi caballo al patio septentrional. Voy a dar una vuelta.

Y se había acabado, de una vez por todas y de manera repentina. Audin frunció el ceño y se alejó. La mascota lo siguió después de dedicarle una mirada indescifrable a Damen.

No tenía ni idea de qué acababa de ocurrir. Al no haber recibido órdenes, su escolta se había limitado a vestirlo y a prepararlo para regresar al harén. Echó un vistazo a su alrededor y vio que la arena estaba vacía, aunque no se había percatado de si se habían llevado al mercenario a rastras o se había levantado para marcharse por su propio pie. Había un reguero de sangre que recorría el lugar y un sirviente se afanaba de rodillas para limpiarlo. Llevaron a Damen a través de un borrón de rostros. Uno de ellos era el de la dama Vannes, quien le habló sin que se lo esperase.

—Pareces sorprendido… ¿Esperabas disfrutar de ese chico? Será mejor que te acostumbres. El príncipe tiene fama de dejar insatisfechas a sus mascotas.

La risa de la mujer, un *glissando* grave, se unió al estruendo de las voces y del entretenimiento a medida que los cortesanos regresaban al anfiteatro, como si nada hubiese interrumpido su pasatiempo vespertino.

TRES

Antes de que le colocaran bien la venda sobre los ojos, Damen vio que los dos hombres que lo iban a llevar a su habitación eran los mismos que le habían dado la paliza el día anterior. Desconocía el nombre del alto, pero por las conversaciones sabía que el otro se llamaba Jord. Eran dos. La escolta menos numerosa a la que lo habían sometido, pero tenía los ojos vendados y estaba bien atado, además de estar agotado, por lo que no podía aprovecharse de la situación. No le quitaron las ligaduras hasta que no volvió a estar en su habitación y encadenado por el cuello.

Los hombres no se marcharon. Jord se quedó de pie mientras el alto cerraba la puerta y los dejaba dentro a los tres. Lo primero que pensó Damen fue que les había dicho que repitiesen la paliza, pero luego se percató de que estaban allí por voluntad propia y no porque cumpliesen órdenes, lo que podía llegar a ser incluso peor. Esperó.

—Parece que te gusta luchar —dijo el alto. Al oír el tono de voz, Damen se preparó para la posibilidad de otro enfrentamiento—. ¿Cuántos hombres hicieron falta para ponerte ese collar en Akielos?

—Más de dos —respondió Damen.

La respuesta no le sentó nada bien. Al menos al alto. Jord lo agarró por el brazo y lo detuvo.

—Déjalo —comentó—. Se supone que no tendríamos que estar aquí.

Jord era más bajo, pero también más ancho de hombros. Hubo una ligera resistencia antes de que el alto se marchase de la estancia. Se quedó dentro y centró su atención en Damen, reflexivo.

—Gracias —dijo con tono neutro.

Jord le devolvió la mirada mientras, sin duda, valoraba si hablar o no.

—No soy amigo de Govart —respondió al fin. Al principio, Damen pensó que Govart era el nombre del otro guardia, pero descubrió que no cuando Jord continuó hablando—: Hay que tener tendencias suicidas para dejar inconsciente al matón favorito del regente.

—¿El qué del regente...? —preguntó Damen, que sintió cómo el estómago le daba un vuelco.

—Govart. Lo echaron de la Guardia del Rey por ser un hijo de puta, pero el regente lo conservó. No tengo ni idea de cómo consiguió el príncipe meterlo en la arena, pero sé que haría cualquier cosa para hincharle las pelotas a su tío. —Luego, al ver la expresión de Damen, preguntó—: ¿Qué? ¿No sabías quién era?

No. No lo sabía. Damen comprendió mejor a Laurent en ese momento, lo que hizo que lo despreciase aún más. Al parecer, como había tenido lugar un milagro y su esclavo drogado había conseguido ganar la batalla en la arena, Laurent se había hecho con un premio de consolación. Damen, por otra parte, se había granjeado un nuevo enemigo: Govart. Y no solo eso, sino que darle una paliza a Govart en la arena podía llegar a considerarse como una afrenta directa al regente. Laurent había elegido al oponente de Damen con malicia y conocía todas las consecuencias.

Así que esto es Vere, se recordó Damen. Era posible que Laurent hablase como si se hubiese criado en un burdel, pero tenía la mente de un cortesano vereciano, acostumbrada al engaño y a la traición. Y sus planes mezquinos eran peligrosos para todo aquel que estuviese entre sus garras, como Damen.

Radel entró a media mañana del día siguiente para volver a supervisar el viaje de Damen a los baños.

—Te fue muy bien en la arena. Incluso rendiste pleitesía al príncipe. Excelente. Y veo que no has golpeado a nadie en toda la mañana. Bien hecho —comentó Radel.

Damen asimiló el cumplido y dijo:

—¿Qué droga me suministrasteis antes del enfrentamiento?

—Ninguna. —Radel parecía un tanto sorprendido.

—Sí que había alguna —insistió Damen—. La pusisteis en los braseros.

—Eso era chalis, un divertimento refinado. No tiene nada de siniestro. El príncipe sugirió que quizá te ayudaría a relajarte en el baño.

—¿Y también sugirió la dosis? —preguntó Damen.

—Sí —aseguró Radel—. Más de la normal, porque eres muy corpulento. A mí no se me habría ocurrido. Es una persona muy atenta.

—Sí, de eso sí me he dado cuenta —aseguró Damen.

Creyó que todo transcurriría como el día anterior: que se lo llevarían a los baños para algo nuevo y grotesco. Pero lo único que ocurrió fue que lo bañaron, lo devolvieron a su habitación y le llevaron la comida en un plato. El baño fue más placentero que el día anterior. Sin chalis y sin tocamientos que pusieran en entredicho su intimidad. También le dieron un lujoso masaje, le revisaron los hombros, por si los tenía tensos o tenía alguna herida, y le trataron con mucho cuidado los moretones que le quedaban.

El día avanzaba sin que ocurriese nada y Damen se dio cuenta de que se había apoderado de él una sensación de anticlímax, de decepción incluso, lo cual era absurdo. Era mejor pasar el día aburrido entre cojines de seda que en la arena. Puede que solo anhelase otra oportunidad de enfrentarse a cualquier cosa. Preferiblemente, a un principito rubio e insufrible.

El segundo día no ocurrió nada. Tampoco el tercero, ni el cuarto, ni el quinto.

El paso del tiempo dentro de aquella prisión tan cómoda se convirtió en un suplicio. Lo único que lo interrumpía era la rutina de la comida y el baño matutino.

Aprovechó el tiempo para aprender todo lo posible. El cambio de guardia de su puerta tenía lugar de manera intencionadamente irregular. Los guardias ya no lo trataban como si fuese poco más que un mueble de la estancia y se había aprendido algunos de los nombres. El combate en la arena había cambiado algo. Nadie volvió a desobedecer órdenes para entrar en su habitación, pero sí que hubo una o dos veces en las que los hombres que lo manipulaban intercambiaron con él algunas que otras palabras, aunque fueron conversaciones breves. Unas pocas de vez en cuando. Estaba en ello.

Lo atendieron varios sirvientes que le proporcionaron comida, le vaciaron el orinal, encendieron antorchas, las apagaron, mulleron los cojines, los cambiaron, limpiaron el suelo y airearon la habitación…, pero por el momento le resultó imposible relacionarse con cualquiera de ellos. Obedecían a rajatabla la orden de no hablar con él, más que los guardias. O quizá le tuviesen miedo. En una ocasión, lo máximo que había conseguido era una mirada temerosa y un rostro ruborizado. Eso había ocurrido cuando Damen, sentado con una rodilla flexionada y la cabeza apoyada contra la pared, se había apiadado del sirviente que intentaba hacer su trabajo pegado a la puerta y dijo:

—Tranquilo. La cadena es muy resistente.

Los intentos frustrados de sonsacarle información a Radel solo encontraron resistencia y una serie de sermones condescendientes.

Radel comentó que Govart no era un matón nombrado por la realeza. ¿De dónde había sacado Damen esa idea? El regente lo mantenía contratado debido a algún tipo de obligación que seguro que estaba relacionada con la familia de Govart. ¿Por qué Damen habían preguntado por él? ¿Acaso no recordaba que estaba aquí solo para hacer lo que le ordenasen? No había necesidad de formular preguntas. Y tampoco de preocuparse por lo que ocurría en el palacio. Tenía que sacarse todo eso de la cabeza, a excepción de la necesidad de complacer al príncipe, quien, dentro de diez meses, se convertiría en rey.

Damen ya tendría el discurso aprendido a esas alturas.

El sexto día, el viaje a los baños ya se había convertido en una rutina y no esperaba nada de él. Pero dicha rutina cambió. Le quitaron la venda fuera de los baños, no en el interior. Radel posó en él su mirada crítica, como si analizase una mercancía. ¿Estaba en condiciones? Sí que lo estaba.

Damen notó cómo lo liberaban de las ligaduras. Ahí, en el exterior.

Radel dijo, en pocas palabras:

—Hoy prestarás servicios en los baños.

—¿Prestar servicios? —preguntó Damen. La palabra le hizo recordar los nichos y su verdadero propósito, así como las figuras entrelazadas en relieve.

No tenía tiempo de asimilar la idea ni de hacer preguntas. Lo empujaron en dirección a los baños, tal y como habían hecho cuando había acabado en la arena. Los guardias cerraron la puerta, se quedaron fuera y se convirtieron en sombras oscuras tras la celosía de metal.

No sabía muy bien qué esperar. Quizás una escena cargada de perversión, como la que se había encontrado en la arena. Quizá mascotas despatarradas por todas partes, desnudas y exudando vapor. Quizás una imagen en movimiento, cuerpos agitándose y sonidos suaves o chapoteos en el agua.

Pero lo cierto es que los baños estaban vacíos, a excepción de una persona.

Era alguien que aún no había recibido la caricia del vapor, vestido de arriba abajo y de pie en el lugar donde se lavaban los esclavos antes de meterse en la bañera. Cuando Damen vio quién era, se llevó una mano por instinto al collar dorado, incapaz de creer que no estuviese atado y los hubiesen dejado solos.

Laurent se reclinó contra los azulejos de la pared y apoyó la espalda en ellos por completo. Miró a Damen con una expresión familiar a través de sus pestañas doradas.

—Hay que ver lo vergonzoso que se vuelve mi esclavo en la arena. ¿Acaso no te tirabas niños en Akielos?

—Tengo educación. Antes de violar a alguien, me gusta asegurarme de que ya le ha cambiado la voz —respondió Damen.

Laurent sonrió.

—¿Luchaste en Marlas?

Damen no reaccionó a la sonrisa, que sabía que no era auténtica. La conversación pendía de un hilo. Dijo:

—Sí.

—¿A cuántos mataste?

—No lo sé.

—¿Perdiste la cuenta? —dijo con total normalidad, como si le estuviese preguntando por el clima. Laurent añadió—: El bárbaro no se tira niños, claro. Prefiere esperar unos cuantos años para usar una espada en lugar de la polla.

Damen se ruborizó.

—Era una batalla. Hubo bajas en ambos bandos.

—Lo sé. Nosotros también matamos unos cuantos de los vuestros. Me gustaría haber matado más, pero mi tío es inexplicablemente compasivo con las alimañas. Ya lo has comprobado.

Laurent parecía una de esas figuras grabadas en la entalladura, solo que él estaba hecho de blanco y oro, no de plata. Damen lo miró y pensó: *Este es el lugar donde me drogaste.*

—¿Habéis esperado seis días para venir a hablarme sobre vuestro tío? —preguntó Damen.

Laurent se recolocó contra la pared y adaptó una posición en apariencia más cómoda y perezosa.

—Mi tío ha ido a Chastillon. A cazar jabalíes. Le gusta la persecución. También le gusta matar. Es un día de viaje a caballo, y luego su grupo y él se quedarán cinco noches en la antigua fortaleza. Sus súbditos tienen claro que no deben molestarlo con misivas de palacio. He esperado seis días para que pudiésemos estar a solas.

Lo contemplaron esos ojos azules y adorables. De obviar el tono empalagoso de sus palabras, quedaba claro que se trataba de una amenaza.

—Solos, pero con vuestros guardias vigilando las puertas —apostilló Damen.

—¿Vas a volver a quejarte porque no se te permite defenderte? —preguntó Laurent. La voz sonó más empalagosa aún—. No te preocupes. No voy a hacerte daño, a menos que me des una buena razón.

—¿Parezco preocupado? —dijo Damen.

—Parecías un poco nervioso en la arena —respondió Laurent—. Me gustabas más cuando te pusiste a cuatro patas. Como un perro callejero. ¿Crees que tolero la insolencia? No te recomiendo poner a prueba mi paciencia.

Damen se quedó en silencio. Sintió cómo el vapor empezaba a arremolinarse contra su piel. También sintió el peligro. Se había fijado en su tono de voz. Ningún soldado le hablaría así a un príncipe. Un esclavo se habría puesto a cuatro patas nada más ver que Laurent se encontraba en la misma estancia.

—¿Quieres que te diga qué fue lo que más disfrutaste tú? —preguntó Laurent.

—No disfruté nada.

—Mientes. Disfrutaste cuando lo tiraste al suelo y te gustó comprobar que no se levantaba. Te gustaría hacerme daño,

¿verdad? ¿Te cuesta mucho controlar ese impulso? Tu charla sobre el juego limpio no me ha engañado ni lo más mínimo, al igual que tu supuesta obediencia. La inteligencia que posees de por sí te ha hecho ver que parecer civilizado y obediente sirve mejor a tus intereses. Pero en realidad tienes ganas de pelea.

—¿Habéis venido a provocarme para que me pelee? —preguntó Damen con una voz diferente, que parecía brotar de lo más profundo de su cuerpo.

Laurent se apartó de la pared.

—No me gusta revolcarme con los cerdos —dijo con frialdad—. He venido a bañarme. ¿Te he sorprendido? Ven aquí.

Tardó unos instantes en darse cuenta de que podía obedecer. Cuando había entrado en la estancia, había sopesado la opción de sobreponerse físicamente a Laurent, pero la había descartado. No saldría del palacio con vida si hacía daño al príncipe heredero de Vere. Aun así, la decisión había hecho que se sintiese muy arrepentido.

Se quedó en pie a dos pasos de distancia. Se sorprendió al comprobar que había algo más que antipatía en el gesto de Laurent: era como si lo estuviese evaluando y también había en su mirada algo de presuntuosidad. Lo que Damen esperaba encontrar era bravuconería. Sabía a ciencia cierta que había guardias al otro lado de la puerta y un simple ruido por parte del príncipe haría que entrasen a toda prisa con las espadas en ristre, pero eso no garantizaba que a Damen no le diese tiempo de perder los estribos y matar antes a Laurent. Quizás otro hombre lo hubiese hecho. O hubiese pensado que la retribución inevitable, el verse con la cabeza clavada en una pica tras una ejecución pública, merecía el placer de retorcerle el pescuezo a Laurent.

—Desnúdate —dijo el príncipe.

La desnudez nunca lo había incomodado. A estas alturas, sabía que estaba prohibida entre la nobleza vereciana. Pero, aunque se tomase en serio las costumbres de Vere, ya había expuesto públicamente todo lo que había bajo sus atuendos. Se desabrochó la ropa y la dejó caer. No tenía muy claro qué era lo que iba a ocurrir, a menos que todo fuese para hacerlo sentir así.

—Desnúdame —le ordenó Laurent.

La sensación se intensificó. La ignoró y dio un paso al frente.

La vestimenta extranjera lo hizo dudar. Laurent extendió una mano fría y autoritaria, con la palma hacia arriba, para indicarle el lugar por el que tenía que empezar. Los cordones apretados que había por debajo de la muñeca le llegaban hasta la mitad del brazo y eran del mismo azul marino que la ropa. Desanudarlos le costó varios minutos; eran pequeños, complicados y estaban muy apretados; además, tenía que sacarlos uno a uno por su agujero, lo que hacía que las tiras rozaran el material del ojal.

Laurent bajó el brazo, del que quedaron colgando los cordones, y luego extendió el otro.

En Akielos, la ropa era simple, escasa y se centraba en la estética del cuerpo. Por el contrario, en Vere los atuendos ocultaban mucho y parecían diseñados para frustrar e impedir, con una complejidad cuyo único propósito parecía ser dificultar la desnudez. Aquel ritual metódico de quitarle la ropa hizo que Damen se preguntase, no sin cierto desprecio, si los amantes verecianos interrumpían su pasión durante media hora para desvestirse. Puede que todo lo que ocurriese en aquel país fuese deliberado y desapasionado, incluidas las relaciones sexuales. Pero no, recordó la carnalidad de la arena. Las mascotas vestían diferente, de una manera que facilitaba el acceso, y el pelirrojo se había limitado a deshacer los cordones de la ropa de su amo solo por el lugar que necesitaba para sus propósitos.

Tras desatarle todos los cordones, le quitó la ropa y descubrió que solo se trataba de una capa exterior. Debajo llevaba una camisa blanca y simple que también contaba con cordones, una prenda que no estaba antes a la vista. Camisa, pantalones, botas. Damen titubeó.

Las cejas doradas se arquearon.

—¿Acaso he venido para tener que esperar a que un sirviente supere su pudor?

Y Damen se arrodilló. Primero fueron las botas y luego el pantalón. Dio un paso atrás al terminar. La camisa (ya desabrochada) se había resbalado un poco y dejado al descubierto un hombro. Laurent se llevó la mano atrás y se la quitó. No llevaba nada más.

La aversión inflexible que Damen sentía por él frustró la reacción normal que habría tenido al ver un cuerpo bien formado. Era menos voluminoso que el suyo, pero tampoco era el de un niño. Contaba con la musculatura perfectamente proporcionada de un joven al borde de la adultez, propia del deporte o de una colección de estatuas. Y era blanco. Muy blanco, una piel propia de una joven, suave y sin mácula, con un atisbo dorado que le descendía desde el ombligo.

Damen esperaba que Laurent se sintiese algo cohibido, ya que pertenecía a una sociedad que llevaba demasiada ropa, pero el príncipe hizo gala de esa indecencia impasible que parecía dedicarle a todo lo demás. Parecía un dios joven ante el que un sacerdote estaba a punto de hacer una ofrenda.

—Lávame.

Damen nunca había servido a alguien de esa manera en toda su vida, pero supuso que hacerlo no afectaría a su orgullo ni a su conciencia. Ya conocía bien la rutina de los baños, pero captó una satisfacción sutil en Laurent y algo de resistencia interna en respuesta. Aquel era un servilismo incómodo. No estaba atado y estaban solos. Un hombre sirviendo a otro.

Habían dispuesto con minuciosidad todos los accesorios: una jarra redonda de plata, toallas suaves, frascos de aceite y jabón líquido espumoso hechos de vidrio con tapones bañados en plata. Damen se hizo con uno que tenía el aspecto de una parra llena de uvas. Sintió las formas entre los dedos mientras tiraba de la tapa, que se le resistió un poco. Llenó la jarra de plata y Laurent se dio la vuelta.

Tenía la piel muy tersa y, cuando Damen le derramó el agua encima, adquirió una tonalidad de un blanco perlado. El cuerpo que había quedado cubierto por el jabón no era ni suave ni flexible, sino tirante como un arco tensado con elegancia. Damen supuso que Laurent participaba de esos deportes refinados a los que se dedicaban a veces los cortesanos y también que, al ser el príncipe, el resto de los participantes le permitían ganar.

Bajó desde los hombros hasta la parte inferior de la espalda. El agua le humedeció a él el pecho y los muslos, donde le caía en riachuelos que dejaban tras de sí alguna que otra gota que relucía y amenaza con continuar el camino hacia abajo en cualquier momento. El agua estaba caliente cuando salpicaba desde el suelo y también cuando la vertía de la jarra de plata. El aire también lo estaba.

Era consciente de ello. De cómo se le alzaba y le descendía el pecho, de su respiración y de algo más que eso. Recordó que en Akielos lo había bañado una esclava rubia. Tenía el cabello del mismo color que el de Laurent, tanto que bien podrían haber sido mellizos. Ella había sido mucho menos desagradable. Se había quedado a centímetros de él y presionado su cuerpo contra el suyo. Recordó sus dedos cerrándose sobre su cuerpo, los pezones suaves como fruta magullada presionados contra su pecho. Notó unos latidos en el cuello.

No era el mejor momento para perder el control de sus pensamientos. Había avanzado lo bastante en su tarea como para encontrar curvas. Las notaba firmes bajo las manos y el jabón hacía que todo estuviese resbaladizo. Bajó la vista y disminuyó la velocidad con la que movía el paño. El ambiente de los baños solo conseguía aumentar la sensualidad y Damen fue incapaz de evitar que algo se le endureciese entre las piernas.

Hubo un cambio en el aire, como si su deseo se volviese tangible de repente entre la densa humedad de la estancia.

—No seas insolente —dijo Laurent con frialdad.

—Demasiado tarde, guapo —respondió Damen.

Laurent se dio la vuelta y con una precisión fruto de la calma propinó un revés de mano con la fuerza suficiente para partirle el labio, pero Damen estaba harto de que le pegasen y consiguió agarrar la muñeca de Laurent antes de recibir el golpe.

Se quedaron en esa posición durante unos instantes. Damen lo miró a la cara, a la piel blanca donde se distinguía algo de rubor, al pelo rubio húmedo en las puntas y a los ojos azul ártico bajo las pestañas doradas. Laurent hizo un movimiento brusco para intentar zafarse y en ese momento Damen sintió que lo agarraba con más fuerza.

Dejó que su mirada vagara desde el pecho húmedo hasta el abdomen tenso y más abajo. Tenía un cuerpo fantástico, pero la indignación que sentía era genuina. Damen se había percatado de que no había ni el más mínimo rastro de cariño en Laurent; esa parte de él, que seguro que era tan fantástica como todo lo demás, permanecía inactiva.

Damen sintió la tensión en el cuerpo de Laurent, aunque el tono de voz no cambió demasiado y siguió arrastrando las palabras.

—Pero ya me ha cambiado la voz. ¿No era ese tu único requisito?

Damen lo soltó como si le hubiese quemado. Un momento después, sintió cómo el golpe que había conseguido detener le cruzaba la boca, más fuerte de lo que hubiese imaginado.

—Sacadlo de aquí —dijo Laurent. No lo dijo más alto que cuando hablaba normalmente, pero las puertas se abrieron de repente. Estaban muy pendientes.

Damen sintió cómo le tiraban de las manos para colocárselas detrás de la espalda.

—Llevadlo a la cruz. Esperad hasta que llegue.

—Alteza, el regente ha dicho que el esclavo…

—Podéis hacer lo que digo yo o subiros a la cruz en su lugar. Tomad una decisión. Ya.

De decisión tenía poco, ahora que el regente estaba en Chastillon.

«He esperado seis días para que pudiésemos estar a solas».

No hubo más titubeos.

—Sí, alteza.

Se despistaron y se olvidaron de vendarle los ojos.

El palacio resultó ser un laberinto en el que se entremezclaban los pasillos y cada arco contenía una imagen diferente: estancias de formas distintas, escaleras con patrones de mármol, patios alicatados o con huertos llenos de verduras. Algunos de esos arcos rodeaban puertas enrejadas tras las que solo se alcanzaba a evocar ciertas imágenes. Llevaron a Damen por pasillos y habitaciones. En una ocasión, atravesaron un patio en el que había dos fuentes y oyó el trino de los pájaros.

Se afanó por recordar el camino. Los guardias que lo acompañaban fueron los únicos que vio.

Dio por hecho que habría más asegurando el perímetro del harén, pero, cuando se detuvieron en una de las habitaciones más grandes, se percató de que ya lo habían pasado y ni siquiera se había dado cuenta.

Se le aceleró el pulso cuando vio que el arco que había al fondo de la estancia daba a otro patio que no estaba tan bien cuidado como los demás, en el que había escombros y una serie de objetos irregulares, como algunas losas de piedra sin tallar y una carretilla. En una esquina, había una columna rota apoyada contra la pared, lo que creaba una especie de escalera que llevaba hasta la azotea, enrevesada y llena de curvas oscuras, salientes, nichos y esculturas. Estaba claro que aquella era la salida.

Para no quedarse mirando como un imbécil, Damen volvió a centrar la vista en la habitación. El suelo estaba lleno de serrín. Era una especie de zona de entrenamiento. También estaba adornada de manera extravagante. Todo era más antiguo y de algo menos de calidad, pero aún parecía formar parte del harén. Es probable que en Vere todo diese la impresión de formar parte de un harén.

«La cruz», había dicho Laurent. Estaba al fondo de la estancia. La viga vertical estaba hecha con el tronco de un árbol grande y el travesaño era menos grueso, pero igual de resistente. La vertical tenía atado un fajo de relleno acolchado. Había un sirviente apretando los nudos que lo fijaban contra la viga, los cuales le recordaron a los de la ropa de Laurent.

El sirviente empezó a poner a prueba la resistencia de la cruz apoyando su peso contra ella, pero no consiguió moverla.

«La cruz», la había llamado Laurent. Pero era poco más que un poste contra el que dar palizas.

Damen había liderado su primer comando con diecisiete años y los azotes formaban parte de la disciplina del ejército. Como príncipe y comandante, no era algo que hubiese experimentado en persona, pero tampoco que temiese desmesuradamente. Para él, era un castigo severo que se conseguía aguantar, no sin cierta dificultad.

Al mismo tiempo, sabía que los hombres fuertes no eran capaces de resistir el látigo, que podían llegar a morir con los golpes de uno. Pero, a pesar de tener diecisiete años, jamás habría permitido que alguien muriese a latigazos mientras él diese las órdenes. Si no respondían bien a un buen liderazgo ni a los rigores de la disciplina, y la culpa no era de sus superiores, los expulsaba. Para empezar, alguien así no tendría que haberse alistado.

Era probable que no fuese a morir, pero sí que esperaba mucho dolor. La mayor parte de la rabia que sentía iba dirigida a sí mismo. Había resistido las provocaciones precisamente porque sabía que podía llegar a sufrir las consecuencias. Y ahora estaba allí, sin mayor motivo que el hecho de que Laurent, que tenía una figura muy agradable, había dejado de hablar el tiempo suficiente para que Damen se olvidase de su disposición.

Lo ataron al poste con el rostro mirando hacia la madera y los brazos extendidos y atados al travesaño. Le dejaron las piernas sueltas. Era una postura con la que tenía espacio suficiente como para retorcerse, pero no iba a hacerlo. Los guardias tiraron de los brazos y de las ligaduras para ponerlos a prueba, y luego le colocaron bien el cuerpo y le separaron las piernas a patadas. Hizo de tripas corazón para no resistirse. No le resultó sencillo.

No habría sido capaz de decir cuánto tiempo había pasado cuando Laurent entró al fin en la estancia; el suficiente para que llegase seco y vestido, tras anudarse toda la ropa.

Después de entrar, uno de sus hombres empezó a tantear el látigo en las manos, con calma, mientras el resto probaba todo lo demás. Laurent tenía el gesto serio y decidido de un hombre que había tomado una decisión. Se apoyó contra la pared que Damen tenía delante. Desde allí, no iba a ser capaz de ver el impacto de los latigazos, pero sí que le vería el rostro. Damen sintió cómo el estómago le daba un vuelco.

Luego notó que se le dormían las muñecas y se percató de que había empezado a tirar de las ligaduras de manera inconsciente. Se obligó a parar.

Había un hombre a su lado que sostenía entre los dedos algo retorcido. Empezó a levantarlo hacia el rostro de Damen.

—Abre la boca.

Él permitió que aquel objeto extraño cruzase sus labios y justo en ese momento se dio cuenta de qué era. Se trataba de un pedazo de madera cubierto de una tela suave y marrón. No se parecía en nada a las mordazas ni a los bocados que le habían puesto mientras estaba allí cautivo, sino más bien a algo que le darías a alguien para ayudarlo a soportar el dolor. El tipo lo ató detrás de la cabeza de Damen.

Intentó prepararse cuando notó que este echaba el látigo hacia detrás.

—¿Cuántos golpes? —preguntó.

—Aún no estoy seguro —respondió Laurent—. Lo veré sobre la marcha. Puedes empezar.

El sonido fue lo primero de lo que se percató: el suave silbido del aire, el chasquido y el golpe contra la carne un segundo antes de notar ese dolor dentado. Damen se agitó contra las ligaduras mientras el látigo le golpeaba los hombros y no le daba tregua para pensar en nada más. El dolor lacerante empezaba a desvanecerse cuando llegó el segundo y brutal zurriagazo.

El ritmo contaba con una eficiencia despiadada. El látigo caía una y otra vez en la espalda de Damen y solo cambiaba ligeramente de lugar, una pequeña diferencia que tenía una importancia crítica, ya que su mente se aferraba a la esperanza de sentir un poco menos de dolor mientras se le hinchaban los músculos y se le agitaba la respiración.

Damen empezó a reaccionar no solo al dolor, sino al ritmo, a la expectativa enfermiza de los golpes, para intentar soportarlos. Pero el látigo flagelaba una y otra vez las mismas marcas y moretones y llegó un punto en el que fue del todo incapaz.

Presionó la frente contra la madera del poste y se limitó a... soportarlo. El cuerpo se le estremeció contra la cruz. Se le tensaron todos los nervios y tendones, y el dolor se le extendió por la espalda hasta que llegó a consumirle todo el cuerpo y pasó a invadirle la mente, en la que no quedaba barrera alguna para contenerlo. Se olvidó de dónde estaba y de quién lo estaba mirando. Era incapaz de pensar o de sentir algo que no fuese dolor.

Los golpes terminaron al fin.

Damen tardó un rato en darse cuenta. Alguien había empezado a quitarle la mordaza para dejarle la boca libre. Después, empezó a fijarse en su cuerpo poco a poco. Vio que la respiración le agitaba el pecho y que tenía el pelo empapado. Relajó los músculos y probó a mover la espalda. Sintió una oleada de dolor que le dejó claro que era mucho mejor quedarse quieto.

Tenía la impresión de que, si le desataban las muñecas de la cruz, no podría hacer nada para caer y quedar a cuatro patas frente a Laurent. Se enfrentó a la debilidad que le hacía pensar así. Laurent. Recordó la existencia del príncipe justo en el mismo momento en el que el susodicho dio un paso al frente y se colocó muy cerca, mirándolo y con el gesto del todo neutro.

Damen recordó a Jokaste presionando sus dedos fríos contra su mejilla magullada.

—Debería haber hecho esto el día que llegaste —dijo Laurent—. Es lo que te mereces.

—¿Por qué no lo hicisteis? —preguntó Damen. Las palabras brotaron de los labios con cierta aspereza. No quedaba nada que las refrenase. Se sentía en carne viva, como si le hubiesen arrancado la capa exterior que lo protegía. El problema era que lo que había debajo no eran sus debilidades, sino puro metal—. Sois despiadado y sin honor. ¿Qué fue lo que os detuvo?

No había estado bien decir algo así.

—No estoy seguro —respondió Laurent con voz indiferente—. Tenía curiosidad por descubrir el tipo de hombre que eras. Ya veo que hemos vuelto a parar demasiado pronto. Otra vez.

Damen intentó prepararse para más azotes, pero algo en su mente se quebró al comprobar que no los recibía de inmediato.

—Alteza, no creo que sobreviva a otra ronda.

—Yo creo que sí. ¿Por qué no hacemos una apuesta? —preguntó Laurent con ese tono frío y neutro—. Una moneda de oro a que vive. Si quieres ganarme, tendrás que esforzarte.

Damen se rindió al dolor y fue incapaz de saber durante cuánto tiempo se había esforzado el tipo, pero le quedó claro que había puesto todo de su parte. Al terminar, no tenía fuerzas para impertinencia alguna. La oscuridad amenazaba su visión y ya no le quedaba nada para contenerla. Un rato después se dio cuenta de que Laurent había hablado y, aun así, no consiguió encontrarles sentido a sus palabras indolentes durante un tiempo.

—Yo estaba en el campo de batalla de Marlas —dijo Laurent.

Las palabras se asentaron y Damen sintió que el mundo recuperaba su forma a su alrededor.

—No me dejaron ir al frente. Nunca tuve la oportunidad de enfrentarme a él. Solía preguntarme qué le hubiese dicho en caso de tener la oportunidad. Qué hubiese hecho. ¿Cómo se atreve alguien de tu calaña a hablar de honor? Conozco bien a los tuyos. Un vereciano que trate con amabilidad a un akielense acabará degollado con su propia espada. Es algo que me enseñó tu compatriota. Agradécele la lección.

—¿A quién? —Damen se afanó en pronunciar las palabras a pesar del dolor. Pero lo sabía. Vaya si lo sabía.

—A Damianos, el príncipe muerto de Akielos —respondió Laurent—. El hombre que mató a mi hermano.

CUATRO

—A u —dijo Damen mientras apretaba los dientes.

—Quieto —exigió el galeno.

—Eres un patán muy torpe —espetó Damen en su idioma.

—Y silencio. Te estoy poniendo un ungüento medicinal —explicó el galeno.

A Damen no le gustaban los galenos de palacio. Durante las últimas semanas de la enfermedad de su padre, la enfermería siempre estaba llena de ellos. Habían cantado, murmurado declaraciones, lanzado huesos de adivinación por los aires y también le habían administrado varios remedios, pero su padre no había dejado de ponerse más y más enfermo. No tenía la misma opinión de los pragmáticos cirujanos de campaña que habían trabajado incansables junto al ejército. El cirujano que lo había atendido en Marlas le había cosido el hombro sin queja alguna y limitó su objeción a un fruncimiento de ceño cuando Damen se había subido a un caballo cinco minutos después.

Los galenos verecianos eran diferentes. Le advertían que no debía moverse, le daban una cantidad ingente de instrucciones y le cambiaban los vendajes continuamente. El que lo trataba ahora llevaba una bata que llegaba hasta el suelo y un sombrero con forma de hogaza de pan. El ungüento no le había hecho nada en la espalda, que Damen supiese, aunque tenía un olor muy agradable a canela.

Habían pasado tres días desde los azotes. Damen no recordaba muy bien cómo lo habían desatado del poste para llevarlo a su habitación. Los recuerdos borrosos que tenía del trayecto de vuelta le confirmaban que había hecho el viaje a pie. Durante la mayor parte del tiempo.

Recordaba que se había apoyado en dos guardias, allí, en esa habitación, mientras Radel le miraba la espalda, horrorizado.

—¿De verdad que el príncipe… te ha hecho esto?

—¿Quién si no? —dijo Damen.

Radel había dado un paso al frente para darle un tortazo en la cara. Había sido muy fuerte, y el tipo llevaba tres anillos en cada dedo.

—¿Qué le hiciste tú? —exigió saber.

La pregunta le había resultado muy divertida a Damen. Y seguro que su rostro lo reflejó, porque le dieron un tortazo mucho más fuerte que el anterior. El escozor le despejó la oscuridad que amenazaba su visión durante unos instantes y Damen se aferró a su conciencia, ahora que estaba más presente. Nunca se había desmayado antes, pero aquel parecía un día en el que estaba experimentando muchas cosas por primera vez y no quería arriesgarse a ello.

«No lo dejéis morir por el momento» era lo último que había dicho Laurent.

La palabra del príncipe era ley, por lo que, tras pagar el pequeño precio de la piel de su espalda, le proporcionaron una serie de concesiones durante su encarcelamiento, entre las que se encontraba el dudoso privilegio de que el galeno lo toqueteasе con regularidad.

Una cama reemplazó los cojines del suelo para que se tumbara más cómodo bocabajo, para proteger la espalda. También le dieron mantas y varias gasas de colores para tapar solo la parte inferior del cuerpo, y además proteger la espalda. Le dejaron puesta la cadena, pero, en lugar de engancharla al collar, lo hicieron a uno de los grilletes dorados, también para proteger la espalda. Tanta preocupación le resultó divertida.

Lo bañaban con frecuencia y le pasaban con mucho cuidado una esponja que humedecían en una bañera. Luego, los sirvientes se deshacían del agua, que los primeros días siempre quedaba roja.

Para su sorpresa, el mayor cambio no fue el del mobiliario ni el de la rutina, sino el de la actitud de los sirvientes y de los que lo protegían. Damen esperaba que reaccionasen como Radel, con hostilidad e indignación. Pero le demostraron mucha empatía. Y los guardias, camaradería, algo que le resultó más inesperado incluso. El enfrentamiento en la arena había hecho que considerasen a Damen un luchador a su altura, pero los azotes del príncipe lo habían convertido en alguien que formaba parte de la misma fraternidad. Hasta Orlant, el guardia alto que lo había amenazado después del combate en la arena, parecía tratarlo mejor. Este le había echado un vistazo a la espalda, no sin cierto orgullo, y comentado que el príncipe era una zorra de hierro forjado, para luego darle unas palmaditas en el hombro que lo dejaron lívido por unos instantes.

Por su parte, Damen tuvo cuidado de no hacer preguntas que levantasen sospechas y se embarcó en un intercambio cultural.

¿Era cierto que en Akielos dejaban ciegos a los que miraban el harén del rey? No, no lo era. ¿Y que las mujeres akielenses llevaban los pechos al descubierto en verano? Sí, sí lo era. ¿Y los combates de lucha libre se hacían desnudos? Sí, eso también. ¿Y los esclavos iban desnudos? También. Era posible que Akielos tuviese un rey bastardo y una reina prostituta, pero a Orlant le parecía un paraíso. Rieron.

«Un rey bastardo y una reina prostituta». Damen descubrió que todo el mundo había empezado a usar aquella máxima de Laurent.

Damen destensó la mandíbula y lo dejó estar. La seguridad se fue relajando poco a poco y ahora conocía una manera de salir del palacio. Trató de verlo con objetividad, como si hubiese sido un trueque justo por una tanda de azotes (dos, le recordó su espalda con cariño).

Ignoró el dolor y se centró en cualquier otra cosa o persona.

Los hombres que lo vigilaban formaban parte de la Guardia del Príncipe y no tenían relación alguna con el regente. Damen quedó muy sorprendido por la lealtad que demostraban al príncipe y lo diligente que era su servicio, ya que no expresaban el rencor y las quejas que se hubiese esperado de ellos teniendo en cuenta la personalidad nociva de Laurent. Se tomaban muy en serio el conflicto entre él y su tío; al parecer, había grandes discrepancias entre la Guardia del Príncipe y la del regente.

Lo que inspiraba tanta lealtad en sus hombres tenía que ser el aspecto de Laurent, y no él mismo. Lo más cerca que habían estado de mostrar una falta de respeto había sido cuando hicieron una serie de comentarios procaces sobre la apariencia del príncipe. Al parecer, dicha lealtad no prohibía que la fantasía de tirárselo alcanzase proporciones épicas.

—¿Era cierto que en Akielos la nobleza masculina tiene esclavas y que las damas mantienen relaciones con hombres? —preguntó Jord.

—¿No hacen lo mismo en Vere? —Damen recordó que dentro y fuera de la arena solo había visto parejas del mismo sexo. Sus conocimientos de la cultura vereciana no estaba muy versada en asuntos de alcoba—. ¿Por qué no?

—Nadie de alta alcurnia se arriesgaría a la abominación que supone tener un hijo bastardo —dijo Jord con naturalidad. Las mascotas femeninas están en manos de las damas, y las masculinas, en las de los señores.

—¿Quieres decir que los hombres y las mujeres nunca…?

Nunca. Al menos no entre la nobleza. Bueno, a veces sí son muy pervertidos. Pero era tabú. Jord le había explicado que los bastardos eran una plaga. Ocurría hasta con los guardias. Si se tiraban a una mujer, tenían que mantenerlo en secreto. Si dejaban a alguna embarazada y no se casaban con ella, se quedaban sin trabajo. Era un problema que evitar, siguiendo el ejemplo de la nobleza y manteniendo relaciones con hombres. Jord los prefería. ¿Damen no? Con ellos sabía lo que había y podías eyacular sin miedo.

Damen guardó un silencio prudencial. Él prefería las mujeres, aunque le resultaba desacertado admitirlo. En las escasas ocasiones en las que había estado con hombres, lo había hecho porque lo atraían de por sí, no porque tuviese alguna razón para evitar a las mujeres y debiese sustituirlas por hombres. Damen creía que los verecianos se complicaban demasiado la vida.

Consiguió información muy útil por aquí y por allí. Las mascotas no estaban vigiladas, lo que explicaba la ausencia de guardias en las inmediaciones del harén. No eran esclavos. Iban y venían con libertad. Damen era la excepción. Eso significaba que, si se deshacía de esos guardias, lo más probable era que no se topase con más.

De vez en cuando también consiguió sacar el tema de Laurent.

—¿Alguna vez te lo has...? —preguntó Jord a Damen mientras una ligera sonrisa se abría paso en su gesto.

—¿Entre el enfrentamiento en la arena y los azotes? —preguntó Damen con amargura—. No.

—Dicen que es frígido.

Damen se lo quedó mirando.

—¿Qué? ¿Por qué?

—Bueno, pues porque no... —empezó a responder el guardia.

—Me refería a por qué es así —dijo Damen, que interrumpió con firmeza la explicación prosaica de Jord.

—¿Por qué es frío como la nieve? —preguntó Jord con un encogimiento de hombros.

Damen frunció el ceño y cambió de tema. No estaba interesado en los gustos de Laurent. Desde lo ocurrido en la cruz, sus sentimientos por el príncipe habían pasado de ser una ligera aversión a algo duro e implacable.

Finalmente, fue Orlant quien le hizo la pregunta más obvia:

—Cuéntame, ¿cómo acabaste aquí?

—Fui un descuidado —respondió Damen—. Me enemisté con el rey.

—¿Con Kastor? Alguien debería acabar con ese hijo de puta. Solo un país lleno de chusma bárbara pondría a un bastardo en el trono —dijo Orlant—. Sin ofender.

—No me has ofendido —repuso Damen.

El séptimo día, el regente volvió de Chastillon.

Lo primero que supo Damen al respecto fue que entraron en su habitación unos guardias que no reconoció. No llevaban el uniforme del príncipe. Tenían capas rojas, arrugas propias de la disciplina y rostros que no le resultaban familiares. La llegada provocó una discusión acalorada entre el galeno del príncipe y alguien desconocido que Damen no había visto nunca.

—Creo que no debería moverse —comentó el galeno del príncipe. Tenía el ceño fruncido bajo su sombrero con forma de hogaza de pan—. Las heridas podrían abrirse.

—Yo diría que ya las tiene cerradas —dijo el otro—. Puede ponerse en pie.

—Puedo ponerme en pie —convino Damen antes de demostrar esa notable capacidad. Creyó entender lo que estaba pasando. Solo había un hombre con autoridad suficiente como para desestimar a la Guardia del Príncipe.

El regente entró en la habitación con gran ceremonia, flanqueado por la Guardia del Regente de capas rojas y dos individuos de alto rango. Mandó salir a ambos galenos, quienes hicieron una reverencia antes de marcharse. Después también mandó salir a los sirvientes y a todos los demás, a excepción de los dos hombres que habían entrado con él. La falta de séquito no le hizo parecer menos poderoso. Solo ocupaba el trono de manera temporal y se dirigían a él con el mismo título honorífico que Laurent, el de alteza real, pero aquel sí que era un hombre con la estatura y la presencia de un rey.

Damen se arrodilló. No cometería con el regente el mismo error que había cometido con Laurent. Recordó que no hacía mucho había menospreciado al regente al derrotar a Govart en la arena, un combate preparado por Laurent. Las emociones que sentía por el príncipe se hicieron patentes durante unos instantes; la cadena que partía de su muñeca estaba amontonada junto a él en el suelo. Si alguien le hubiese dicho hacía seis meses que se iba a arrodillar por voluntad propia frente a la nobleza vereciana, se habría reído en su cara.

Damen reconoció a los dos hombres que acompañaban al regente: el consejero Guion y el consejero Audin. Llevaban el mismo medallón pesado en una cadena de eslabones gruesos, la cadena de su cargo.

—Comprobadlo con vuestros propios ojos.

—Este es el regalo de Kastor al príncipe. El esclavo akielense —dijo Audin sorprendido. Un momento después, sacó un cuadrado de seda y se lo llevó a la nariz, como si quisiese protegerse de aquella afrenta—. ¿Qué le ha pasado en la espalda? Es algo propio de bárbaros.

Aquella era la primera vez que había oído la palabra «bárbaro» para describir algo que no fuese él o su país.

—Es el resultado de lo que piensa Laurent sobre nuestras cautelosas negociaciones con Akielos —respondió el regente—. Le ordené tratar al regalo de Kastor con respeto, pero él lo azotó hasta dejarlo moribundo.

—Sabía que el príncipe era obstinado, pero nunca lo he visto como alguien tan destructivo, tan salvaje… —comentó Audin con una voz estupefacta amortiguada por el pedazo de tela.

—No tiene nada de salvaje. No es más que una provocación intencionada dirigida a mí y a Akielos. Laurent ansía que nuestro trato con Kastor no salga adelante. En público, habla de lugares comunes, pero en privado... hace este tipo de cosas.

—Ya ves, Audin —dijo Guion—. Tal y como nos advirtió el regente.

—Es un defecto característico de la naturaleza de Laurent. Creía que lo había superado, pero parece que ha empeorado, en realidad. Hay que hacer algo para disciplinarlo.

—No podemos tolerar este comportamiento —convino Audin—, pero ¿qué hacemos? No se puede cambiar la naturaleza de una persona en diez meses.

—Laurent desobedeció mis órdenes. El esclavo lo sabe bien. Quizá deberíamos preguntarle qué hacer con mi sobrino.

Damen no creyó que fuese en serio, pero el regente se acercó y se colocó directamente frente a él.

—Alza la vista, esclavo —dijo.

Damen alzó la vista. Volvió a ver el cabello negro y ese aspecto imponente, así como un ligero fruncimiento de ceño fruto del desagrado que Laurent solía provocar en su tío. Damen recordaba haber pensado que no había ningún parecido familiar entre ambos, pero ahora vio que eso no era del todo cierto. Tenía el pelo negro con canas en las sienes, pero también los ojos azules.

—He oído que fuiste soldado —comentó el regente—. Si alguien desobedece una orden en el ejército akielense, ¿cuál es su castigo?

—Le dan una paliza en público y lo expulsan —respondió Damen.

—Una paliza en público —repitió el regente, que se giró hacia los dos hombres que lo acompañaban—. Sería imposible. Pero Laurent se ha vuelto tan incontrolable los últimos años que no sé si serviría igualmente. Qué pena que los soldados y los príncipes reciban un trato diferente.

—Quedan diez meses antes de que se haga con el trono. ¿Creéis que es un buen momento para reprender a vuestro sobrino? —comentó Audin desde detrás de la seda.

—¿Y qué hacemos? ¿Lo dejamos a sus anchas rompiendo tratados y destruyendo vidas? Es culpa mía. He sido demasiado indulgente.

—Tenéis mi apoyo —aseguró Guion.

Audin asintió despacio.

—El Concilio estará de vuestra parte cuando se entere, pero quizá deberíamos hablar estos temas en otro lugar, ¿no creéis?

Damen vio cómo se marchaban. La paz a largo plazo con Akielos era algo por lo que el regente se había esforzado. La parte de Damen que no quería arrasar con la cruz, la arena y el palacio que lo contenía todo admitió a regañadientes que era un objetivo admirable.

El galeno regresó, se alteró y unos sirvientes llegaron para calmarlo antes de que se marcharan. Damen se quedó solo en la habitación para pensar sobre el pasado.

La batalla de Marlas de hacía seis años había terminado con dos victorias igual de sangrientas para Akielos. Una flecha akielense, perdida y con suerte arrastrada por el viento, había arrebatado la vida del rey vereciano al atravesarle la garganta. Y Damen había acabado con el príncipe heredero Auguste en combate singular en el frente septentrional.

La batalla se había acelerado con la muerte del susodicho. El ejército vereciano se había sumido en el caos al momento, ya que la muerte de su príncipe había resultado ser un golpe abrumador y desalentador. Auguste había sido un líder muy querido, un guerrero indomable y símbolo del orgullo vereciano: había reunido a sus hombres después de la muerte del rey y liderado la carga que había diezmado el flanco septentrional de Akielos. Se había convertido en el lugar exacto donde rompían oleada tras oleada de guerreros enemigos.

«Padre, puedo derrotarlo», había asegurado Damen antes de obtener la bendición de su progenitor. Se había lanzado desde detrás de las líneas de su ejército hacia la batalla de su vida.

Damen no sabía que el hermano menor también estaba en el campo de batalla. Seis años antes, él tenía diecinueve, mientras que Laurent habría tenido... trece o catorce. Era demasiado joven para luchar en una batalla como la de Marlas.

También para heredar nada. Y, ahora que el rey vereciano había muerto, así como el príncipe heredero, el hermano del rey había conseguido el cargo de regente y lo primero que había hecho había sido dialogar, aceptar los términos de la rendición y ceder a Akielos el territorio disputado de Delpha, al que los verecianos llamaban Delfeur.

Había sido una acción razonable llevada a cabo por un hombre razonable. En persona, el regente parecía tanto sensato como prudente, aunque atribulado por tener que soportar a un sobrino intolerable.

Damen no sabía por qué su mente no dejaba de recordar que Laurent estaba en el campo de batalla aquel día. Era un hecho que no lo asustaba. Había ocurrido hacía seis años y Laurent era un chico que, como él mismo había admitido, no se había acercado siquiera al frente. Y, aunque ese no fuese el caso, Marlas había sido un caos absoluto. De haber visto a Damen, lo habría hecho al principio de la batalla, cuando llevaba la armadura completa con el yelmo. Si por algún milagro lo hubiese hecho después, una vez perdidos tanto el escudo como el casco, Damen habría estado cubierto de barro y sangre, luchando por su vida como todos los demás.

Pero ¿qué ocurriría en caso de que lo reconocieran? Todos los hombres y mujeres de Vere conocían el nombre de Damianos, el matapríncipes. Damen tenía claro lo peligroso que era para él que descubriesen su identidad. No era consciente de lo cerca que había estado de ser descubierto, y por la persona que más motivos tenía para quererlo muerto. Era una razón más que suficiente para escapar de allí.

«Tienes una cicatriz», le había dicho Laurent.

—¿Qué le dijiste al regente? —exigió saber Radel. La última vez que lo había mirado así, había alzado la mano para darle un golpe muy fuerte—. Ya me has oído. ¿Qué le dijiste sobre los azotes?

—¿Qué tendría que haberle dicho? —Damen le devolvió la mirada con calma.

—Lo que tendrías que haber hecho —continuó Radel— es mostrarle tu lealtad al príncipe. Dentro de diez meses...

—... será rey, sí —terminó Damen—. Pero, hasta ese momento, ¿no tenemos que obedecer a su tío?

Se hizo un silencio largo y gélido.

—Veo que no has tardado demasiado en descubrir cómo están las cosas por aquí —comentó Radel.

—¿Qué ha ocurrido? —preguntó Damen.

—Te han llamado a declarar —dijo Radel—. Espero que puedas caminar.

En ese momento, entró en la habitación un desfile de sirvientes. Los preparativos que empezaron en aquel momento eclipsaron cualquiera que hubiese experimentado Damen hasta entonces, incluidos los previos a la arena.

Lo bañaron, acariciaron, acicalaron y perfumaron. Tuvieron cuidado de no tocarle la espalda, que aún le estaba sanando, y le embadurnaron en aceite el resto del cuerpo. Era el mismo que tenía un pigmento dorado, por lo que los miembros le relucieron a la luz de las antorchas como si de una estatua dorada se tratase.

Un sirviente se acercó con tres cuencos pequeños y un pincel delicado. Luego acercó su rostro al de Damen y lo miró de arriba abajo con gesto de concentración y el pincel en alto. Los cuencos contenían pintura para su cara. No había tenido que sufrir la humillación de que lo pintasen desde Akielos. El sirviente le llevó la punta del pincel lleno de pintura a la piel y le dibujó una línea dorada sobre los ojos, momento en el que Damen sintió un frío espeso en las pestañas, las mejillas y los labios.

En esta ocasión, Radel no dijo: «Nada de joyas», por lo que llevaron a la habitación cuatro baúles de plata esmaltados que no tardaron en abrir. Radel eligió varias cosas que había en su reluciente interior. La primera era una serie de cuerdas casi invisibles de las que colgaban pequeños rubíes colocados a intervalos. Los anudaron entre el pelo de Damen. Después algo de dorado para la frente y también para la cintura. Luego una cuerda que le ataron al collar. También era dorada, como si fuese una cadena de oro muy fina, y terminaba en una vara dorada para la persona a su cargo, con un gato tallado en un extremo que tenía un granate en la boca. Como siguieran poniéndole cosas, iba a hacer mucho ruido al caminar.

Pero había más. Un elemento final: otra cadena de oro muy fina engarzada a dos dispositivos de oro idénticos. Damen no reconoció lo que era hasta que un sirviente se adelantó y le colocó las abrazaderas en los pezones.

Se intentó apartar, pero lo hizo demasiado tarde y solo sirvió para que le diesen un golpe en la espalda que lo dejó de rodillas. La cadena no dejaba de agitarse al ritmo de su respiración apresurada.

—Se le ha corrido la pintura —comentó Radel a uno de los sirvientes después de examinar el cuerpo y el rostro de Damen—. Aquí. Y aquí. Arregladlo.

—Creía que al príncipe no le gustaba la pintura —dijo Damen.

—Y no le gusta —convino Radel.

Vestirse con un esplendor discreto, distinto al brillo estridente de las mascotas que prodigaban sus mayores alardes de riqueza, era costumbre de la nobleza de Vere. Esto significaba que Damen, cubierto de oro y escoltado a través de las puertas dobles con una cuerda al cuello, solo podía ser una cosa. Destacaba en la sala abarrotada.

Laurent también. Tenía una cabeza reluciente que se reconocía al instante. Damen no dejaba de mirarlo. A izquierda y a derecha, los cortesanos se iban quedado en silencio y apartándose para dejar paso hasta el trono.

Una alfombra roja se extendía desde las puertas dobles hasta el estrado, tejida con escenas de caza, manzanos y acantos en los bordes. Las paredes estaban cubiertas de tapices en los que predominaba el mismo rojo intenso. El trono estaba bañado del mismo color.

Rojo. Rojo. Rojo. Laurent destacaba.

Damen notó que empezaba a irse por las ramas. Lo único que lo mantenía en pie era la concentración. Le dolía y notaba latidos en la espalda.

Se obligó a apartar la mirada de Laurent y se giró hacia el director del espectáculo público que iba a tener lugar allí, fuera cual fuese. En el otro extremo de la alfombra, era el regente quien se sentaba en el trono. Con la mano izquierda, sostenía un cetro de mando dorado que reposaba sobre sus rodillas. Y detrás de él, con la toga del Estado, se encontraba el Consejo Vereciano.

Este tenía en sus manos todo el poder de Vere. En la época del rey Aleron, el papel del Consejo había sido el de ser asesores en cuestiones de estado. Ahora, el regente y el Consejo administraban la nación hasta que Laurent ascendiera al trono. Estaba compuesto por cinco hombres y ninguna mujer, colocados de una manera que lucía fantástica detrás del estrado. Damen reconoció a Audin y a Guion. Un tercer hombre que identificó gracias a su avanzada edad era el consejero Herode. Los otros dos tenían que ser Jeurre y Chelaut, aunque no sabía cuál era cuál. Los cinco llevaban los medallones colgados del cuello, distintivos de su cargo.

En el estrado y algo más alejado del trono, vio a la mascota del consejero Audin, el niño, ataviado con más extravagancia incluso que Damen. La única razón por la que él tenía más oro era su mayor corpulencia, por lo que contaba con más piel disponible que usar como lienzo.

Un heraldo anunció el nombre de Laurent y todos sus títulos.

El príncipe se adelantó para unirse a Damen y a la persona que lo llevaba mientras se acercaban. Él empezaba a tener la impresión de que la alfombra era como una prueba de resistencia. Y no solo por la presencia de Laurent. La serie apropiada de postraciones frente al trono parecía diseñada específicamente para arruinar por completo una semana de sanación. Terminó al fin.

Damen se arrodilló y Laurent dobló la rodilla en el ángulo que le correspondía.

Entre los cortesanos que se alineaban por las paredes de la estancia, Damen oyó algún que otro comentario entre murmullos sobre su espalda. Supuso que la pintura dorada le daba un aspecto repugnante. De pronto, se dio cuenta de que seguro que esa había sido la intención.

El regente quería disciplinar a su sobrino y, ahora que tenía al Consejo detrás de él, había tomado la decisión de hacerlo en público.

«Una paliza en público», había dicho Damen.

—Tío —saludó Laurent.

Este se enderezó hasta quedar en una postura relajada y con gesto impertérrito, pero Damen se percató de que había algo muy sutil en la manera en la que tensaba los hombros. Era el gesto de alguien que se preparaba para la batalla.

—Sobrino —saludó el regente—. Creo que adivinarás por qué estamos aquí.

—Un esclavo me ha puesto la mano encima y he tenido que darle unos azotes —explicó con voz calmada.

—Dos veces —apostilló el regente—. Y desobedeciendo mis órdenes. La segunda, haciendo caso omiso a la advertencia de que quizá podía llegar a costarle la vida. Y estuvo a punto.

—Está vivo. La advertencia no era correcta —insistió, aún con voz calmada.

—Mi orden también era una advertencia. No se le podía hacer nada al esclavo en mi ausencia —dijo el regente—. ¿Lo recuerdas?

Seguro que llegas a la conclusión de que esa advertencia sí que era correcta. Pero, aun así, la ignoraste.

—Creí que te daría igual. Sé que no eres tan servil con Akielos como para que las acciones de un esclavo no reciban la respuesta que merecen solo por ser un regalo de Kastor.

Los ojos azules reflejaban un perfecto autocontrol. A Laurent se le daba muy bien hablar, pensó Damen con desprecio. Se preguntó si el regente se habría arrepentido de hacer algo así en público. Pero el tío del príncipe también estaba imperturbable. Ni siquiera parecía sorprendido. Seguro que estaba acostumbrado a tratar con su sobrino.

—Se me ocurren varias razones por las que no se debería dar una paliza mortal al regalo de un rey después de firmar un tratado. Razones que van más allá de mis órdenes. Afirmas haberle dado un castigo justo, pero la verdad es otra.

El regente hizo un mohín y alguien dio un paso al frente.

—El príncipe me ofreció una moneda de oro si azotaba al esclavo hasta la muerte.

En ese momento, la compasión por Laurent de los que se encontraban allí se esfumó por completo. Al darse cuenta, el príncipe abrió la boca para hablar, pero el regente lo interrumpió.

—No. Ya has tenido la oportunidad de disculparte y de dar excusas razonables. En lugar de eso, has elegido mostrar una arrogancia contumaz. No tienes derecho a burlarte así de los reyes. A tu edad, tu hermano lideraba ejércitos y colmaba de gloria este país. ¿Qué has conseguido tú hasta ahora? He ignorado que eludas tus responsabilidades en la corte. Te he permitido que rechaces cumplir con tu misión en la frontera de Delfeur. Pero, en esta ocasión, tu desobediencia ha amenazado un acuerdo entre naciones. El Consejo y yo nos hemos reunido y llegado a la conclusión de que tenemos que hacer algo al respecto.

El regente hablaba con una voz de intensidad incuestionable que se oía por todos los rincones de la estancia.

—Tus tierras de Varenne y de Marche quedan confiscadas, así como las tropas y el dinero que les corresponden. Te permitiremos quedarte con Acquitart. Durante los próximos diez meses, reduciremos tus ingresos y también tu séquito. Me pedirás permiso personalmente cuando quieras hacer algún gasto. Alégrate de que conservas Acquitart y de que no hemos ampliado este decreto.

La estupefacción por las sanciones se extendió por toda la asamblea. Algunos rostros se iluminaron con rabia, pero en muchos de los demás había cierta satisfacción y el impacto parecía menor. En ese momento, resultó obvio cuáles de los cortesanos formaban parte de la facción del regente y cuáles de la de Laurent. Y esta era menor.

—«Alégrate de que conservas Acquitart» —repitió Laurent—, ese lugar que por ley no puedes arrebatarme y que además no cuenta con tropas y tiene una importancia estratégica ínfima.

—¿Crees que me agrada reprender a mi sobrino? Ningún tío actuaría con más tristeza en el corazón. Asume tus responsabilidades, dirígete a Delfeur y muéstrame que compartes con tu hermano la más mínima gota de sangre. Cuando lo hagas, lo recuperarás todo.

—Creo que en Acquitart hay un viejo conserje. ¿Debería dirigirme a la frontera con él? Podríamos compartir armadura.

—No seas frívolo. Si accedes a cumplir con tu deber, no te faltarán efectivos.

—¿Por qué iba a desperdiciar mi tiempo en la frontera cuando tú obedeces todos los caprichos de Kastor?

El regente pareció enfadado por primera vez.

—Afirmas que esto no es un asunto de orgullo nacional, pero no quieres ni levantar un dedo para servir a tu país. La verdad es que actuaste por pura maldad y ahora no te gusta que se te imponga disciplina. Tú te lo has buscado. Abraza al esclavo para pedirle perdón y se acabó.

¿Abrazar al esclavo?

La expectación se apoderó de los cortesanos que estaban contemplando la escena.

La persona que cargaba con Damen lo instó a levantarse. Este esperaba que Laurent se resistiese a la orden de su tío, pero se sorprendió cuando, después de mirar durante un rato al regente, se acercó con una gracilidad sosegada fruto de la obediencia. Enganchó un dedo en la cadena que partía del pecho de Damen y tiró de ella para atraerlo. Él notó el tirón de las abrazaderas de los pezones y se dejó llevar. Laurent recogió los rubíes con fría indiferencia e inclinó lo suficiente la cabeza de Damen como para darle un beso en la mejilla. Fue insustancial; no se transfirió ni una mota de pintura dorada a los labios de Laurent en el proceso.

—Pareces una prostituta. —Las suaves palabras se agitaron en el oído de Damen, inaudibles para la mayoría. Laurent continuó entre susurros—: Una puta guarra y maquillada. ¿Abres las piernas para mi tío igual que lo hiciste para Kastor?

Damen se apartó con vehemencia y se le corrió un poco de pintura. Se quedó mirando a Laurent a dos pasos de distancia, asqueado.

Este se llevó el dorso de la mano a una mejilla, ahora manchada de oro, y luego se giró hacia el regente con los ojos muy abiertos y una expresión de inocencia mancillada.

—Acabas de comprobar por ti mismo el comportamiento del esclavo. Tío, te equivocas conmigo. Merecía el castigo en la cruz. Ya habéis visto lo arrogante y rebelde que es. ¿Por qué castigas a los tuyos cuando la culpa es de Akielos?

Ataque y contraataque. Hacer algo así en público era muy peligroso. Y lo cierto es que parte de la compasión cambió de bando entre los espectadores.

—Afirmas que el esclavo tuvo la culpa y que merecía un castigo. Muy bien. Ya lo ha recibido. Ahora es tu turno de recibir el tuyo. Tú también tienes que acatar las órdenes del regente y del Consejo. Acéptalas de buen grado.

Laurent agachó la mirada de ojos azules para hacerse el mártir. Era muy perverso. Puede que aquella fuese la manera en la que había conseguido la lealtad entre la Guardia del Príncipe. Manipulándola. En la tarima, Herode, el mayor de los consejeros, tenía el ceño un poco fruncido y miraba a Laurent por primera vez con una compasión afligida.

El regente dio por terminada la asamblea, se puso en pie y se marchó, quizá porque lo esperaba algún tipo de entretenimiento. Los consejeros se fueron con él. La simetría del lugar se vino abajo cuando los cortesanos empezaron a disgregarse a ambos lados de la alfombra y comenzaron a mezclarse entre ellos.

—Puedes darme la correa —dijo una voz agradable y muy cercana.

Damen alzó la vista y se topó con un par de ojos azul claro. Junto a él, la persona que lo había llevado hasta allí titubeaba.

—¿A qué esperas? —Laurent alzó la mano y sonrió—. El esclavo y yo nos hemos abrazado y nos hemos reconciliado felizmente.

El tipo le entregó la correa y Laurent tensó la cadena de inmediato.

—Acompáñame —dijo.

CINCO

Resultaba un poco ambicioso para Laurent pensar que podía marcharse con facilidad y discreción de una reunión de la corte en la que su reprobación había sido el plato principal.

Damen, que se encontraba en el extremo de la correa, vio cómo el avance del príncipe volvía a ser interrumpido una y otra vez por los que ansiaban consolarlo. Sintió la presión de la seda, la batista y las atenciones. No le suponía alivio alguno, sino más bien un retraso. No dejó de sentir en ningún momento los tirones de Laurent, como una promesa de lo que estaba por llegar. Notó una tensión que no era miedo. En cualquier otra circunstancia, sin guardias ni testigos, es posible que hubiese disfrutado de estar a solas con Laurent en la misma habitación.

Lo cierto es que al príncipe se le daba bien hablar. Aceptó el consuelo con elegancia y expuso su postura de manera racional. Dejaba de hablar cuando la conversación se volvía peligrosamente crítica con las acciones de su tío. No decía nada que pudiese considerarse un ataque a la regencia. Pero ninguno de los que habló con él dudaba de que su tío se estaba equivocando, en el mejor de los casos, o de que era un traidor, en el peor de ellos.

Pero hasta Damen, que no tenía mucha idea de la política de la corte, se percató de que era significativo que los cinco consejeros se hubiesen marchado con el regente. Era un símbolo del poder que tenía su tío, ya que contaba con el respaldo de todo el Consejo. A la facción de Laurent, que se había quedado quejándose por la sala de audiencias, no le gustaba nada. Era normal, pero tampoco es que pudiesen hacer nada al respecto.

Aquel era el momento para que Laurent hiciese todo lo posible por conseguir apoyos, en lugar de marcharse a tener una conversación en privado con su esclavo.

Aun así y a pesar de todo, se marcharon de la sala de audiencias y recorrieron una serie de patios interiores lo bastante grandes como para albergar árboles, arbustos con formas geométricas, fuentes y caminos serpenteantes. Al otro lado del patio se atisbaba una fiesta; los árboles se agitaban y las luces de las festividades titilaban relucientes.

No estaban solos. Dos guardias los seguían a una distancia discreta para proteger a Laurent. Como siempre. Y el patio tampoco estaba vacío. En más de una ocasión pasaron junto a parejas que paseaban por los caminos y, en otra, Damen vio a una mascota y a un cortesano demasiado pegados en un banco, besándose con sensualidad.

Laurent los guio hasta una pérgola cubierta de viñas. Junto a ella había una fuente y un lago alargado moteado de lirios. Ató la correa de Damen a la estructura de metal de la pérgola igual que hubiese atado un caballo a un poste. Tuvo que colocarse muy cerca de él para hacerlo, pero no dio señal alguna de que le molestase la cercanía. La correa no era más que un insulto. Damen no era un animal con pocas luces, por lo que podía desatarla en cualquier momento. Lo que lo mantenía allí no era la estrecha cadena de oro enrollada con desinterés alrededor del metal, sino los guardias uniformados y la presencia de la mitad de la corte y otros muchos hombres que se interponían entre la libertad y él.

Laurent se apartó unos pasos. Damen lo vio llevarse una mano al cuello para liberar un poco de tensión. Por unos instantes, se percató de que se había quedado en silencio y respirando el aire frío y perfumado de las flores nocturnas. Por primera vez, a Damen se le ocurrió que Laurent también podría tener sus razones para querer escapar de la atención de la corte.

La tensión aumentó y afloró cuando el susodicho se giró hacia él.

—No se te da muy bien lo de la supervivencia, ¿verdad, mascotita? Quejarte a mi tío ha sido un error —dijo Laurent.

—¿Porque os habéis llevado un rapapolvo? —preguntó Damen.

—Porque vas a enfadar a todos los guardias a los que tanto te había costado poner de tu parte —explicó Laurent—. No les gustan los sirvientes que ponen su interés por encima de la lealtad.

Damen esperaba un ataque directo, por lo que no estaba preparado para aquella arremetida oblicua y de soslayo. Apretó los dientes y fulminó de arriba abajo con la mirada la silueta de Laurent.

—No podéis hacerle nada a vuestro tío, por lo que atacáis donde podéis. No os tengo miedo. Si vais a hacerme algo, hacedlo ya.

—Te equivocas, animalito —comentó Laurent—. ¿Qué te hace pensar que estoy aquí por ti?

Damen parpadeó.

—Aunque quizá sí que te necesite para algo —continuó aquel—. Se enrolló la delgada cadena alrededor de la muñeca y luego la rompió con un tirón brusco. Los dos extremos quedaron colgando de la mano para luego caer al suelo entre tintineos. Laurent dio un paso atrás y Damen contempló la cadena rota con gesto confundido.

—Alteza —dijo una voz.

—Consejero Herode —saludó Laurent.

—Gracias por acceder a reuniros conmigo —empezó a decir el hombre. Después vio a Damen y titubeó—. Perdonad. D-daba por hecho que vendríais solo.

—¿Perdonarte? —preguntó Laurent.

Se hizo el silencio tras las palabras del príncipe, uno que hizo que estas cambiasen de significado. Herode continuó:

—Eh... —Después miró a Damen con expresión cada vez más alarmada—. ¿Es seguro? Ha roto la correa. ¡Guardias!

Se oyó el sonido estremecedor de una espada al desenfundarla. Dos. Los guardias se abrieron paso hasta la pérgola y se interpusieron entre Damen y Herode. Claro.

—Teníais razón —dijo Herode, sin quitarle ojo de encima a Damen—. No había visto el lado rebelde del esclavo. Parecíais tenerlo bajo control en la arena. Y los esclavos que han obsequiado a vuestro tío son muy obedientes. Lo veréis después si acudís al espectáculo.

—Ya los he visto —respondió Laurent. Volvió a hacerse un silencio breve.

—Sabéis lo unido que estaba a vuestro padre —dijo Herode—. Desde su muerte, he dedicado toda mi lealtad a vuestro tío. Me preocupa que, en este caso, mi juicio se haya equivocado...

—Si lo que te atribula es que recuerde todas las injusticias que se han cometido contra mí durante más de diez meses —comentó Laurent—, no tienes de qué preocuparte. Estoy seguro de que podrás persuadirme para convencerme de que te equivocabas de verdad.

—¿Le parece que demos una vuelta por el jardín? El esclavo podría usar el banco y descansar de sus heridas —dijo Herode.

—Qué considerado por tu parte, consejero —repuso Laurent. Se giró hacia Damen y comentó con voz melosa—: Te tiene que doler mucho la espalda.

—No es para tanto —explicó.

—Pues arrodíllate entonces —exigió el príncipe.

Un tirón fuerte del hombro lo obligó a arrodillarse y, tan pronto como las rodillas tocaron el suelo, notó una espada en la garganta que lo disuadió de levantarse. Herode y Laurent se marcharon juntos, como una pareja que deambulara entre los senderos perfumados del jardín.

La fiesta que tenía lugar al otro lado empezó a mudarse al jardín y la afluencia de personas comenzó a aumentar poco a poco, momento en el que colgaron linternas y los sirvientes recorrieron el lugar con refrigerios. El sitio donde Damen permanecía arrodillado estaba más o menos apartado, pero algunos cortesanos pasaban junto a él de vez en cuando y se fijaban: «Mira, el esclavo bárbaro del príncipe».

La frustración lo azotó como si de un látigo se tratara. Volvía a estar atado. El guardia estaba mucho más preocupado que Laurent por restringir sus movimientos. Estaba atado a la pérgola de metal por el cuello y, en esta ocasión, era una cadena de verdad, no algo que pudiese romper.

Mascotita, pensó Damen con asco. Solo había sacado un poco de información de la tensa conversación de Herode con Laurent.

El resto de los esclavos de Akielos estaban en algún lugar del interior, no muy lejos.

Damen volvió a pensar en ellos. No dejaba de preocuparse por su bienestar, pero la proximidad le hacía formularse preguntas inquietantes. ¿Cuál era la procedencia de estos esclavos? ¿Eran esclavos de palacio entrenados por Adrastus traídos desde la capital, como él? Habían encerrado a Damen solo en el barco, por lo que aún no los había visto, ni ellos a él. Pero, si había esclavos de palacio elegidos a dedo entre lo más granado que servía a la realeza de Akielos, también cabía la posibilidad de que lo reconociesen.

Oyó el leve tintineo de unas campanillas en el silencio que se extendía por el patio.

Encadenado como estaba en una parte oscura del jardín y lejos de la diversión de los cortesanos, tuvo mucha mala suerte cuando llevaron hasta allí a uno de dichos esclavos.

Una mascota vereciana lo llevaba atado a una correa. El esclavo portaba una versión pequeña del collar y los grilletes de oro de Damen. La mascota era la que llevaba las campanillas. Tintineaba como un gato y las tenía en el cuello. La pintura le cubría gran parte del cuerpo. Y le resultaba familiar.

Era la mascota del consejero Audin. El niño.

Damen supuso con apatía que este tendría muchos encantos para aquellos a los que les gustasen los críos. Debajo de la pintura, la piel era tersa y blanca. De haberse tratado de una chica de la misma edad, podrían haberse considerado facciones que prometían una belleza despampanante dentro de unos seis años. Contaba con una gracilidad adquirida que disimulaba en gran parte las limitaciones de unas extremidades demasiado pequeñas. Al igual que Damen, llevaba piedras preciosas entre el pelo, aunque en este caso eran unas perlas diminutas que relucían como estrellas en la maraña de bucles castaños. Lo mejor de su aspecto era el par de increíbles ojos azules, que eran mejores que cualesquiera que Damen hubiese visto antes, a excepción de otros que había empezado a mirar recientemente.

El niño frunció los bonitos labios arqueados y espetó a Damen, justo en su cara:

—Me llamo Nicaise. No eres lo bastante importante como para faltarme al respeto. A tu amo le han quitado todas sus tierras y su dinero. Y, aunque no sea así, no eres más que un esclavo. El regente me ha enviado en busca del príncipe. ¿Dónde está?

—Ha vuelto a la sala de audiencias —respondió Damen. Decir que Nicaise lo había sorprendido era quedarse corto. La mentira había brotado de sus labios sin más.

El niño se lo quedó mirando. Después tiró con brutalidad de la correa del esclavo, quien se inclinó hacia delante y estuvo a punto de caerse, como si de un potro con las patas demasiado largas se tratara.

—No voy a ir arrastrándote toda la noche. Espérame aquí.

Nicaise tiró la correa al suelo y giró sobre los talones mientras las campanillas no dejaban de tintinear.

Damen se llevó una mano al rostro húmedo. El esclavo se arrodilló al momento junto a él y le posó una mano en la muñeca para luego tirar de ella hacia atrás.

—Déjame a mí, por favor. Se te va a correr la pintura.

El esclavo lo miraba directamente y Damen no vio que lo reconociese. Se limitó a levantar el dobladillo de su túnica y usarlo para frotarle con cuidado la mejilla.

Damen se relajó. Pensó, un poco arrepentido, que había sido muy arrogante por su parte dar por hecho que el esclavo iba a reconocerlo. Supuso que no tenía aspecto de príncipe, con los grilletes y la pintura dorados, encadenado a una pérgola en medio de un jardín de Vere.

También le quedó muy claro que aquel esclavo no era del palacio de Akielos, porque no le habría pasado inadvertido. Tenía una apariencia que llamaba la atención: la piel blanca y un pelo rizado y castaño bruñido en oro. Era justo el tipo de persona que Damen habría metido entre sus sábanas para pasar unas horas de disfrute.

Los dedos cautelosos del esclavo le tocaron la cara. Damen se sintió culpable durante unos instantes por haberle dado a Nicaise información falsa. Pero también se alegró por pasar aquel momento inesperado a solas con un esclavo de su hogar.

—¿Cómo te llamas? —preguntó Damen en voz baja.

—Erasmus.

—Erasmus. Me alegro de hablar con otro akielense.

Lo decía en serio. El contraste entre ese esclavo tímido y encantador y el rencoroso de Nicaise le hacía echar de menos la honesta sencillez de su hogar. Al mismo tiempo, Damen sintió una punzada de preocupación por los esclavos de Akielos. La dulce obediencia de la que hacían gala no era una característica que les fuese a permitir sobrevivir en aquella corte. Damen supuso que Erasmus debía tener unos dieciocho o diecinueve años, pero aun así no tendría mucho que hacer con Nicaise aunque este último tuviese trece. Y mucho menos con Laurent.

—Había un esclavo al que drogaron y ataron en el barco —comentó Erasmus con indecisión. Habló en akielense por primera vez—. Dijeron que era un regalo para el príncipe.

Damen asintió despacio y respondió así a la pregunta tácita. Además de esos rizos castaño claro enmarañados, Erasmus tenía los ojos almendrados más desesperanzados e inocentes que Damen hubiese visto jamás.

—Qué escena tan encantadora —dijo una mujer.

Erasmus se apartó con brusquedad de Damen y pegó la frente al suelo para postrarse de inmediato. Él no se movió; arrodillado y encadenado ya estaba lo bastante sometido.

La mujer que había hablado era Vannes. Paseaba por los senderos del jardín con dos nobles. Uno de los hombres iba acompañado de una mascota, un joven pelirrojo al que Damen también reconoció a duras penas de la arena.

—No paréis por nosotros —dijo este con brusquedad. Damen miró de reojo a Erasmus, quien no se había movido. Era muy poco probable que fuese capaz de hablar vereciano.

—De haber llegado dentro de un minuto o dos, los habríamos pillado besándose. —Su amo rio.

—Me pregunto si el príncipe estaría dispuesto a dejar que su esclavo se entretuviese con los demás —comentó Vannes—. No se suele ver actuar a un hombretón tan fuerte. Fue una pena sacarlo de la arena antes de que pudiese montar a alguien.

—No sé si me hubiese gustado verlo, después de lo ocurrido esta noche —dijo el amo del pelirrojo.

—Yo creo que es más emocionante ahora que sabemos que es peligroso de verdad —apostilló la mascota.

—Es una pena que tenga la espalda destrozada, pero la parte delantera es una maravilla —dijo Vannes—. Aunque vimos más en la arena, claro. Y en cuanto al peligro… El consejero Guion ha comentado que no ha sido entrenado como esclavo de placer.

Pero el entrenamiento no lo es todo. Puede que tenga talento natural.

Damen se mantuvo en silencio. Reaccionar de alguna manera a esos cortesanos habría sido una locura. La única respuesta posible era permanecer callado con la esperanza de que se aburriesen y se marchasen. Y eso era justo lo que Damen tenía pensado hacer, hasta que ocurrió algo que siempre empeoraba cualquier situación.

—¿Un talento natural? —preguntó Laurent.

Se acercó al grupo. Los cortesanos se inclinaron con respeto y Vannes le explicó el tema de conversación. Aquel se giró hacia Damen.

—Bueno —empezó a decir—, entonces, ¿sabes copular como es debido o solo matar cosas?

Damen pensó que, si le diesen a elegir entre la correa y mantener una conversación con Laurent, seguramente se decidiese por la correa.

—No habla mucho —indicó Vannes.

—Tiene sus momentos —comentó Laurent.

—Yo lo haría con él encantado. —Había sido la mascota pelirroja. Al parecer, se lo había comentado a su amo, pero lo acababa de oír todo el mundo.

—Ancel, no. Podría hacerte daño.

—¿Y eso no os gustaría? —preguntó la mascota, que deslizó los brazos por el cuello de su amo. Justo antes de hacerlo, miró de reojo a Laurent.

—No, no me gustaría —respondió su amo con el ceño fruncido.

Pero estaba claro que el comentario provocador de Ancel no iba dirigido a su amo, sino a Laurent. El chico buscaba llamar la atención de la realeza. Damen quedó asqueado por el hecho de que el crío de algún noble se ofreciese a que lo hirieran con la esperanza de que gustase a Laurent. Después recapituló todo lo que sabía sobre el príncipe y se asqueó más aún, porque estaba claro que era muy probable que las esperanzas del joven se correspondiesen con la realidad.

—¿Qué opináis, alteza? —preguntó Ancel.

—Creo que tu amo te prefiere intacto —respondió este con tono neutro.

—Podríais atar al esclavo —comentó aquel.

El tono provocador y seductor era prueba de la capacidad entrenada de Ancel para ello, aunque en realidad se trataba de un último intento de un escalador por aferrarse y hacerse con la atención del príncipe.

Casi no funcionó. Laurent parecía ajeno al coqueteo de Ancel, aburrido incluso. Había lanzado a Damen a la arena, pero su pulso no había variado ni un ápice a pesar del ambiente sexual que había en las gradas. Había sido del todo inmune a la carnalidad de aquello que los verecianos llamaban «actuación». Era el único cortesano que no tenía una mascota que lo adulase.

«Dicen que es frígido», había dicho Jord.

—¿Y qué tal algo corto mientras esperamos a la atracción principal? —preguntó Vannes—. Seguro que ya va siendo hora de que el esclavo sepa cuál es el lugar que le corresponde.

Damen vio que Laurent sopesaba las palabras. Lo vio quedarse quieto, como si quisiera dar la impresión de que le dedicaba toda su atención a dicha idea y le estaba dando vueltas en la cabeza.

Y luego vio que lo ponía, ese gesto con la boca fruncida que le endurecía la expresión.

—¿Por qué no? —dijo Laurent.

—No —exclamó Damen, que notó que algo le brotaba en el pecho y casi no se pudo mover cuando sintió unas manos sobre él. Enfrentarse a soldados armados delante de testigos y en mitad de una corte atestada de personas era un suicidio, pero su mente y su cuerpo se rebelaron y tiraron por instinto de las cadenas.

Había un banco para parejas dentro de la pérgola que creaba dos semicírculos. Los cortesanos se acomodaron en uno de los lados. Vannes pidió vino, y un sirviente se acercó con una bandeja. Había uno o dos cortesanos más que deambulaban por el lugar y Vannes empezó a hablar con uno de ellos sobre la delegación de Patras que iba a llegar en unos días.

Damen estaba atado al asiento del otro lado, frente a ellos.

Lo que estaba sucediendo no le pareció real. El amo de Ancel empezó a describir cómo iba a ser el encuentro. El esclavo permanecería atado y Ancel usaría la boca. Vannes comentó que era muy raro que el príncipe accediese a una actuación y que había que aprovecharla. El amo de Ancel no titubeó.

Aquello era lo que iba a ocurrir. Damen se agarró a la estructura de metal de la pérgola, con las muñecas sobre la cabeza y presa de los grilletes. Iban a darle placer para servir como espectáculo de un público vereciano. Estaba seguro de que no era más que uno de muchos espectáculos discretos que tendrían lugar en aquel jardín.

Damen centró la mirada en Ancel. Estuvo a punto de convencerse de que no era culpa de la mascota, pero lo cierto es que sí lo era en gran medida.

El susodicho se arrodilló y se abrió paso entre las ropas de esclavo de Damen, quien bajó la vista para mirarlo y no se sintió nada excitado. Aunque se encontrasen en las mejores circunstancias, un pelirrojo de ojos verdes como Ancel no era su tipo. Daba la impresión de tener unos diecinueve años y, aunque no era obscenamente joven, como Nicaise, su cuerpo era de una juventud delicada. De hecho, tenía una belleza trabajada y apocada.

Mascota, pensó Damen. La palabra casaba bien. Ancel se echó el pelo largo a un lado y empezó sin formalidad alguna. Tenía práctica y lo manipuló con maestría, tanto con la boca como con las manos. Damen se preguntó si debería sentir compasión o satisfacción por el hecho de que Ancel no fuese a conseguir su momento de gloria. No se le había endurecido a pesar de la ayuda del joven; dudaba que fuese capaz de correrse por darle el gusto al público que lo rodeaba. Si había algo explícito en aquella situación era la carencia de todo deseo por su parte.

Se oyó un leve susurro y, calmado como el agua bajo los lirios, Laurent se acercó para sentarse junto a él.

—Me pregunto si podríamos hacerlo mejor entre los dos —comentó—. Para.

Ancel cejó en su empeño y alzó la vista, con los labios húmedos.

—Es más probable que ganes una partida si no muestras toda tu mano desde el principio —explicó Laurent—. Empieza más despacio.

Damen reaccionó a las palabras con una tensión que fue incapaz de contener. Ancel estaba lo bastante cerca como para que él sintiese su aliento, una nube caliente y concentrada de calidez que se agitaba sin parar, un susurro sobre su piel suave.

—¿Así? —preguntó Ancel. Había dejado la boca a unos pocos centímetros de su objetivo y empezó a pasar las manos poco a poco por los muslos. Separó un poco los labios húmedos y Damen reaccionó contra su voluntad.

—Así —convino Laurent.

—¿Puedo...? —preguntó Ancel, que se inclinó hacia delante.

—No uses la boca aún —repuso el príncipe—. Solo la lengua.

Ancel obedeció. Pasó la lengua por el glande, huidizo, poco más que una mera insinuación. Sin la presión suficiente. Laurent miraba el rostro de Damen con la misma atención que le hubiese dedicado a un problema estratégico. La lengua de Ancel presionó la ranura.

—Le gusta. Hazlo con más ímpetu —comentó Laurent.

Damen soltó un juramento, una única palabra en akielense. Incapaz de resistir la seducción vacilante a la que se veía sometida su carne, su cuerpo empezó a despertar y a ansiar más ritmo. La lengua de Ancel se revolvió perezosa por el glande.

—Ahora lámela. Entera.

Unas palabras tan frías fueron las que precedieron a la lamida larga, caliente y húmeda desde la base a la punta. Damen sintió cómo se le tensaban los muslos y luego, poco a poco, empezaban a relajarse. El aliento se le aceleró en el pecho. Le dieron ganas de librarse de las ligaduras. Se oía el sonido metálico de los grilletes cada vez que los movía, con las manos apretadas en sendos puños. Se giró hacia Laurent.

Había sido un error mirarlo. Incluso en las sombras nocturnas, Damen vio la pose relajada del cuerpo de Laurent, la perfección marmórea de sus rasgos y la despreocupación imparcial con la que lo miraba, sin importarle siquiera la manera en la que Ancel movía la cabeza.

La Guardia del Príncipe aseguraba que Laurent era una fortaleza inexpugnable y que nunca tenía amantes. En esos momentos, dio la impresión de tener la mente ocupada y el cuerpo del todo distante, ajeno a toda pasión. La procaz imaginación de la Guardia del Príncipe tenía razones para creerlo.

Por otra parte, el distante y prístino Laurent se dedicaba en ese momento a dar un discurso muy preciso sobre cómo hacer una felación.

Y Ancel obedecía sus instrucciones mientras hacía con la boca todo lo que le exigían. Las órdenes de Laurent eran pausadas, sin prisa alguna, y había depurado la práctica de suspender el acto justo cuando empezaba a ponerse interesante. Damen estaba acostumbrado a disfrutar del placer cuando quisiese, a tocar lo que se le antojara y a provocar respuestas en sus parejas cuando le viniera en gana. La frustración aumentaba a medida que se impedía la recompensa final, de manera inexorable. Se había apoderado de él por completo, el aire frío sobre su piel cálida, la cabeza en su regazo, que no era más que la parte de un todo que le permitía ser consciente de dónde estaba y quién se había sentado junto a él.

—Ahora métetela toda —dijo Laurent.

Damen sintió que expulsaba el aire del pecho de forma irregular cuando notó la polla en aquellas profundidades húmedas. Ancel no fue capaz de metérsela entera, aunque su garganta hacía gala de un entrenamiento exquisito y no le dio arcada alguna. La orden siguiente de Laurent fue un mero toque en el hombro, momento en el que Ancel se retiró con obediencia y empezó a chupar el glande.

Damen empezó a oír el sonido de su respiración, por encima incluso del clamor de su carne. A pesar de que Ancel no seguía ritmo alguno, un placer distante empezó a convertirse en algo más urgente. Sintió el cambio y cómo su cuerpo empezaba a colocarse para el clímax.

Laurent descruzó las piernas y se levantó.

—Haz que se corra —dijo el príncipe, quien, con gesto apático y sin mirar atrás, volvió junto al resto de los cortesanos para hacer algún que otro comentario sobre el tema en cuestión, como si no tuviese la necesidad particular de ver la conclusión que ahora era inevitable.

La imagen de Ancel absorbiendo toda su erección se juntó en sus pensamientos fragmentados con un deseo repentino e intenso de ponerle las manos encima a Laurent y vengarse, tanto por sus acciones como por su despreocupada indiferencia. El orgasmo le sobrevino como una llama que se extendiese por una superficie caliente y liberó una simiente que Ancel se tragó con profesionalidad.

—Un poco lento al principio, pero un clímax la mar de satisfactorio —comentó Vannes.

Liberaron a Damen del banco para amantes y lo volvieron a obligar a ponerse de rodillas. Laurent estaba sentado frente a él con las piernas cruzadas. Damen tenía la mirada fija en él y en nadie más. Aún jadeaba y tenía el pulso acelerado, pero la rabia hubiese provocado el mismo efecto en su cuerpo.

El sonido musical de las campanillas interrumpió el encuentro. Nicaise se inmiscuyó sin la más mínima deferencia por los que tenían más rango que él.

—Quiero hablar con el príncipe —dijo.

Laurent alzó un poco los dedos y Vannes, Ancel y el resto hicieron una leve reverencia antes de marcharse.

Nicaise se acercó para colocarse frente al banco y se quedó mirando a Laurent con expresión hostil. Por su parte, el príncipe estaba relajado, con un brazo extendido por encima del respaldar.

—Vuestro tío quiere veros.

—¿Ah, sí? Pues que espere.

Dos parejas de ojos azules indeseables se miraron entre sí. Nicaise se sentó.

—Me da igual. Cuanto más lo hagáis esperar, más problemas os dará.

—Me parece bien que te dé igual —dijo Laurent. Parecía que la conversación lo estaba divirtiendo.

Nicaise alzó la barbilla.

—Le diré que lo habéis hecho esperar a propósito.

—Hazlo si es lo que quieres. Daba por hecho que se daría cuenta, pero puedes ahorrarle el esfuerzo. Voy a pedir unos refrigerios, ya que vamos a pasar un rato así. ¿Te parece? —Hizo un gesto en dirección a uno de los sirvientes con bandejas, quien dejó lo que estaba haciendo para acercarse—. ¿Tomas vino o aún no tienes edad suficiente?

—Tengo trece años. Bebo cuando quiero. —Nicaise despreció la bandeja y la empujó con tanta fuerza que estuvo a punto de volcarla—. No voy a beber con vos. No necesito fingir educación.

—¿No es lo que hacemos todos? Muy bien. Creo que en realidad tienes catorce, ¿verdad?

Nicaise se puso rojo bajo la pintura.

—Eso creía —dijo Laurent—. ¿Has pensado en lo que vas a hacer después? Si conozco bien los gustos de tu amo, te queda un año más como mucho. A tu edad, el cuerpo empezará a traicionarte. —Luego, como si reaccionara a algo que acababa de ver en el gesto del chico, comentó—: ¿O ya ha empezado a hacerlo?

El rojo se volvió más llamativo.

—Eso no es de vuestra incumbencia.

—Tienes razón. No lo es —convino Laurent.

Nicaise abrió la boca, pero aquel continuó antes de que pudiese hablar:

—Haría una oferta, si quisieras. Cuando llegase el momento. No te querría para mi cama, pero no perderías tus privilegios. A lo mejor lo prefieres. Yo estaría dispuesto.

Nicaise parpadeó y luego hizo una mueca.

—¿Qué ofreceríais?

Un resoplido entretenido por parte de Laurent.

—Si me quedase algún terreno, tendría que venderlo para comprar pan. No me quedaría nada para mascotas. Ambos tendremos que andarnos con pies de plomo durante los próximos diez meses.

—No os necesito. Él me lo prometió. Me prometió que no me iba a abandonar. —La voz de Nicaise sonaba presumida y petulante.

—Siempre abandona a las mascotas —aseguró Laurent—, aunque tú hayas tenido más iniciativa que el resto.

—Yo le gusto más que las demás. —Una risa desdeñosa—. Estáis celoso. —Y luego fue Nicaise quien reaccionó a algo que había visto en el gesto de Laurent. Y comentó con un pavor que Damen fue incapaz de comprender—: Le vais a decir que me queréis.

—Uy —dijo Laurent—. No. Nicaise…, no. Eso te destrozaría. Jamás haría algo así. —Entonces pasó a un tono de voz que daba la impresión de estar colmado de agotamiento—. Puede que sea mejor que creas que es lo que voy a hacer. Se te da muy bien la estrategia si has pensado que iba a hacer algo así. Quizá consigas que te conserve más tiempo que a los demás. —Por un momento, dio la impresión de que Laurent iba a seguir hablando, pero al final se limitó a levantarse del banco y extendió la mano en dirección al chico—. Venga. Vamos. No quiero que te pierdas cómo mi tío me regaña.

SEIS

—Tu amo parece amable —dijo Erasmus.

—¿Amable? —preguntó Damen.

Era una palabra que le costaba pronunciar y sintió gravilla en la garganta al hacerlo. Miró a Erasmus con gesto de incredulidad. Nicaise se había marchado detrás de Laurent y abandonado a Erasmus, con la correa olvidada junto a él en el suelo donde se arrodillaba. Una suave brisa le agitó los rizos rubios y, sobre ellos, el follaje se meció como un toldo de seda negra.

—Se preocupa por tu placer —explicó Erasmus.

Damen tardó unos instantes en conseguir que las palabras adquiriesen el significado correcto y, cuando lo hicieron, solo fue capaz de responder con una risotada inevitable. Las instrucciones precisas de Laurent y su inevitable resultado no habían sido por amabilidad, sino justo por lo contrario. No había manera de explicarle al esclavo cómo funcionaba la mente fría e intrincada de Laurent, por lo que Damen no lo intentó.

—¿Qué pasa? —preguntó Erasmus.

—Nada. Dime. Tenía ganas de saber de ti y de los demás. ¿Cómo estás llevando lo de estar lejos de casa? ¿Te tratan bien tus amos? Me pregunto si... eres capaz de entender su idioma.

Erasmus negó con la cabeza al oír la última pregunta.

—No se me dan mal el patrense y los dialectos del norte. Algunas palabras son parecidas. —Pronunció varias, titubeante.

Erasmus se desenvolvía bien con el vereciano, pero eso no fue lo que hizo que Damen frunciese el ceño. Las palabras que Erasmus había sido capaz de descifrar de lo que le habían dicho eran «Silencio», «Arrodíllate» y «No te muevas».

—¿Las he dicho mal? —preguntó Erasmus, quien malinterpretó su expresión.

—No. Se te da bien —comentó Damen, aunque permaneció consternado. No le había gustado la elección de las palabras. Tampoco le gustaba la idea de que Erasmus y el resto estuviesen doblemente desvalidos por no poder hablar ni comprender lo que se decía a su alrededor.

—No... No parece que te hayan educado como a un esclavo de palacio —dijo Erasmus, vacilante.

Eso era quedarse corto. Nadie en Akielos habría confundido a Damen con un esclavo de placer, ya que no tenía la educación ni el cuerpo necesarios. Miró a Erasmus, pensativo, mientras se preguntaba cuánto revelarle.

—No era esclavo en Akielos. Kastor fue quien me envió aquí, como castigo —dijo al fin. No había motivo alguno para mentir a ese respecto.

—Como castigo —repitió Erasmus. Bajó la mirada al suelo y su forma de actuar cambió por completo.

—Pero ¿a ti te entrenaron en palacio? —inquirió Damen—. ¿Cuánto tiempo pasaste allí? —No era capaz de explicarse el hecho de no haber visto antes a ese esclavo.

Erasmus hizo un amago de sonrisa tras reponerse de lo que lo había desalentado.

—Sí. Pero... nunca vi el palacio principal. Aún me estaban entrenando cuando el guardián me eligió para venir aquí. Y mi entrenamiento en Akielos fue muy estricto. Pensaban que...

—¿Qué? —insistió Damen.

Erasmus se ruborizó y luego dijo en voz muy baja:

—Que me estaban entrenando para el príncipe, en caso de que llegase a gustarle.

—¿Ah, sí? —preguntó Damen con interés.

—Es por el color de mi piel. No lo ves con esta luz, pero de día tengo el pelo casi rubio.

—Sí que lo veo con esta luz —convino Damen.

Oyó que la aprobación se apoderaba de su voz. Sintió un cambio en la dinámica entre ambos. Era como si le hubiese dicho: «Buen chico».

Erasmus reaccionó a las palabras como una flor que se inclinara hacia la luz del sol. No importaba que Damen y él fuesen técnicamente del mismo rango, ya que Erasmus estaba entrenado para responder a la fuerza, para anhelarla y someterse a ella. En ese momento, recolocó las extremidades mientras el rubor se apoderaba de sus mejillas y bajaba la vista al suelo. Su cuerpo se transformó en una súplica. La brisa jugueteó de manera irresistible con un rizo que le caía sobre la frente.

Luego dijo, con la vocecilla más suave posible:

—Este esclavo está a vuestro servicio.

En Akielos, la sumisión era un arte y el esclavo era su artesano. Ahora que apreciaba bien su figura, Damen supo con seguridad que Erasmus era el mejor de los esclavos que habían enviado al regente. Le resultaba ridículo que lo llevasen por ahí arrastrado por el cuello como un animal reticente. Era como tener un instrumento afinado a la perfección y usarlo para abrir cáscaras. No existía para eso.

Tendría que estar en Akielos, donde se valoraría y celebraría su entrenamiento. Pero Damen creyó aun así que Erasmus había tenido suerte al haber sido elegido por el regente, suerte por no haber llamado la atención del príncipe Damianos. Damen había visto lo que les había pasado a los más íntimos de sus esclavos personales. Los habían matado.

Se obligó a obviar el recuerdo y volvió a centrar la atención en el esclavo que tenía delante.

—¿Y tu amo te trata bien? —dijo Damen.

—Este esclavo vive para servir —comentó Erasmus.

Era una frase hecha que no significaba nada. El comportamiento de los esclavos estaba muy coartado, lo que significaba que muchas veces lo que no se decía era más importante que lo que sí. Damen había empezado a fruncir un poco el ceño cuando de repente tuvo la oportunidad de bajar la mirada.

La túnica que llevaba Erasmus se le había descolocado un poco cuando la había usado para enjugar la mejilla de Damen y no había tenido tiempo de arreglársela. El dobladillo se había levantado lo suficiente como para dejarle al descubierto la parte superior del muslo. Erasmus, al percatarse de hacia dónde miraba Damen, se la bajó de inmediato para cubrirse y la estiró al máximo.

—¿Qué le ha pasado a tu pierna?

El esclavo se había quedado blanco como el marfil. No quería responder, pero tuvo que obligarse a hacerlo porque le habían hecho una pregunta directa.

—¿Qué pasa?

La voz de Erasmus apenas era audible mientras aferraba con ambas manos el dobladillo de la túnica.

—Me da vergüenza.

—Enséñamela —pidió Damen.

Erasmus aflojó el agarre, entre temblores, y luego levantó la tela despacio. Damen contempló lo que le habían hecho. Lo que le habían hecho tres veces.

—¿Te lo ha hecho el regente? Habla sin tapujos.

—No. El día que llegamos me hicieron una prueba de obediencia y no la p-pasé.

—¿Y este fue tu castigo por no pasarla?

—Esta fue la prueba. Me ordenaron no emitir sonido alguno.

Damen había visto de primera mano la arrogancia y la crueldad de Vere. También había sufrido los insultos verecianos y resistido el aguijón del látigo y la violencia de la arena. Pero aún no había experimentado la rabia del lugar.

—No fallaste —aseguró Damen—. El hecho de intentarlo siquiera es prueba más que suficiente de tu valentía. Lo que se te pidió era imposible. No te avergüences por lo ocurrido.

Los que tenían que avergonzarse eran los que le habían hecho algo así. La desgracia y la vergüenza tendrían que recaer en todos y cada uno de ellos, y Damen iba a hacerles pagar por lo que habían hecho.

—Cuéntame todo lo que te pasó desde que te marchaste de Akielos —le pidió Damen.

Erasmus habló sin titubeos. Era una historia perturbadora. Los esclavos habían sido transportados a bordo del barco dentro de jaulas en la bodega. Los tratantes y los marineros se habían tomado libertades. Una de las mujeres, preocupada por no disponer de los medios habituales para evitar el embarazo, había intentado comunicar dicho problema a sus tratantes verecianos, sin darse cuenta de que para ellos los hijos ilegítimos eran un horror. La mera idea de que llevasen al regente una esclava con el bastardo de un marinero en su interior los hacía entrar en pánico. El galeno del navío le había dado una especie de brebaje que le provocaba sudores y náuseas, pero ella estaba preocupada por si no era suficiente y no dejaba de tener el estómago revuelto. Eso había sido antes de atracar en Vere.

Una vez allí, el problema fue la irresponsabilidad. El regente no se había llevado a la cama a ninguno de los esclavos. No era más que una figura ausente, ocupada con asuntos de Estado y que tenía a su servicio las mascotas que él mismo elegía. Los esclavos quedaban a merced de los tratantes y de los caprichos de una corte ociosa. Damen leyó entre líneas y llegó a la conclusión de que los habían tratado como animales, su obediencia era poco más que un truco barato y las «pruebas» que se inventaba la sofisticada corte, esas que los esclavos se esforzaban por superar, eran verdaderamente sádicas en algunos casos. Damen se sintió muy mal por Erasmus.

—Tienes que ansiar la libertad aún más que yo —comentó Damen. La valentía del esclavo lo hizo avergonzarse.

—¿Libertad? —preguntó Erasmus, asustado por primera vez—. ¿Por qué iba a querer algo así? No puedo… Yo estoy hecho para obedecer a un amo.

—Pero mereces amos mejores que estos. Mereces a alguien que valore tu trabajo.

Erasmus se ruborizó y se quedó en silencio.

—Te prometo que encontraré la manera de ayudarte —dijo Damen.

—Me gustaría… —empezó a decir Erasmus.

—¿Te gustaría…?

—Me gustaría creerte —dijo—. Hablas como un amo, pero eres un esclavo, igual que yo.

Antes de que Damen llegase a responder, llegó un ruido desde el sendero y, tal y como había hecho antes, Erasmus se postró en preparación para la llegada de otro cortesano.

Voces en el sendero:

—¿Dónde está el esclavo del regente?

—Por allí.

Y luego, mientras doblaban la curva del camino:

—Ahí estás. —Y después—: Y mira a quién más han dejado por aquí.

No era un cortesano. Tampoco el pequeño, malicioso y refinado Nicaise. Era Govart, con esa nariz rota y sus rasgos chabacanos.

Habló con Damen, el último en enfrentarse a él en la arena en un combate desesperado lleno de agarres en pos del control.

Govart agarró con indiferencia el collar de oro de Erasmus y lo arrastró por él, con el desinterés de alguien que tira de un perro. Erasmus, que era hombre y no perro, se ahogó con vehemencia cuando el collar se le clavo en la carne de la garganta, justo entre el cuello y la mandíbula, por encima de la nuez.

—Silencio —espetó Govart, irritado por la tos. Luego le cruzó la cara de un tortazo.

Damen sintió el tirón de las ligaduras que limitaban sus movimientos y oyó el tintineo metálico antes siquiera de darse cuenta de que había reaccionado.

—Suéltalo.

—¿Quieres que lo haga? —Tiró con fuerza del collar de Erasmus para enfatizar sus palabras. Este, quien había entendido bien la orden de Govart, tenía los ojos llorosos a causa del breve tirón, pero no emitió sonido alguno—. No pienso hacerlo. Me han dicho que lo lleve de vuelta, pero nadie comentó que no pudiese divertirme por el camino.

—Si quieres otro enfrentamiento —dijo Damen—, lo único que tienes que hacer es dar un paso al frente. —Tenía muchas ganas de hacerle daño a Govart.

—Preferiría tirarme a tu amorcito —dijo este—. Tal y como yo lo veo, diría que se me debe un polvo.

Mientras hablaba, Govart le levantó la túnica al esclavo y dejó al descubierto las curvas de debajo. Erasmus no se resistió cuando Govart le separó los tobillos a patadas y le levantó los brazos. Dejó que lo manipularan y permaneció así, inclinado hacia delante de mala manera.

En ese momento, Damen se dio cuenta de que Govart iba a tirarse a Erasmus allí mismo, frente a él, y sintió la misma sensación de irrealidad que había sentido con Ancel. No era posible que fuese a ocurrir algo así, que aquella corte fuese tan depravada que un mercenario fuese capaz de violar a un esclavo a tan poca distancia del resto de los cortesanos. El único lo bastante cerca como para oírlos era el guardia, que no parecía mostrar mucho interés. El rostro de Erasmus, rojo a causa de la humillación, se giró con determinación hacia Damen.

—Tal y como yo lo veo —empezó a decir Govart, que repitió la frase—, tu amo es quien se nos ha tirado a ambos. Es él quien se merecería esto. Pero qué más da un rubio que otro en la oscuridad. Y mejor así —continuó Govart—. Si le metiese la polla a esa zorra frígida, se me congelaría. A este seguro que le gusta.

Hizo algo con la mano debajo de la túnica enrollada. Erasmus emitió un sonido y Damen se agitó. En esa ocasión, el repentino sonido metálico dejó claro que el acero viejo estaba a punto de ceder.

El ruido hizo que el guardia abandonara su puesto.

—¿Hay algún problema?

—No quiere que me tire a su amiguito esclavo —respondió Govart. Erasmus, que había quedado humillado y expuesto, parecía estar a punto de ponerse a llorar en silencio.

—Pues tíratelo en otra parte —dijo el guardia. Govart sonrió. Después empujó con fuerza a Erasmus por la parte baja de la espalda.

—Eso haré —dijo al final. Empujó al esclavo delante de él y desapareció entre los senderos. Damen no pudo hacer absolutamente nada para detenerlo.

La noche dio paso a la mañana. La diversión del jardín llegó a su fin. Llevaron a Damen a su habitación, limpio y bien cuidado, encadenado y desvalido.

La predicción de Laurent al respecto de la reacción de los guardias, así como de los sirvientes y del resto de los miembros de su séquito, resultó ser dolorosamente precisa. Los miembros de la casa de Laurent reaccionaron al complot con el regente con rabia y animosidad. Las relaciones tan frágiles que Damen había sido capaz de crear desaparecieron de un plumazo.

Resultó ser el peor momento posible para un cambio de actitud. Ahora que dichas relaciones podrían haber llegado a proporcionarle noticias y permitirle influenciar un poco la relación con los esclavos.

No había pensado en su libertad. Lo único que sentía era la presencia constante de la preocupación y la responsabilidad. Escapar de allí en solitario habría sido un acto demasiado egoísta y una traición. No podía marcharse, ya que eso hubiese significado abandonar a todos los demás a su suerte. Pero ahora no tenía potestad alguna para llevar a cabo ningún cambio en lo que ocurría a su alrededor.

Erasmus había tenido razón. Su promesa de ayudar no eran más que palabras vacías.

En el exterior de la habitación habían ocurrido varias cosas. La primera era que, en respuesta a las órdenes del regente, se iba a reducir el número de integrantes de la casa del príncipe. Sin acceso a los ingresos de varias de sus propiedades, los beneficios de Laurent disminuyeron en gran medida y tuvo que limitar sus gastos. Entre tanto cambio, la habitación de Damen pasó de estar en las residencias de las mascotas reales para acabar en algún lugar del ala del palacio que pertenecía a Laurent.

Eso no lo ayudó. La nueva estancia tenía el mismo número de guardias, la misma plataforma de madera y las mismas sedas y cojines, así como el mismo eslabón en el suelo, aunque daba la impresión de que este lo acabasen de instalar. A pesar de tener menos fondos, Laurent no parecía inclinado a reducir la seguridad del prisionero de Akielos. Por desgracia.

Damen oyó algunos fragmentos de conversaciones gracias a los que supo que una delegación de Patras había llegado para tratar temas comerciales con Vere. Patras hacía frontera con Akielos y eran países de cultura similar. No solía aliarse con Vere. Las noticias lo preocuparon. ¿La delegación había acudido para hablar de negocios o formaba parte de un cambio importante en el trasfondo político?

Tuvo tanta suerte a la hora de descubrir los motivos de la delegación patrense como ayudando a los esclavos. Ninguna.

Tenía que poder hacer algo al respecto.

No podía hacer nada al respecto.

Enfrentarse a su impotencia era horrible. Desde que lo habían capturado, no se había considerado un esclavo en ningún momento. Como mucho, podía decirse que había interpretado el papel. Los castigos los había considerado como poco más que obstáculos menores, porque aquella situación era algo temporal en su mente. Había creído que escapar era una posibilidad. Y aún lo hacía.

Quería ser libre. Quería encontrar la manera de regresar a casa. Quería vivir en la capital, sobre las columnas de mármol y contemplando el verde y el azul de las montañas y del océano. Quería enfrentar a Kastor, su hermano, y preguntarle de hombre a hombre por qué le había hecho algo así. Pero la vida en Akielos había continuado sin Damianos. Aquellos esclavos no tenían a nadie más que pudiese ayudarlos.

¿Y qué significaba ser un príncipe si no se esforzaba por proteger a los que eran más débiles que él?

El sol se hundía en el horizonte y los haces de luz iluminaron la estancia a través de los barrotes de las ventanas.

Cuando Radel volvió a entrar, Damen suplicó tener una audiencia con el príncipe.

Radel rechazó la petición con un placer que saltaba a la vista. Comentó que el príncipe no tenía por qué preocuparse por un esclavo akielense que cambiaba de bando a conveniencia. Tenía asuntos más importantes que atender. Esa noche había un banquete en honor del embajador de Patras. Dieciocho platos y las mascotas más talentosas, que iban a amenizar la velada con bailes, juegos y actuaciones. Damen, que conocía la cultura de Patras, se imaginó la reacción de la delegación a la hora de encarar los entrenamientos más creativos de la corte de Vere, pero se quedó en silencio mientras Radel describía en detalle lo gloriosa que iba a ser la mesa, con sus platos y sus vinos: vino de moras, vino de frutas y de flores. Damen no merecía dicha compañía. No era digno de comer ni siquiera las sobras. Después de haberse explayado tanto como quería, Radel se marchó.

Damen esperó. Tenía claro que el susodicho estaba obligado a informar sobre su solicitud al príncipe.

No se había hecho ilusiones sobre su importancia relativa en la casa de Laurent, pero al menos su papel involuntario en la carrera por el poder de Laurent contra su tío significaba que no podía ignorar su solicitud de audiencia. Lo más seguro es que no la ignorase. Se acomodó, a sabiendas de que Laurent lo haría esperar. Sabía bien que no sería más de un día o dos, eso sí.

Eso pensaba él. Y, por ello, se fue a dormir cuando llegó la noche.

Se despertó entre almohadas y sábanas de seda arrugadas, para darse cuenta poco después de que Laurent lo miraba con ojos fríos y azules.

Las antorchas estaban iluminadas y los sirvientes que las habían encendido empezaban a retirarse. Damen se movió. La seda caliente al contacto se deslizó por completo para acumularse entre los cojines mientras se levantaba. Laurent no prestó atención. Damen recordó que este lo había despertado también con una visita anterior.

Quedaba menos tiempo para el amanecer del que había pasado desde el anochecer. Laurent iba vestido con ropa de la corte y lo más probable es que hubiese acudido tras el decimoctavo plato y el entrenamiento posterior, cualquiera que hubiese sido. En esta ocasión no estaba borracho.

Damen creía que la espera iba a ser larga e insoportable. Notó cierta resistencia de la cadena mientras se arrastraba en los cojines al moverse. Pensó en lo que tenía que hacer y en por qué tenía que hacerlo.

Se arrodilló muy deliberadamente e inclinó la cabeza para luego bajar la vista al suelo. Por un momento, todo quedó tan en silencio que oyó el agitar de las llamas en las antorchas.

—Esto es nuevo —dijo Laurent.

—Quiero algo —afirmó Damen.

—*Quieres algo.* —Las mismas palabras articuladas con precisión.

Sabía que no iba a ser fácil. No iba a ser fácil con cualquiera, menos aún con aquel príncipe distante y desagradable.

—Recibiréis algo a cambio —explicó Damen.

Apretó la mandíbula mientras Laurent caminaba despacio a su alrededor, como si simplemente estuviese interesado en mirarlo desde todos los ángulos posibles. Laurent pisó con cuidado la cadena, que permanecía distendida en el suelo, y terminó así el paseo.

—¿Estás tan desorientado que crees que puedes negociar conmigo? ¿Qué puedes tener tú que me interese?

—Obediencia —respondió Damen.

Sintió que Laurent reaccionaba a sus palabras. Había interés, sutil pero inconfundible. Damen intentó no pensar demasiado en lo que iba a ofrecer, en lo que iba a significar mantener una promesa así. Tendría que enfrentarse a las consecuencias.

—Queréis que me someta. Pues lo haré. ¿Queréis que todos vean cómo me gano a pulso el castigo que vuestro tío no os deja infligir? Haré lo que me digáis. Me lanzaré sobre una espada si es necesario. A cambio de algo.

—Déjame adivinar. Quieres que te quite las cadenas. O que reduzca la cantidad de guardias. O que te deje en una habitación donde haya puertas y ventanas sin barrotes. No pierdas el tiempo.

Damen se obligó a contener la ira. Era muy importante dejar las cosas claras.

—No creo que se trate bien a los esclavos que están al cuidado de tu tío. Haz algo a cambio y tendrás lo que quieres.

—¿Los esclavos? —preguntó Laurent tras una breve pausa. Y luego dijo, con un rencor renovado que se filtraba en sus palabras—: Supongo que tengo que creerme que ansías su bienestar, ¿no? ¿De verdad crees que los tratarían mejor en Akielos? Tu sociedad de bárbaros es la que los ha obligado a ser esclavos. No la mía. Yo jamás habría creído que fuese posible entrenar a un hombre para despojarlo por completo de su voluntad, pero vosotros lo habéis conseguido. Felicidades. Tu compasión me resulta impostada.

—Uno de los tratantes usó un hierro al rojo para probar si el esclavo era capaz de obedecer la orden de quedarse en silencio mientras lo marcaba —dijo Damen—. No sé si es una práctica habitual por aquí, pero los hombres buenos no torturan a los esclavos en Akielos. Los esclavos se entrenan para obedecer en cualquier circunstancia, pero dicha sumisión es un pacto: abandonan su libre albedrío a cambio de un trato intachable. Abusar de alguien que no se puede defender... ¿no es algo monstruoso?

»Por favor —continuó Damen—. No son como yo. No son soldados. No han matado a nadie. Son inocentes. Os servirán sin cuestionaros. Igual que haré yo si hacéis algo para ayudarlos.

Se hizo un silencio muy largo. La expresión de Laurent había cambiado.

Al fin, el príncipe dijo:

—Sobreestimas la influencia que puedo llegar a tener.

Damen empezó a decir algo, pero Laurent lo interrumpió:

—No. Yo... —Las cejas dorado castaño de Laurent se habían acercado un poco en su frente, como si hubiese descubierto algo que no tenía sentido—. ¿De verdad sacrificarías tu orgullo por el destino de un puñado de esclavos? —Lo miraba con la misma cara que en la arena. Contemplaba a Damen como si buscase la respuesta a un problema inesperado—. ¿Por qué?

La rabia y la frustración se apoderaron de Damen.

—Porque estoy encerrado en esta celda y no tengo otra manera de ayudarlos. —Oyó la rabia que emanaba de su voz e intentó contenerla, sin demasiado éxito. Había empezado a jadear.

Laurent no había dejado de mirarlo. El leve fruncimiento de ceño se intensificó.

Tras un momento, Laurent hizo un gesto al guardia de la puerta, quien llamó a Radel. Llegó poco después.

Laurent dijo, sin apartar la mirada de Damen:

—¿Ha entrado o salido alguien de esta habitación?

—Nadie a excepción de vuestro personal, alteza. Como ordenasteis.

—¿Qué personal?

Radel recitó una lista de nombres. Laurent dijo:

—Quiero hablar con los guardias que vigilaban al esclavo en los jardines.

—Iré a buscarlos personalmente —dijo Radel, que se marchó al instante.

—Creéis que es una trampa —comentó Damen.

La expresión inquisitiva del gesto de Laurent le indicó que tenía razón. Soltó una carcajada cargada de amargura.

—¿Qué te hace tanta gracia? —preguntó Laurent.

—¿Qué ganaría yo si...? —Damen se quedó en silencio—. No sé cómo convenceros. No hacéis nada sin tener todo tipo de motivos. Mentís incluso a vuestro tío. Este país está lleno de ardides y de mentiras.

—¿Acaso no hay traiciones en Akielos? ¿Tan pura es? Su heredero muere la misma noche que el rey. Una mera coincidencia que favorece a Kastor, ¿no? —preguntó Laurent con voz aterciopelada—. Deberías besar el suelo cuando suplicas mi ayuda.

Estaba claro que Laurent iba a nombrar a Kastor. Eran iguales.

El comentario hizo que Damen se viese obligado a recordar la razón por la que estaba ahí.

—Perdón. He hablado cuando no me correspondía —comentó sin dejar de apretar los dientes.

—Si esto es una trampa... —dijo Laurent—, si descubro que te has conchabado con los emisarios de mi tío...

—No lo he hecho.

El guardia tardó en levantarse más que Radel, quien se suponía que no dormía nunca, pero llegó razonablemente pronto. Iba de uniforme y parecía bastante alerta en lugar de bostezar y estar lleno de marcas de sábanas, que era lo esperable.

—Me gustaría saber con quién habló el esclavo la noche en la que lo vigilabas en los jardines —preguntó Laurent—. Ya sé que también lo hizo con Nicaise y Vannes.

—Así es —respondió el guardia—. No habló con nadie más.

—Y luego Damen notó cómo el estómago le daba un vuelco—. No. Esperad.

—¿Sí?

—Después de que os marcharais —dijo el guardia—, Govart fue a visitarlo.

Laurent se giró hacia Damen con mirada impertérrita y azul.

—No —aseguró Damen, a sabiendas de que Laurent creía que aquello era una trampa que le había tendido su tío—. No es lo que creéis.

Pero era demasiado tarde.

—Haced que se calle —dijo Laurent—. Intentad no dejarle marca alguna. Ya me ha causado suficientes problemas.

SIETE

Damen se levantó al no encontrar razón alguna para cooperar.

Provocó un efecto interesante en el guardia, quien se quedó en el sitio y volvió a mirar a Laurent a la espera de instrucciones. Radel también estaba en la habitación y los dos guardias no habían dejado de vigilar la puerta.

Laurent entrecerró los ojos ante el problema, pero no ofreció una solución inmediata.

—Podríais traer más hombres —dijo Damen.

Tras él, se amontonaban los cojines y la seda arrugada de las sábanas. Por el suelo, serpenteaba la cadena que llevaba atada a los grilletes y que no le impedía moverse.

—Esta noche estás jugando con fuego —dijo Laurent.

—¿Ah, sí? Creía que apelaba a lo mejor de vuestra naturaleza. Ordenad el castigo que queráis, pero quedaos siempre bien lejos de la cadena. Sois tan cobarde como Govart.

Quien reaccionó no fue Laurent, sino el guardia. El acero relució al salir de la funda.

—Cuidado con lo que dices.

No llevaba uniforme ni armadura. Era una amenaza insignificante. Damen miró con desdén la espada desenvainada.

—Tú no eres mejor. Viste lo que estaba haciendo Govart y no hiciste nada para detenerlo.

Laurent alzó una mano y detuvo al guardia antes de que diese otro rabioso paso adelante.

—¿Qué dices que estaba haciendo? —preguntó Laurent.

El guardia dio un paso atrás y luego se encogió de hombros.

—Violando a uno de los esclavos.

Se hizo una pausa, pero, si Laurent reaccionó de alguna manera a dichas palabras, esto no se reflejó en su gesto. Pasó a mirar a Damen y dijo con tono cordial:

—¿Y eso te molesta? Te recuerdo la situación en la que estuviste tú hace no mucho tiempo.

—Eso fue… —Damen se ruborizó. Quiso negar que hubiese hecho algo así, pero recordó sin resquicio de duda que no era el caso—. Os lo prometo. Govart hizo algo más que disfrutar de las vistas.

—A un esclavo —apostilló Laurent—. La Guardia del Príncipe no interfiere con la regencia. Govart puede meter la polla en cualquier cosa de mi tío si así lo desea.

Damen emitió un gruñido de asco.

—¿Y lo veis bien?

—¿Por qué no? —respondió Laurent con tono empalagoso—. Vi bien que se te tirara cuando tuvo ocasión, pero al parecer prefirió recibir un golpe en la cabeza. Fue decepcionante, pero no puedo criticar su gusto. Si os hubieseis abierto de piernas en la arena, quizá no hubiese estado tan cachondo como para tirarse a tu amigo.

—Vuestro tío lo ha tramado todo —dijo Damen—. Yo no recibo órdenes de hombres como Govart. Os equivocáis.

—Me equivoco —repitió Laurent—. Que suerte tengo de que mis sirvientes señalen mis errores. ¿Por qué crees que voy a tolerar algo así, aunque crea que lo que dices es cierto?

—Porque podríais acabar esta conversación en cualquier momento.

Había muchas cosas en juego y Damen estaba harto de ciertos tipos de conversaciones, sobre todo de las que favorecía y disfrutaba Laurent, esas que se le daban tan bien. Juegos de palabras sin razón alguna; vocablos que hacían las veces de trampas. Términos que no significaban nada.

—Tienes razón. Podría hacerlo. Dejadnos solos —ordenó Laurent. Lo dijo mientras miraba a Damen, pero Radel y los guardias fueron quienes se inclinaron y salieron de la habitación

—Muy bien. Vamos a solucionarlo. ¿Estás preocupado por el bienestar de otros esclavos? ¿Por qué me das esa ventaja?

—¿*Ventaja?* —preguntó Damen.

—Cuando no le gustas mucho a alguien, no es muy buena idea dejar que se entere de que algo te importa —explicó Laurent.

Damen sintió que la lividez se apoderaba de su rostro cuando entendió la amenaza.

—¿Qué te dolería más, unos azotes o que le haga daño a alguien a quien amas? —preguntó Laurent.

Damen se quedó en silencio. «¿Por qué nos odiáis tanto?», estuvo a punto de decir, pero conocía muy bien la respuesta a dicha pregunta.

—No creo que sean necesarios más hombres —aseguró Laurent—. En mi opinión, lo único que tengo que hacer es decirte que te arrodilles y lo harás al momento. Y sin que yo mueva un dedo para ayudar a nadie.

—Tenéis razón —dijo Damen.

—¿Que podría acabar con esta conversación en cualquier momento? —repitió Laurent—. Ten claro que aún no he ni empezado.

—Órdenes del príncipe —dijeron a Damen al día siguiente mientras lo desnudaban y volvían a vestirlo. Y, cuando preguntó para qué eran los preparativos, le dijeron que esa noche iba a servir al príncipe en la mesa de honor.

Radel, quien a todas luces no estaba nada de acuerdo con que permitiesen a Damen estar en una compañía tan refinada, le dio un sermón peripatético mientras deambulaba de un lado a otro por la habitación. Eran pocas las mascotas que recibían una invitación para servir a sus amos en la mesa de honor. Para ofrecerle una oportunidad así, el príncipe tenía que haber visto algo en Damen que le había pasado desapercibido a Radel. Era inútil educar a alguien como Damen en los rudimentos del protocolo, por lo que tendría que limitarse a permanecer en silencio, obedecer al príncipe y evitar atacar o importunar a los demás.

La experiencia le decía a Damen que siempre que salía de esa habitación por orden del príncipe terminaba mal. Los tres viajes habían acabado en la arena, los jardines y los baños, con el paseo posterior al poste donde lo habían azotado.

La espalda ya le había sanado en gran medida, pero eso carecía de importancia, porque la próxima vez que Laurent atacase no sería a él directamente.

Damen tenía muy poco poder, pero había una grieta que recorría aquella corte de arriba abajo. Si no conseguía persuadir a Laurent, quizá fuese necesario empezar a centrar sus esfuerzos en la facción del regente.

Observó por costumbre la seguridad que había fuera de su habitación. Estaban en el segundo piso del palacio y el pasillo por el que caminaban contaba con varias ventanas cubiertas con barrotes que daban a un abismo poco halagüeño. También pasaron junto a varios guardias armados que llevaban el uniforme de la Guardia del Príncipe. Aquel era el lugar donde se apostaban los que no estaban en las residencias de las mascotas. Había una cantidad sorprendente de ellos y no creía que todos estuviesen allí por él. ¿De verdad Laurent lo tenía siempre tan vigilado?

Atravesaron un par de puertas de bronce ornamentadas y Damen se percató de que lo habían llevado hasta los aposentos de Laurent.

Inspeccionó el interior con sorna. Las estancias eran todo lo que podría esperarse de un principito consentido hasta la saciedad, extravagante hasta decir basta. Todo estaba decorado profusamente. Las baldosas tenían dibujos y las paredes estaban talladas de manera intrincada. La vista era maravillosa. Aquella estancia del segundo piso contaba con una galería de arcos semicirculares que daba a los jardines. También había una arcada que daba a la alcoba. La cama estaba rodeada por unas cortinas lujosas, toda una variedad de adornos suntuosos y madera tallada. Lo único que faltaba era un rastro perfumado de ropa desperdigada por el suelo y una mascota que descansara en una de las superficies cubiertas de tela.

No se veía prueba alguna de que estuviese habitada. De hecho, solo había unos pocos efectos personales entre tanta opulencia. Cerca de Damen había un sillón reclinable y un libro abierto de par en par que dejaba a la vista unas páginas iluminadas y una caligrafía que relucía a causa del pan de oro. La correa que le habían puesto a Damen en los jardines también estaba tirada sobre el sillón, como si alguien la hubiese lanzado allí con indiferencia.

Laurent salió de la alcoba. Aún no se había abrochado la delicada cinta del cuello de la camisa, y unos cordones blancos le caían de ella y le dejaban al descubierto la parte baja de la garganta. Cuando vio que había llegado Damen, se detuvo bajo la arcada.

—Dejadnos —ordenó.

Se lo había dicho a los tratantes que habían traído a Damen hasta sus aposentos. Estos liberaron al esclavo de las ligaduras y se marcharon.

—Ponte en pie —dijo Laurent.

Damen obedeció. Era más alto que él y físicamente más fuerte, y ahora no llevaba ligadura alguna que lo limitara. Estaban solos, igual que la noche anterior, y que en los baños. Pero algo era diferente. Se dio cuenta de que, en algún momento, había empezado a pensar en que quedarse a solas en una habitación con Laurent era peligroso.

El príncipe se apartó de la arcada. A medida que se acercaba a Damen, se le agrió la expresión y la aversión se apoderó de sus ojos azules. Luego dijo:

—No hay trato. Un príncipe no negocia con esclavos ni insectos. Tus promesas no valen nada. ¿Me entiendes?

—Perfectamente —respondió Damen.

Laurent lo miraba impertérrito.

—Se podría convencer a Torveld de Patras para que solicite que los esclavos marchen con él a Bazal, como parte del acuerdo que está negociando con mi tío.

Damen sintió que se le fruncía el ceño. Esa información no tenía sentido.

—Si Torveld insistiese lo suficiente, es posible que mi tío terminara por aceptar una especie de préstamo o, por ser más precisos, un acuerdo permanente disfrazado de préstamo, para así no ofender a nuestros aliados de Akielos. Entiendo que las sensibilidades de Patras con respecto al trato a los esclavos son similares a las de tu pueblo.

—Sí, lo son.

—Me he pasado la tarde intentando plantar la semilla de dicha idea en Torveld. Finalizarán el trato esta noche. Me acompañarás a los entretenimientos. Mi tío tiene por costumbre hablar de negocios en ambientes distendidos —explicó Laurent.

—Pero… —empezó a decir Damen.

—¿Pero? —Un tono frío como el hielo.

Damen volvió a pensar en cómo expresar lo que quería decir.

Repasó la información que le acababan de dar. Reflexionó al respecto. Le dio otra vuelta.

—¿Qué os ha hecho cambiar de opinión? —preguntó Damen, cauteloso.

Laurent no respondió, sino que se limitó a mirarlo con hostilidad.

—No hables a menos que se te haga una pregunta. No me contradigas en ningún caso. Esas son las normas. Si las rompes, estaré encantado de dejar que tus compatriotas se pudran. —Luego añadió—: Tráeme la correa.

La vara a la que estaba unida esta era pesada como el oro puro. La cadena frágil estaba intacta, así que o la había reparado o había sido reemplazada. Damen la tomó sin prisa alguna.

—No sé muy bien si creer nada de lo que acabáis de contarme —comentó.

—¿Tienes elección?

—No.

Laurent se había anudado la camisa y ahora tenía un aspecto inmaculado.

—¿A qué esperas? Póntela —dijo con algo de impaciencia. Se refería a la correa.

Torveld de Patras se encontraba en el palacio para negociar un acuerdo comercial, eso era cierto. Era una información que Damen había oído de varias fuentes. Recordó a Vannes hablando sobre la delegación patrense hacía ya varias noches, en el jardín. Patras tenía una cultura similar a la de Akielos. Eso también era cierto. Puede que lo demás también lo fuera. Si había un grupo de esclavos en oferta, era muy posible que Torveld negociase para conseguirlos, a sabiendas de su valor. Quizá fuese cierto.

Quizá. Es posible. A lo mejor.

Laurent no fingía ningún cambio de opinión ni ser más amable. Su muro de desprecio seguía firme en su lugar y ahora era incluso más patente de lo normal, como si aquel acto de benevolencia hiciese salir a la superficie su más que considerable antipatía. Damen se dio cuenta de que al hacer partícipe de su causa a Laurent estaba dando paso a la sombría comprensión de que había puesto el destino de otras personas en manos de un hombre malicioso e inestable en el que no confiaba ni podía predecir. Ni comprender.

No sintió el más mínimo atisbo de cordialidad por el príncipe. No era de esas personas que creían que la crueldad que se entrega con una mano puede redimirse con una caricia de la otra, si es que aquello podía llegar a considerarse tal. Tampoco era lo bastante ingenuo como para creer que Laurent actuaba de manera del todo altruista. Seguro que lo hacía por alguna razón retorcida y egoísta.

Si es que era cierto que fuese a hacerlo.

Cuando ató la correa, Laurent agarró la vara del tratante y dijo:

—Eres mi mascota. Estás por encima de los demás. No tienes que obedecer las órdenes de nadie excepto las mías y las de mi tío. Si le cuentas los planes de esta noche, se enfadará mucho conmigo, algo que a buen seguro disfrutarías, pero ten en cuenta que mi réplica no te gustaría nada. La elección es tuya, claro.

Claro.

Laurent hizo una pausa en la arcada.

—Una cosa más.

Estaban debajo de un gran arco que proyectaba sombras en el rostro de Laurent y lo volvía inescrutable.

—Ten cuidado con Nicaise, la mascota que viste con el consejero Audin. Lo rechazaste en la arena, un desprecio que le va a costar olvidar.

—¿La mascota del consejero Audin? ¿El niño? —comentó con incredulidad.

—No lo subestimes por su edad. Tiene experiencia en muchas cosas que los adultos no han vivido y ya no piensa como un niño. Aunque también es cierto que hasta un crío puede aprender a manipular a un adulto. Y te equivocas: el consejero Audin no es su amo. Nicaise es peligroso.

—Tiene trece años —insistió Damen, que vio cómo Laurent lo miraba fijamente con esos párpados grandes—. ¿Hay alguien en esta corte que no sea mi enemigo?

—No si puedo evitarlo —respondió Laurent.

—Está domesticado, entonces —dijo Estienne, que extendió el brazo con cautela, como si fuese a acariciar a un animal salvaje.

La pregunta era qué parte del animal iba a acariciar. Damen apartó la mano, momento en el que Estienne soltó un grito ahogado, retiró la suya y se la llevó al pecho.

—No demasiado —comentó Laurent.

No reprendió a Damen. No parecía particularmente disconforme con su conducta bárbara mientras no fuese dirigida a él. Le daba bastante libertad a su mascota, igual que haría alguien que disfruta de tener un animal que ataca a los demás con sus garras, pero come sin problema de la mano de su amo.

Lo único que consiguió así fue que el resto de los cortesanos no le quitaran el ojo de encima a Damen y se mantuvieran a cierta distancia de él. Laurent se aprovechó de ello y usó esa tendencia de los cortesanos a mantenerse alejados para librarse sin problema de sus conversaciones.

La tercera vez que ocurrió algo así, Damen dijo:

—¿Queréis que haga muecas a los que no os caen bien o es suficiente con tener aspecto de bárbaro?

—Silencio —respondió Laurent con tono calmado.

Se decía que la emperadora de Vask tenía dos leopardos atados a su trono. Damen intentó no sentirse como uno de ellos.

Los entretenimientos iban a tener lugar antes de que empezaran las negociaciones; y antes de eso habría un banquete; y antes, esa recepción. No había tantas mascotas como en la arena, pero Damen vio algún que otro rostro familiar. En el otro extremo de la estancia se percató de un atisbo de cabello pelirrojo y de unos ojos del color de las esmeraldas.

Ancel se separó del brazo de su amo, se llevó los dedos a los labios y dedicó un beso volado a Damen.

La delegación patrense destacó al llegar debido a sus atuendos. Laurent saludó a Torveld como a un igual, que es lo que era. O casi.

Era habitual enviar a alguien de alta cuna para hacer las veces de embajador cuando se iban a llevar a cabo negociaciones serias. Torveld era el príncipe Torveld, el hermano menor del rey Torgeir de Patras, aunque en este caso lo de «menor» era relativo. Torveld era un hombre guapo de unos cuarenta años, casi el doble de la edad de Damen. Tenía una barba de color castaño y bien cuidada al estilo patrense, cabello también castaño y casi sin canas.

La relación entre Akielos y Patras era amistosa y se alargaba en el tiempo, pero el príncipe Torveld y el príncipe Damianos nunca se habían conocido. Aquel había pasado la mayor parte de los últimos dieciocho años en la frontera septentrional de Patras negociando con el imperio vaskiano. Su reputación lo precedía, eso sí. Todo el mundo lo conocía. Había destacado en las campañas del norte cuando Damen aún llevaba pañales. Era el quinto en la línea de sucesión, después de los tres hijos y la hija del rey.

Los ojos castaños de Torveld se volvieron cordiales y afectuosos cuando vieron a Laurent.

—Torveld —dijo el susodicho—, me temo que mi tío se ha retrasado. Mientras esperamos, he pensado que podrías unirte a mi mascota y a mí para tomar aire en el balcón.

Damen pensó que era muy probable que el tío de Laurent no se hubiese retrasado. Se preparó para una noche en la que iba a oírlo mentir hasta por los codos.

—Me encantaría —respondió Torveld con genuino placer e hizo un gesto a uno de sus sirvientes para que también los acompañasen. El pequeño grupo se dirigió hacia allí; Laurent y Torveld delante, mientras que Damen y el sirviente los seguían unos pasos por detrás.

El balcón tenía un banco para que los cortesanos descansaran y un nicho oscuro al que los sirvientes podían retirarse con discreción. Damen, que tenía una complexión preparada para la guerra, no estaba acostumbrado a ser discreto, pero, si Laurent insistía en arrastrarlo por el cuello, el príncipe tendría que acostumbrarse a su intromisión o encontrar un balcón con un nicho más grande. Hacía una noche calurosa y la brisa estaba perfumada con la belleza de los jardines. La conversación fluyó con facilidad entre los dos hombres, quienes seguro que no tenían nada en común. A Laurent se le daba bien hablar.

—¿Tienes noticias de Akielos? —preguntó a Torveld en un momento dado—. Has estado allí hace poco, ¿no es así?

Damen lo miró, sorprendido. Laurent estaba haciendo de las suyas. No era un tema que hubiese sacado por casualidad. Viniendo de cualquier otra persona, podría haberse llegado a pensar que lo hacía por amabilidad. No fue capaz de evitar que se le acelerase el pulso cuando oyó hablar de su hogar.

—¿Has visitado alguna vez la capital, Ios? —preguntó Torveld. Laurent negó con la cabeza—. Es muy bonita. Hay un palacio blanco construido sobre los acantilados que dan al océano. Un día despejado es posible ver Isthima en la lejanía, pero, cuando llegué, el lugar parecía mucho más siniestro. Toda la ciudad seguía de luto por la muerte del viejo rey y de su hijo. Fue terrible lo que les ocurrió. Y también había una disputa entre facciones de los kyroi. El principio de un conflicto, de las disidencias.

—Theomedes logró unirlos —comentó Laurent—. ¿No crees que Kastor vaya a conseguirlo?

—Puede. Pero su legitimidad es un problema. Uno o dos de los kyroi tiene sangre real corriendo por sus venas. No tanta como Kastor, pero la consiguieron en un lecho nupcial. Eso crea descontento.

—¿Qué impresión te dio Kastor? —preguntó Laurent.

—Es un hombre complicado —respondió Torveld—. Nació a la sombra de un trono, pero tiene muchos de los atributos necesarios para ser rey. Fuerza. Sensatez. Ambición.

—¿Un rey necesita tener ambición? —preguntó Laurent—. ¿O solo hace falta para llegar a convertirse en rey?

Se hizo una pausa.

—Sí. Yo también he oído esos rumores, que la muerte de Damianos no fue un accidente. Pero no les doy crédito. He visto la tristeza de Kastor y era genuina. Seguro que no lo ha pasado nada bien. Ha ganado mucho, pero también lo ha perdido en un abrir y cerrar de ojos.

—Ese es el destino de todos los príncipes que están destinados a gobernar —dijo Laurent.

Torveld le dedicó otra de esas miradas largas y llenas de admiración que cada vez eran más frecuentes. Damen frunció el ceño. Laurent era como un nido de escorpiones con forma de persona. Torveld lo miraba y solo veía algo agradable a la vista.

Oír que Akielos estaba debilitado fue tan doloroso como seguro que Laurent había querido que fuese. Damen empezó a darles vueltas a las disputas entre facciones y a las discrepancias. Si había agitación, lo más probable era que empezase en las provincias septentrionales. Puede que Sicyon. O Delpha.

La llegada de un sirviente, que intentaba evitar que se notase que se había quedado sin aliento, evitó que Torveld siguiese hablando.

—Alteza, perdonad la interrupción. El regente dice que os espera en el interior.

—Te he distraído durante demasiado tiempo —dijo Laurent.

—Ojalá pasásemos más tiempo juntos —repuso Torveld, que no mostró intención alguna de levantarse.

El rostro del regente al ver a los dos príncipes entrar juntos en la estancia se torció en una serie de arrugas que poco tenían que ver con una sonrisa, aunque saludó a Torveld con simpatía e intercambiaron todo tipo de formalidades. El sirviente de este se inclinó y se marchó. Era lo que exigía el protocolo, pero Damen no podía seguir su ejemplo, no al menos que se dispusiese a arrancar la correa de las manos de Laurent.

Una vez terminaron las formalidades, el regente dijo:

—¿Podríais perdonarnos a mi sobrino y a mí un momento? Miró con seriedad a Laurent. Torveld se retiró con educación y de buena fe. Damen supuso que él tendría que hacer lo mismo, pero notó sutilmente que Laurent agarraba la correa con más fuerza.

—Sobrino, no se te ha invitado a estas negociaciones.

—Pero aquí estoy. Es muy irritante, ¿verdad? —preguntó Laurent.

El regente respondió:

—Son asuntos muy importantes entre hombres. No es lugar para juegos de niños.

—Recuerdo que me dijiste que tenía que asumir más responsabilidades —comentó Laurent—. En público y con mucha pompa. Si no lo recuerdas, deberías echar un vistazo a tus libros de cuentas. Saliste de allí con dos propiedades más y beneficios suficientes como para atiborrar a comida a todos los caballos de los establos.

—Si hubiese querido que vinieses para asumir esta responsabilidad, te habría dado la bienvenida a la mesa de buena gana. No tienes interés alguno en las negociaciones comerciales. Nunca te has esmerado por nada en tu vida.

—¿Crees que no? Bueno, entonces es que esto tampoco es serio, tío. No tienes por qué preocuparte.

Damen vio que el regente entrecerraba los ojos. Era una expresión que le recordaba a Laurent. Después el regente dijo:

—Espero que sepas comportarte.

Luego los condujo a los entretenimientos y le dedicó mucha más paciencia de la que Laurent merecía. Este no lo siguió de inmediato, sino que se quedó mirando a su tío.

—Vuestra vida sería mucho más fácil si dejarais de provocarlo —comentó Damen.

—Te dije que no abrieses la boca —dijo, esta vez con frialdad y tono brusco.

OCHO

D amen, que esperaba que lo colocasen en un lugar discreto de los laterales propio de un esclavo, se sorprendió al descubrir que lo sentaban junto a Laurent, aunque a una fría distancia de unos veinte centímetros. No estaba sobre su regazo, como sí era el caso de Ancel, con su amo en el otro extremo de la estancia.

Laurent estaba bien sentado a conciencia. Llevaba un atuendo sobrio pero elegante, tal y como correspondía a su rango. No llevaba joyas, a excepción de una estrecha diadema de oro en la frente, que quedaba oculta en su mayor parte debido al pelo dorado que caía sobre ella. Al sentarse, desabrochó la correa de Damen y la enrolló alrededor de la vara del tratante para luego lanzársela a uno de los criados, quien consiguió atraparla casi sin problemas.

La mesa se extendía por la habitación. Torveld estaba junto a Laurent, prueba del pequeño golpe maestro del vereciano. Nicaise, por su parte, estaba sentado junto a Damen, lo que seguro que también se debía a otro golpe maestro de Laurent. El niño estaba separado del consejero Audin, que se hallaba en otra parte, cerca del regente. Nicaise no parecía tener a ningún amo cerca de él.

El hecho de que alguien como el susodicho se encontrara sentado en la mesa de honor podría haberse considerado un error de protocolo si se tenían en cuenta las costumbres de los patrenses. Pero Nicaise iba bien vestido y llevaba muy poca pintura. El único elemento ostentoso que lo distinguía como mascota era un pendiente muy largo que llevaba en la oreja izquierda: unos zafiros gemelos que le colgaban hasta casi rozarle el hombro, demasiado pesados para su cara de querubín. Por lo demás, podría habérselo llegado a confundir con cualquier miembro de la nobleza. Nadie de Patras se hubiese imaginado a un niño catamito sentado junto a la realeza. Seguro que Torveld había cometido el mismo error que Damen y pensado que Nicaise era el hijo o el sobrino de alguien. A pesar del pendiente.

Nicaise también estaba bien sentado. De cerca, tenía una belleza sobrecogedora. Igual que su juventud. Cuando hablaba, su voz sonaba impoluta; tenía el tono aflautado y nítido de un cuchillo al golpear un cristal sin grietas.

—No quiero sentarme a tu lado —dijo Nicaise—. Que te den.

Damen echó un vistazo alrededor por instinto para comprobar si alguien de la delegación de Patras lo había oído, pero no fue el caso. El primer plato de carne acababa de llegar y la comida ocupaba la atención de todo el mundo. Nicaise levantó un tenedor dorado de tres puntas, pero hizo una pausa para hablar antes de probar el plato. El miedo que había mostrado a Damen en la arena parecía seguir estando allí. Tenía los nudillos blancos por la fuerza con la que aferraba el cubierto.

—No te preocupes —comentó Damen. Habló al chico con toda la amabilidad que fue capaz—. No voy a hacerte daño.

Nicaise se lo quedó mirando. Tenía los enormes ojos azules pintados como los de una puta o una cualquiera. Alrededor de ambos, la mesa era un muro colorido de voces y risas; los cortesanos se entretenían a su manera y no les prestaban atención alguna.

—Bien —dijo Nicaise al tiempo que enterraba el tenedor con saña en el muslo de Damen bajo la mesa.

A pesar de la capa de tela que lo cubría, este se estremeció y agarró el tenedor por instinto mientras se acumulaban tres gotas de sangre en las puntas.

—Disculpa un momento —dijo Laurent, que apartó la vista de Torveld para encarar a Nicaise.

—He asustado a vuestra mascota —dijo, engreído.

Laurent respondió, para nada disgustado:

—Sí que lo has hecho.

—Sea lo que sea lo que planeáis no va a funcionar.

—Yo creo que sí. ¿Te apuestas el pendiente?

—Si gano, os lo tendréis que poner —espetó Nicaise.

Laurent levantó la copa de inmediato y la inclinó hacia él en un breve gesto con el que sellaba la apuesta. Damen intentó obviar la extraña impresión de que estaban disfrutando de la situación.

Nicaise le indicó a un sirviente que se acercase y le pidió otro tenedor.

Como no tenía un amo al que entretener, se sintió con libertad para molestar a Damen. Empezó con una retahíla de insultos y conjeturas explícitas sobre sus prácticas sexuales, con una voz demasiado baja como para que lo oyese nadie más. Cuando terminó por ver que no picaba su anzuelo, empezó a dirigirse al propietario de Damen.

—¿Crees que sentarte en la mesa de honor con él significa algo? No vas a tener relaciones con Laurent. Es frígido.

El tema de conversación prácticamente le resultó un alivio. Daba igual lo ordinario que fuese el chico, ya que no podía decir nada sobre las predilecciones de Laurent que Damen no hubiese oído una y otra vez, de boca de guardias aburridos y de lenguaje soez mientras lo vigilaban a él.

—Yo creo que no es que no pueda, sino que lo que tiene no le funciona. De pequeño, pensaba que se la habían cortado. ¿Tú qué opinas? ¿La has visto?

¿De pequeño?

—No se la han cortado —dijo Damen.

Nicaise entrecerró los ojos. Y él continuó:

—¿Cuánto tiempo llevas de mascota en esta corte?

—Tres años —respondió aquel con un tono como si dijese: «Tú no durarías aquí ni tres minutos».

Damen lo miró y se arrepintió de haber preguntado. Tuviese «mente de niño» o no, su cuerpo aún no había llegado a convertirse en el de un adolescente. Aún era un prepúber. Parecía más joven que cualquier otra mascota que Damen hubiese visto en la corte, y todas habían pasado la pubertad al menos. Tres años.

La delegación de Patras siguió sin darse cuenta. Laurent se estaba comportando de la mejor manera posible con Torveld. Al parecer, y, sorprendentemente, se había librado por completo de su malicia para luego lavarse la boca con jabón. Hablaba con inteligencia sobre política y comercio, y, si de vez en cuando se lo notaba demasiado tajante, conseguía disfrazarlo de comentario astuto y no daba la impresión de ser mordaz. Era como si dijese: «¿Ves que soy capaz?».

Torveld mostraba cada vez menos interés en prestar atención a nadie más. Era como ver a un hombre sonreír mientras se rendía a ahogarse en las profundidades marinas.

Por suerte, no duró demasiado. Un milagro fruto de la contención hizo que solo hubiese nueve platos, servidos con lazos y colocados a la perfección en una vajilla enjoyada por pajes muy atractivos. Las mascotas no tuvieron que hacer nada. Estaban sentadas junto a sus amos; a algunas de ellas les dieron de comer con las manos, mientras que una o dos tuvieron la osadía de servirse y birlar bocados a sus propietarios, como perritos falderos consentidos que hubiesen aprendido que, hicieran lo que hicieran, sus permisivos amos iban a encontrarlos encantadores.

—Es una pena que no haya sido capaz de conseguir que vieses a los esclavos —comentó Laurent mientras los pajes empezaban a llenar la mesa de dulces.

—No tenías por qué. Vimos esclavos de palacio en Akielos. No creo que haya visto jamás esclavos de tanta calidad, ni siquiera en Bazal. Y confío en tus gustos, claro.

—Me alegra —comentó Laurent.

Damen era consciente de que, detrás de él, Nicaise había empezado a escucharlos.

—Estoy seguro de que mi tío accederá a comerciar si lo presionas lo suficiente —dijo Laurent.

—Si lo hace, será gracias a ti —aseguró Torveld.

Nicaise se levantó de la mesa.

Damen se acercó los veinte centímetros que lo separaban de Laurent a la primera oportunidad.

—¿Qué hacéis? Fuisteis vos quien me advirtió sobre Nicaise —dijo en voz baja.

Laurent se quedó muy callado, se agitó deliberadamente en el asiento y luego se inclinó hacia delante para pegar los labios a la oreja de Damen.

—Creo que no llega a apuñalarme desde donde está. Tiene los brazos muy cortos. ¿Crees que va a intentar tirarme un confite? Le va a costar acertar. Y, si me agacho, le dará a Torveld.

Damen apretó los dientes.

—Ya sabéis a qué me refiero. Os ha oído. Va a actuar. ¿No pensáis hacer nada?

—Estoy ocupado.

—Pues dejad que lo haga yo.

—¿Vas a sangrarle encima?

Damen abrió la boca para responder, pero descubrió que sus palabras quedaron interrumpidas por el alarmante roce de los dedos de Laurent contra sus labios, con el pulgar recorriéndole la mandíbula. Era el tipo de roce ausente que cualquier amo de la mesa hubiera dedicado a una de sus mascotas. Pero la estupefacción que se apoderó de los cortesanos que se sentaban a la mesa dejó claro que no era un gesto que Laurent hiciese muy a menudo. O quizá no lo había hecho nunca.

—Mi mascota se sentía un poco abandonada —se disculpó Laurent a Torveld.

—¿Es el prisionero que envió Kastor para que lo entrenaras? —preguntó aquel con curiosidad—. ¿Es… seguro?

—Parece peleón, pero en realidad es muy dócil y adorable —respondió Laurent—. Como un cachorrito.

—Un cachorrito —repitió Torveld.

Para demostrarlo, Laurent tomó una mezcla de frutos secos y miel, y se la acercó a Damen como había hecho en la arena, entre el pulgar y el índice.

—¿Un confite? —le ofreció.

En el largo silencio posterior, Damen pensó en matarlo de manera muy explícita.

Luego, se inclinó hacia delante. Estaba dulce a rabiar. No dejó que los labios tocaran los dedos de Laurent. Los miraba mucha gente. Después de dárselo, se los lavó con meticulosidad en el cuenco y se los secó en un pequeño pañuelo de seda.

Torveld se lo quedó mirando. En Patras, los esclavos alimentaban a los maestros, les pelaban la fruta y les servían bebidas, no al contrario. También era así en Akielos. La conversación continuó tras la pausa y siguieron con asuntos más triviales. Alrededor de ellos, las creaciones de azúcar, especias caramelizadas y pastas confitadas desaparecieron poco a poco.

Damen echó un vistazo alrededor en busca de Nicaise, pero el chico había desaparecido.

Durante la relajada sobremesa previa a los entretenimientos, Damen tuvo libertad para deambular por la estancia y fue a buscarlo. Laurent estaba ocupado y, por primera vez, no había dos guardias que vigilasen todo lo que hacía Damen. Podría haberse marchado sin problema. Podría haber salido por las puertas del palacio para luego dirigirse a la ciudad cercana de Arles. Pero no podía abandonar el lugar hasta que la delegación de Torveld se marchase con los esclavos, la cual era la única razón por la que no llevaba la correa.

No había avanzado mucho. Era posible que no hubiese guardias, pero la caricia de Laurent le había granjeado otro tipo de atención.

—Cuando el príncipe lo llevó a la arena, supe que iba a convertirse en alguien muy popular —decía Vannes a la noble que tenía al lado—. Lo vi actuar en los jardines, pero podría decirse que no se aprovecharon sus talentos. El príncipe no le dejó tomar la iniciativa.

Los intentos de Damen por excusarse y salir de allí no parecieron tener impacto alguno en ella.

—No, no nos dejes aún. Talik quería conocerte —comentó Vannes a Damen. Luego le dijo a la noble—: La simple idea de tener una mascota macho es grotesca, pero si pudiese ser..., ¿no te parece que Talik y él harían buena pareja? Ah. Aquí está. Os dejaremos un momento a solas —comentó antes de marcharse.

—Soy Talik —declaró la mascota. La voz tenía el acento marcado de Ver-Tan, la provincia oriental de Vask.

Damen recordó que alguien había dicho que a Vannes le gustaban las mascotas capaces de ganar las competiciones en la arena. Talik era casi tan alta como Damen e iba con los brazos musculados desnudos. Había algo de depredador en su mirada, así como en la boca ancha y el arco de las cejas. Damen había dado por hecho que las mascotas, al igual que los esclavos, se sometían sexualmente a sus amos, tal y como era costumbre en Akielos. Pero no tenía muy claro cuál podía llegar a ser la relación de aquella mujer y Vannes en la cama.

—Creo que un guerrero de Ver-Tan mataría sin problema alguno a uno de Akielos —comentó Talik.

—Yo creo que dependería del guerrero —respondió él con cautela.

Le dio la impresión de que la mujer reflexionaba sobre la respuesta y sobre su apariencia, y terminó encontrando ambas aceptables.

—Estamos a la espera. Parece ser que Ancel va a actuar. Es popular y está de moda. Creo que ya has estado con él. —No esperó a que Damen lo confirmara—. ¿Qué tal?

Bien entrenado. La mente de Damen le dio la respuesta, taimada como si de una sugerencia murmurada al oído se tratara. Frunció el ceño. Luego respondió:

—Adecuado.

—Su contrato con lord Berenger terminará pronto y se pondrá a buscar uno nuevo, una oferta mejor —continuó Talik—. Quiere más dinero, estatus. Es imbécil. Puede que lord Berenger no le pague tanto, pero es amable y nunca hace que las mascotas entren en la arena. Ancel se ha granjeado muchos enemigos y seguro que alguien estaría dispuesto a arrancarle esos ojos verdes en la arena por «accidente».

Damen quedó prendado de la conversación en contra de su voluntad.

—¿Por eso busca la atención de la realeza? ¿Quiere que el príncipe...? —Intentó usar un vocabulario que no le resultaba nada familiar—. ¿Quiere que el príncipe se ofrezca a contratarlo?

—¿El príncipe? —preguntó Talik con desprecio—. Todo el mundo sabe que el príncipe no tiene mascotas.

—¿Ninguna? —preguntó Damen.

—Te tiene a ti —dijo antes de mirarlo de arriba abajo—. Puede que le gusten los hombres y no esos niños verecianos pintados que gritan si los pellizcas.

El tono de la mujer sugería que ella estaba de acuerdo con esa idea en términos generales.

—Nicaise —insistió Damen, ya que había sacado el tema de los niños verecianos pintados—. Buscaba a Nicaise. ¿Lo has visto?

—Allí —indicó Talik.

El susodicho había vuelto a aparecer en el otro extremo de la estancia. Le hablaba al oído a Ancel, quien se inclinaba casi del todo para ponerse a la altura del chico. Cuando terminó, Nicaise se dirigió directo a Damen.

—¿Te envía el príncipe? Llegas demasiado tarde —dijo.

«¿Demasiado tarde para qué?» habría sido la respuesta en cualquier corte menos en aquella.

—Como le hagas daño a alguno…

—¿Qué vas a hacer? —Nicaise sonrió con superioridad—. No vas a hacer nada. No tienes tiempo. El regente quiere verte. Me ha enviado a buscarte. Deberías darte prisa. No lo hagas esperar. —Otra sonrisilla—. Me lo comentó hace un buen rato.

Damen lo fulminó con la mirada.

—¿A qué esperas? Largo —dijo Nicaise.

Puede que fuese una mentira, pero no podía arriesgarse a una ofensa así. Se marchó.

Resultó que no era mentira. El regente lo había mandado llamar y, cuando llegó, hizo que todos los que lo rodeaban se marchasen para que Damen se quedase solo en la silla. Era una audiencia privada al fondo de una sala poco iluminada.

Estaban rodeados de mucha comida y vino, así como del ruido agradable y distendido de la corte. Damen le dedicó toda la deferencia que exigía el protocolo. El regente fue el primero en hablar:

—Supongo que debe de ser emocionante para un esclavo saquear los tesoros de un príncipe. ¿Has tomado a mi sobrino?

Damen se quedó muy quieto e intentó no agitar el aire al respirar.

—No, alteza.

—¿Y al revés, quizá?

—No.

—Pero aun así comes de su mano. La última vez que hablé contigo querías que lo azotaran. ¿A qué se debe el cambio?

«Mi réplica no te gustaría nada», había dicho Laurent.

Damen dijo con mucha cautela:

—Estoy a su servicio. Me ha hecho aprender la lección a latigazos.

El regente lo miró durante un rato.

—Me decepcionas, o algo peor incluso. Laurent podría beneficiarse de una influencia firme, alguien cercano que vele por sus intereses. Un hombre juicioso que lo guiase sin dejarse manipular.

—¿Manipular? —preguntó Damen.

—Mi sobrino es encantador cuando quiere. Su hermano era un verdadero líder, capaz de inspirar una lealtad extraordinaria en sus hombres. Laurent, en cambio, cuenta con una versión superficial de los dones de su hermano que usa para sus propios fines. Si alguien es capaz de conseguir que un hombre coma de la mano que lo acaba de golpear, ese es mi sobrino —explicó el regente—. ¿A quién le debes lealtad?

Damen comprendió que no se trataba de una pregunta, sino que le estaba dando a elegir.

Tenía muchas ganas de cruzar el abismo que separaba las dos facciones de la corte. En un lado estaba aquel hombre, que se había ganado su respeto desde hacía mucho tiempo. Le resultó terriblemente doloroso darse cuenta de que no estaba en su naturaleza hacerlo, al menos no mientras Laurent estuviese de su parte. Si es que lo estaba, en realidad… Aunque ese fuera el caso, no era alguien con estómago suficiente como para aguantar aquel juego prolongado que estaba teniendo lugar allí esa noche. Aun así…

—No soy el hombre que buscáis —respondió—. No tengo influencia alguna sobre él. No soy alguien cercano. Repudia Akielos y a su pueblo.

El regente le dedicó otra mirada larga y reflexiva.

—Eres sincero. Eso me gusta. El resto está por verse. Es suficiente por ahora —dijo el regente—. Ve a buscar a mi sobrino. No quiero que se quede a solas con Torveld.

—Sí, alteza.

No tenía muy claro por qué se había sentido aliviado, pero así era.

Después de preguntar a varios sirvientes, Damen se enteró de que Laurent y Torveld se habían vuelto a retirar a uno de los balcones para escapar del agobio que había dentro del palacio.

Damen se detuvo antes de llegar. Oyó el murmullo de sus voces, momento en el que echó la vista atrás, hacia el salón, para comprobar que el regente no lo veía desde ahí. Si Laurent y Torveld habían empezado a discutir los términos de una negociación comercial, lo mejor era retrasarse un poco para darles todo el tiempo que necesitasen.

—… le he dicho a mis consejeros que ya estaba mayor para distraerme con jóvenes apuestos —oyó que decía Torveld y le quedó claro al momento que la conversación no versaba sobre acuerdos comerciales.

Fue toda una sorpresa, pero lo cierto es que llevaban toda la noche igual. Que un hombre de tan honorable reputación como Torveld eligiese a Laurent como objetivo de sus afectos era difícil de asimilar, pero quizás a aquel le gustasen las víboras. La curiosidad se apoderó de él. No había tema que generase más especulación entre los cortesanos y los miembros de la Guardia del Príncipe. Damen hizo una pausa y siguió escuchando.

—Y luego te conocí —continuó Torveld—. Y pasé una hora en tu compañía.

—Más de una hora —lo corrigió Laurent—. Menos de un día. Creo que te distraes más fácilmente de lo que eres capaz de admitir.

—¿Y tú no?

Se hizo una breve pausa en el ritmo de la conversación.

—Has… Has oído rumores.

—Entonces, ¿es cierto?

—¿Que no se me conquista con facilidad? No puede ser lo peor que hayas oído sobre mí.

—En mi opinión, es lo peor con diferencia.

Lo dijo con tal sinceridad que consiguió arrancar a Laurent un suspiro de diversión poco convincente.

La voz de Torveld cambió, como si ahora estuviese más cerca:

—He oído muchos rumores sobre ti, pero quiero formarme mi propia opinión.

Damen dio un paso al frente con determinación.

Al oír las pisadas, Torveld se sobresaltó y echó un vistazo a su alrededor. En Patras, los asuntos sentimentales, o los carnales, solían tratarse en privado. Laurent, que estaba reclinado con elegancia contra la balaustrada, solo reaccionó dirigiendo la mirada hacia Damen. Estaban muy juntos, aunque no tanto como para besarse.

—Alteza, vuestro tío requiere vuestra presencia —dijo Damen.

—Otra vez —se quejó Torveld, a quien le apareció una arruga en mitad de la frente.

Laurent se separó de él.

—Es demasiado protector —dijo.

La arruga desapareció de la frente de Torveld cuando miró a Laurent.

—Te has tomado tu tiempo —susurró al pasar junto a Damen.

Se quedó a solas con Torveld. El ambiente estaba muy tranquilo en el balcón. Los sonidos de la corte quedaron ahogados, como si fuesen muy distantes. Lo que más se oía era el ruido de los insectos en los jardines de debajo, muy íntimo, así como el agitar del follaje en la brisa. En un momento dado, Damen recordó que tendría que haber bajado la mirada.

Torveld no le prestaba atención.

—Es un premio —dijo con tono amable—. Apuesto lo que sea a que nunca llegaste a creer que un príncipe podría estar celoso de un esclavo. Me intercambiaría contigo ahora mismo sin pensar.

No lo conoces —pensó Damen—. *No sabes nada de él. Solo habéis hablado una noche.*

—Creo que el entretenimiento empezará pronto —dijo Damen.

—Sí, claro —convino Torveld, que siguió los pasos de Laurent en dirección a la corte.

A lo largo de toda su vida, Damen se había visto obligado a sentarse a contemplar muchos entretenimientos. En Vere, la palabra *entretenimiento* había adquirido un nuevo significado. Cuando Ancel se acercó con una vara larga en las manos, Damen se preparó para el tipo de actuación que haría desmayarse a la delegación patrense, pero la mascota se limitó a tocar el soporte de pared de una antorcha con los dos extremos de la vara, con lo que consiguió prenderles fuego.

Llevó a cabo una especie de danza en la que lanzaba y atrapaba la vara mientras las llamas se agitaban y se retorcían al tiempo que creaban formas sinuosas, círculos e incluso patrones que se movían. El cabello pelirrojo de Ancel casaba muy bien con la estética del espectáculo al ir a juego con el color de las llamas rojas y naranjas. Incluso en ausencia del movimiento hipnótico de ellas, el baile era muy seductor, con un componente físico que le daba una intención muy erótica y una ejecución que lo hacía parecer sencillo a pesar de su dificultad. Damen miró a Ancel con respeto en ese momento. La actuación requería entrenamiento, disciplina y cualidades atléticas, algo que admiraba. Era la primera vez que había visto a una mascota de Vere demostrar sus capacidades en algo que no fuese llevar ropa o subirse encima de alguien.

El ambiente estaba relajado. Damen volvía a estar atado a la correa y era muy probable que lo estuviesen usando de carabina. Laurent actuaba con los modales calculadamente fríos de alguien que intentara lidiar con un pretendiente complicado. A Damen se le ocurrió algo divertido: que podría decirse que estaba preso de su propio ingenio. Mientras miraba, el sirviente de Torveld sacó un melocotón, luego una navaja y después cortó un pedazo cuando el príncipe de Patras se lo ordenó, pedazo que ofreció a Laurent, quien aceptó sin ganas. Tras terminar el bocado, el sirviente sacó una pequeña tela de la manga con una floritura para que Laurent se limpiase los dedos inmaculados. La tela era una seda transparente con hilo de oro en los bordes. Laurent se la devolvió arrugada.

—Me está gustando la actuación —dijo Damen, que no se pudo resistir.

—El sirviente de Torveld está mejor provisto que tú —fue todo lo que respondió Laurent.

—Yo no tengo mangas en las que llevar pañuelos —comentó Damen—. Y tampoco me importaría que me diesen una navaja.

—¿O un tenedor? —espetó Laurent.

Una oleada de aplausos y una pequeña conmoción evitó la respuesta. La danza de llamas había terminado y había ocurrido algo en el otro extremo de la estancia. Erasmus se resistía como un potro inmaduro al que le acaban de poner unas riendas. Un tratante vereciano tiraba de él para arrastrarlo.

Oyó una voz aflautada de chica que decía:

—Como te gustan tanto, creí que te agradaría ver actuar a uno de los esclavos de Akielos.

Era Nicaise, que había llegado para resolver el asunto del pendiente.

Torveld había empezado a agitar la cabeza con cierta satisfacción.

—Laurent —dijo—, el rey de Akielos te ha engañado. Ese hombre no puede ser un esclavo de palacio. Parece desconocer por completo el protocolo. Ni siquiera sabe sentarse quieto. Creo que Kastor se limitó a disfrazar a algunos sirvientes y a entregártelos. Aunque es guapo —comentó el príncipe Torveld. Luego añadió, con un tono de voz algo diferente—: Muy guapo.

Era muy guapo. Era excepcional incluso entre los esclavos elegidos por ser excepcionales, escogido para servir a un príncipe. Lo único es que era torpe y carecía de elegancia, además de que no parecía que lo hubiesen entrenado. Se había dejado caer de rodillas al fin, pero parecía haberlo hecho solo porque sus extremidades se habían rendido. Tenía los puños apretados, como si le hubiese dado un calambre en las manos.

—Guapo o no, no puedo llevarme esclavos sin entrenamiento a Bazal —explicó Torveld.

Damen agarró a Nicaise por la muñeca.

—¿Qué has hecho?

—¡Suelta! No he hecho nada —imprecó aquel. Se frotó la muñeca cuando Damen se la soltó y dijo a Laurent—: ¿Dejas que hable así a sus superiores?

—No eres un superior —respondió Laurent.

Nicaise se ruborizó ante la respuesta. Ancel aún seguía agitando con parsimonia la vara. El titilar de las llamas proyectaba una luz anaranjada. Cuando se acercaba, el calor era sorprendente. Erasmus se había quedado blanco, como si estuviese a punto de vomitar delante de todos.

—Detenlos —comentó Damen a Laurent—. Esto es cruel. Ese chico sufrió quemaduras graves. Le tiene miedo al fuego.

—¿Quemaduras? —preguntó Torveld.

Nicaise dijo al momento:

—No son quemaduras. Lo marcaron. Tiene cicatrices por toda la pierna. Son horribles.

Torveld miraba a Erasmus, que tenía los ojos vidriosos y mostraba una especie de desesperanza estupefacta en el gesto. Resultaba difícil creer que estuviese arrodillado y quieto sabiendo lo que se le estaba pasando por la cabeza.

—Apagad el fuego —dijo Torveld.

El olor acre del humo se apoderó de repente de los perfumes verecianos. Habían apagado el fuego. Indicaron a Erasmus que avanzara y consiguió colocarse algo mejor, ahora que estaba más calmado en presencia de Laurent, lo que tenía mucho sentido, hasta que Damen recordó que Erasmus le había dicho que creía que el príncipe era «amable».

Torveld le hizo varias preguntas al susodicho, que respondió en patrense con timidez a pesar de que había mejorado. Después de eso, los dedos de Torveld se abrieron paso de alguna manera para colocarse y reposar sobre la cabeza de Erasmus. Luego, le pidió que se sentase junto a él en las negociaciones.

La reacción del esclavo fue besarle el pie al príncipe de Patras, y luego el tobillo, mientras sus rizos rozaban el firme gemelo del príncipe.

Damen miró a Laurent, quien se había limitado a que todo transcurriese frente a él. Resultaba evidente la razón por la que Torveld había cambiado el objetivo de sus afectos. Había un parecido superficial entre el príncipe y el esclavo. La piel clara de Erasmus y su cabello bruñido eran lo más parecido que había en la estancia a los colores dorado y marfileño de Laurent. Pero Erasmus tenía algo de lo que el príncipe carecía: una vulnerabilidad, una necesidad de afecto y unas ansias de ser controlado que eran casi palpables. En Laurent no había más que una frialdad propia de la aristocracia y, aunque la pureza de su perfil llamase la atención, Damen tenía las cicatrices de su espalda para demostrar que se podía mirar, pero no tocar.

—¡Lo habíais planeado! —dijo Nicaise en un murmullo siseante—. Queríais que viera... ¡Me habéis engañado! —Lo dijo con la misma voz con la que un amante hubiese dicho: «¡Cómo has podido!». Pero también había rabia en el tono. Y resentimiento.

—Tenías elección —comentó Laurent—. No tenías por qué mostrarme las garras.

—Me habéis engañado —dijo Nicaise—. Voy a decirle...

—Díselo —insistió Laurent—. Cuéntale todo lo que he hecho y cómo me has ayudado a ello. ¿Cómo crees que reaccionará? ¿Quieres descubrirlo? Pues hagámoslo juntos.

Nicaise dedicó a Laurent una mirada calculadora llena de rencor y desesperación.

—Ya basta... —dijo el príncipe—. Se acabó. Estás aprendiendo. No me será tan fácil conseguirlo la próxima vez.

—Os prometo que no lo será —aseguró Nicaise con tono pernicioso. Y Damen se dio cuenta de que se marchó sin darle el pendiente a Laurent.

Alimentada, saciada y entretenida, la corte se dispersó y tanto el Consejo como el regente se sentaron para dar comienzo a las negociaciones. Cuando el susodicho pidió vino, fue Ancel quien lo sirvió. Y, tras terminar, lo invitaron a sentarse junto al tío de Laurent y adquirió un aspecto muy decorativo con un gesto de satisfacción en el rostro.

Damen se vio obligado a sonreír. Suponía que no podía culpar a Ancel por su ambición. Y no era un mal logro para nada, al menos para un chico de dieciocho años. En la tierra natal de Damen había muchos cortesanos que considerarían que meterse entre las sábanas del rey era el mayor éxito que podían conseguir. Sobre todo si lo hacían de forma permanente.

Ancel no fue el único que había logrado lo que quería esa noche. Laurent había cumplido a la perfección todo lo que Damen le había pedido. En menos de un día. Si no le daba importancia a todo lo demás, le costaba no admirar la eficiencia organizativa del príncipe.

En caso de darle importancia a todo lo demás, podía recordar que se trataba de Laurent y que había mentido y engañado para salirse con la suya. Podía pensar que se trataba de Erasmus, al que habían arrastrado durante una noche horrorosa. Y también que Laurent era un adulto que había engañado y se había aprovechado de un niño que solo tenía trece años, aunque se lo mereciese.

—Hecho —dijo Laurent, que se había sentado junto a él.

Para sorpresa de Damen, el príncipe parecía estar de buen humor. Apoyó un hombro contra la pared en gesto informal. Su voz no sonó particularmente amable, pero tampoco tenía ese filo propio de un témpano.

—He indicado a Torveld que se reúna contigo más tarde, para hablar sobre el transporte de los esclavos. ¿Sabías que Kastor nos los envió sin tratantes desde Akielos?

—Creía que Torveld y vos teníais otros planes —dijo Damen sin pensar.

—No —espetó Laurent.

Damen se dio cuenta de que estaba forzando los límites del buen humor de Laurent, por lo que dijo, no sin dificultad:

—No sé por qué habéis hecho algo así, pero creo que los tratarán bien en Bazal. Muchas gracias.

—No puedes evitar que te demos asco, ¿verdad? —imprecó Laurent. Y luego, antes de que Damen pudiese contestar, continuó—: No respondas. Hay algo que te hizo sonreír antes. ¿El qué?

—No fue nada. Solo Ancel —respondió Damen—. Al fin ha conseguido ese mecenazgo real que buscaba.

Laurent siguió su mirada y evaluó la manera en la que el esclavo se inclinaba para servir vino, así como la forma en la que los dedos anillados del regente se alzaban para acariciar el contorno de la mandíbula de Ancel.

—No —dijo Laurent con desinterés—. Solo lo hace para mantener las apariencias. En mi opinión, no todas las prácticas de esta corte contarían con la aceptación de la delegación de Torveld.

—¿A qué os referís?

Laurent dejó de mirar al regente y se volvió a girar hacia Damen, con unos ojos azules carentes de su hostilidad, arrogancia y desprecio habituales. En ellos brillaba algo que Damen era incapaz de discernir.

—Te advertí sobre Nicaise porque no es la mascota del conse-jero Audin. ¿No sabes de quién lo es? —preguntó Laurent al ver que Damen no respondía—. Ancel es demasiado mayor para que mi tío se interese por él.

NUEVE

L o llevaron a ver a Torveld por la mañana temprano, después de un largo interrogatorio con dos sirvientes de Patras en el que sacó a relucir todos sus conocimientos sobre el trato a los esclavos. No supo responder a algunas de las preguntas que le hicieron. Con otras se sintió muy cómodo: ¿estaban entrenados en protocolo patrense? ¿A qué invitados esperaban entretener? Sí, conocían el idioma y el protocolo de Patras, así como los vaskianos, aunque quizá no los dialectos de las provincias. Y claro que sabían todo lo necesario sobre Akielos e Isthima. No sobre Vere, se oyó decir. Nadie había creído que fuese a haber un tratado o un intercambio entre ambas naciones.

Los aposentos de Torveld se parecían a los de Laurent, aunque eran más pequeños. El hombre salió de la alcoba con aspecto de haber descansado, ataviado únicamente con unos pantalones y una bata. Caía directa al suelo desde ambos lados de su cuerpo y dejaba al descubierto un pecho bien definido con algo de pelo.

A través de la arcada, Damen vio el agitar de unas extremidades lechosas en la cama, así como un cabello bruñido. Por un momento, recordó cómo Torveld había cortejado a Damen en el balcón, pero el pelo de la cama era algo más oscuro y rizado.

—Está durmiendo —explicó Torveld.

Habló en voz baja, como si no quisiese molestar a Erasmus. Le hizo un gesto a Damen para indicarle que se acercase a una mesa donde ambos se sentaron. La túnica de Torveld se dobló en pliegues de seda pesada.

—Aún no hemos... —dijo y se hizo el silencio. Damen se había acostumbrado tanto a las conversaciones explícitas de Vere que esperó callado a que Torveld se explicara. Tardó un momento en darse cuenta de que la ausencia de palabras comunicaba todo lo necesario para un patrense. Continuó—: Estaba... muy dispuesto, pero sospecho que ha habido más maltratos aparte de las marcas. Te he traído aquí porque quería preguntarte hasta dónde crees que han llegado. Me preocupa que, sin querer... —Otro silencio. La mirada de Torveld se tornó sombría—. Creo que me ayudaría.

Damen pensó que se encontraban en Vere y que no había forma delicada en patrense de describir lo que ocurría en aquella corte.

—Lo estaban entrenando para convertirse en el esclavo personal del príncipe de Akielos —explicó Damen—. Es muy probable que fuese virgen antes de llegar a Vere. Pero eso no habrá durado mucho aquí.

—Entiendo.

—Desconozco hasta dónde habrán llegado —continuó Damen.

—No hace falta que me digas nada más. Es justo como pensaba —dijo Torveld—. Bueno, gracias por tu sinceridad y por tu trabajo esta mañana. Entiendo que es costumbre darles un presente a las mascotas después de que lleven a cabo un servicio. —Torveld le dedicó una mirada atenta—. No creo que seas del tipo al que le gustan las joyas.

—No, gracias —respondió Damen con una ligera sonrisa.

—¿Hay algo más que pueda ofrecerte?

Damen se lo pensó. Había algo que sí que ansiaba, pero era peligroso pedírselo. Las vetas de la mesa eran oscuras y lo único que estaba tallado era el borde; el resto era poco más que una superficie del todo plana.

—Estuvisteis en Akielos. ¿Os quedasteis tras las ceremonias funerarias?

—Sí, así es.

—¿Qué ocurrió en la casa del príncipe… después de su muerte?

—Supongo que se desmanteló. Oí que sus esclavos personales se degollaron a sí mismos a causa de la pena. No tengo más información.

—A causa de la pena —repitió Damen, que recordó el tintineo de las espadas y lo mucho que lo había sorprendido, lo cual indicaba que no había entendido qué era lo que estaba ocurriendo hasta que había sido demasiado tarde.

—Kastor estaba enfadado. Ejecutaron al guardián de los esclavos reales por dejar que ocurriese. Y también a varios guardias.

Sí. Se lo había advertido a Adrastus. Kastor querría eliminar las pruebas de lo que había hecho. Adrastus, los guardias y puede que hasta la esclava rubia que lo había atendido en los baños. Seguro que habrían asesinado sistemáticamente a todos los que supiesen la verdad.

A casi todos. Damen respiró hondo. Todas las partículas de su cuerpo le indicaron que no hiciese la pregunta, pero no pudo evitarlo.

—¿Y Jokaste? —preguntó.

Pronunció el nombre como se lo hubiese dicho a ella, sin título alguno. Torveld le dedicó una mirada inquisitiva.

—¿La amante de Kastor? La vi bien. El embarazo no había dado problema alguno… ¿No lo sabías? Está embarazada. Aún se desconoce si habrá boda o no, pero lo que sí es seguro es que Kastor pretende afianzar su línea sucesoria. Parece haber dejado claro que criará al bebé como si…

—Como si fuese su heredero —dijo Damen.

Ese era el precio que le habrá hecho pagar Jokaste. Recordó los bucles perfectos del pelo de la mujer, como si de una seda serpenteante se tratara. «Cierra esas puertas».

Alzó la vista. Y, de repente, la mirada de Torveld le indicó que llevaba demasiado tiempo hablando sobre el tema.

—¿Sabes qué? —empezó a decir—. La verdad es que te pareces un poco a Kastor. Tienes algo en la mirada. En el contorno de la cara. Cuanto más te veo...

No.

—... más me doy cuenta. ¿Alguien te lo ha...?

No.

—¿... dicho alguna vez? Estoy seguro de que Laurent...

—¡No! —dijo Damen—. Yo...

Lo dijo de manera demasiado precipitada y urgente. El corazón empezó a latirle con fuerza en el pecho a medida que pasaba de recordar su hogar a volver a aquel... engaño. Sabía que lo único que lo libraría de que lo descubriesen allí mismo era la audacia sin precedentes de lo que había hecho Kastor. Un hombre sensato como Torveld nunca hubiese descubierto aquella traición descarada e ingeniosa.

—Perdonad. Quería decir que... espero que no le digáis al príncipe que os ha dado la impresión de que me parezco a Kastor. Es muy probable que no le guste nada la comparación. —No era mentira. La mente de Laurent no tenía problema alguno para saltar de una pista a una certeza. De hecho, ya estaba muy cerca de adivinar la verdad—. No le tiene aprecio ninguno a la familia real de Akielos.

Tendría que haber dicho algo más y comentar que era todo un halago que lo hubiese comparado con Kastor, pero sabía que no iba a ser capaz de pronunciar esas palabras.

Consiguió engañar a Torveld, al menos por el momento.

—Los sentimientos de Laurent por Akielos no le son ajenos a nadie —comentó el príncipe patrense con mirada atribulada—. He intentado hablar con él al respecto. No me sorprende que quiera que esos esclavos se marchen del palacio. Si yo fuera él, sospecharía de cualquier tipo de presente que viniese de Akielos. Cada vez hay más problemas con los kyroi y lo último que puede permitirse

Kastor es tener un vecino hostil en la frontera septentrional. El regente está dispuesto a forjar una amistad con Akielos, pero Laurent... Lo ideal para Kastor sería conseguir que no se hiciese con el trono.

Intentar imaginarse a Kastor conspirando contra Laurent era como imaginarse a un lobo conspirando contra una serpiente.

—Creo que el príncipe sabe cuidarse —dijo Damen con indiferencia.

—Sí. Puede que tengas razón. Tiene una forma muy particular de pensar. —Torveld se puso en pie mientras hablaba para indicarle que la conversación había terminado. En ese momento, Damen se percató de que algo empezaba a agitarse entre las sábanas—. Me encantaría tener una buena relación con Vere después de que ascienda al trono.

Porque te ha embrujado —pensó Damen—. *Porque estás obnubilado y no tienes idea alguna de cuál es su naturaleza.*

—Puedes comentarle que te lo he dicho si quieres. Ah, y dile también que tengo muchas ganas de derrotarlo en la caza de hoy —zanjó Torveld con una sonrisa mientras Damen se retiraba.

Por suerte para su sentido de la supervivencia, Damen no había tenido oportunidad de decirle a Laurent nada de aquello, ya que lo obligaron a cambiarse de atuendo. Lo iban a llevar ante el príncipe para que lo acompañase. No le hacía falta preguntar que adónde iban. Era el último día de Torveld por allí, y todo el mundo conocía su predilección por la caza.

El lugar donde se practicaba de verdad era Chastillon, pero estaba demasiado lejos para ir durante un solo día y había algunos lugares razonables en las zonas algo boscosas de los alrededores de Arles. Por ello, la mitad de la corte, que aún sufría las consecuencias del vino que había tomado la noche anterior, se preparó a media mañana para salir.

Llevaron a Damen, ridículamente, en una litera, al igual que a Erasmus y a algunas de las mascotas más delicadas. No iban para participar, sino para atender a sus amos después de terminar la cacería. Llevaron a Damen y Erasmus a la tienda real. Él no iba a intentar escapar hasta que no se marchase la delegación patrense. No pudo aprovechar la salida siquiera para echar un vistazo a la ciudad de Arles y sus alrededores. La litera estaba tapada. Sí que vio muy bien a una serie de figuras copulando, que pertenecían a una escena bordada en la cara interior del toldo de seda.

La nobleza cazaba jabalíes, que los verecianos llamaban *sanglier*, una raza norteña que era más voluminosa y cuyos machos tenían los colmillos más grandes. Un grupo de sirvientes que se habían levantado antes del amanecer, o que se habían pasado la noche trabajando, habían sacado toda la opulencia del palacio al exterior para levantar pabellones cubiertos por toldos de colores intensos y llenos de banderas y gallardetes. También había todo tipo de refrigerios servidos por pajes muy atractivos. Los caballos estaban adornados con cintas y las sillas contaban con piedras preciosas engarzadas. Era una cacería en la que el cuero estaba lujosamente lustrado, todos los cojines estaban bien mullidos y no hacía falta nada de nada. Pero, a pesar del lujo, era una situación peligrosa. Un jabalí era más inteligente que un ciervo o incluso que una liebre, que podían llegar a salir corriendo hasta escapar o que los capturasen. Eran criaturas a las que el miedo volvía furiosas y agresivas, lo que hacía que en ocasiones se diesen la vuelta para luchar.

Llegaron, descansaron y comieron. El grupo se subió a las monturas. Los ojeadores se desplegaron. Para sorpresa de Damen, había una o dos mascotas paseando entre los jinetes. Vio a Talik a caballo junto a Vannes y bien montado sobre un ruano color fresa se encontraba Ancel, quien acompañaba a su amo Berenger.

Dentro de la tienda no había ni rastro de Nicaise. El regente estaba sobre su montura, pero había dejado atrás al niño.

Las palabras de Laurent de la noche anterior habían sido toda una sorpresa. Resultaba difícil aceptar lo que sabía con el porte y los modales de aquel hombre. El regente no daba ni la más mínima pista sobre sus… gustos. Damen hasta podría haber pensado que Laurent le había mentido. Pero las acciones de Nicaise evidenciaban que era cierto. La mascota del regente era la única que se comportaría de forma tan desvergonzada en presencia de otros príncipes.

Teniendo en cuenta la lealtad de Nicaise, resultaba extraño que Laurent mostrase interés en él o que pareciese que le caía bien, pero ¿quién sabía lo que podría pasársele por esa mente tan enrevesada que tenía?

No había nada que hacer, solo limitarse a mirar a los jinetes montados y esperar a la primera señal del comienzo de la cacería. Damen se acercó a la entrada de la tienda y echó un vistazo al exterior.

La partida de caza, extendida por la colina, brillaba al sol debido a las joyas y a la talabartería reluciente. Los dos príncipes estaban montados el uno junto al otro, cerca de la tienda. Torveld parecía poderoso y competente. Laurent iba ataviado con cuero negro de caza que le daba un aspecto aún más austero de lo normal. Iba sobre una yegua alazana. Era una montura magnífica, con unas proporciones perfectamente equilibradas y grandes caderas perfectas para la caza, pero también era malhumorada y difícil de controlar. De hecho, ya estaba cubierta de una fina pátina de sudor. Le daba a Laurent una buena oportunidad de mostrar sus excelentes habilidades, ya que tenía que controlarla con las riendas. Pero era una demostración trivial. La caza, al igual que el arte de la guerra, requería fuerza, resistencia y habilidad con el arma, pero lo más importante de todo era un caballo que supiese estar tranquilo.

Los perros serpenteaban entre las patas de las monturas. Estaban entrenados para estar relajados cuando se encontraban junto a animales grandes, para ignorar a las liebres, los zorros y los ciervos, así como para centrarse únicamente en los *sangliers*.

La yegua inquieta de Laurent empezó a agitarse otra vez y el príncipe se inclinó hacia delante en la silla mientras murmuraba algo y le acariciaba el cuello al animal con un gesto amable nada propio de él para tranquilizarla. Después alzó la vista y miró a Damen.

Conceder a una persona tan desagradable un aspecto así era todo un desperdicio de la naturaleza. La piel blanca y los ojos azules de Laurent eran una combinación poco habitual en Patras, más aún en Akielos, y también eran la debilidad de Damen. El pelo dorado empeoraba la situación aún más.

—¿No os podéis permitir un caballo decente? —preguntó.

—Intenta seguirme el ritmo —comentó Laurent.

Se lo había dicho a Torveld, después de fulminar con la mirada a Damen. Un roce de los talones bastó para que la montura empezara a moverse como si fuese parte de él. Torveld lo siguió con una sonrisa en el gesto.

En la distancia, resonó un cuerno que indicaba el comienzo de la cacería. Los jinetes espolearon a sus monturas y el grupo al completo se dirigió hacia el lugar de donde venía el ruido. Los cascos resonaron tras la jauría de sabuesos aullantes. El terreno era algo boscoso, con árboles por aquí y por allá. Un grupo grande podía ir a medio galope. Los perros y los jinetes que iban delante se veían con nitidez en la distancia, acercándose cada vez más a una zona más frondosa. El jabalí estaba a cubierto en algún lugar de la zona. Poco después, el grupo se perdió de vista entre los árboles y al otro lado de una colina.

Dentro de la tienda real, los sirvientes se dedicaban a limpiar los restos del almuerzo, que habían comido recostados en los almohadones repartidos por el lugar, mientras algún que otro perro entraba antes de que lo echasen con amabilidad.

Erasmus parecía un adorno exótico, arrodillado obediente en un cojín del color de las manzanas amarillas. Había hecho un trabajo magnífico sirviendo con discreción a Torveld durante el almuerzo y luego ayudándolo a ponerse el atuendo de caza. Llevaba una túnica corta al estilo patrense que le dejaba al descubierto los brazos y las piernas, pero era lo bastante larga como para cubrirle las cicatrices. Damen no fue capaz de evitar mirarlo cuando volvió a entrar en la tienda.

Erasmus bajó la vista e intentó no sonreír, pero se ruborizó por completo y despacio.

—Hola —saludó Damen.

—Sé que de alguna manera eres responsable de esto —dijo Erasmus. Era incapaz de ocultar lo que sentía y parecía irradiar una felicidad preñada de timidez—. Has mantenido tu promesa. Tú y tu amo. Te dije que era amable.

—Sí que lo hiciste —convino Damen.

Le gustaba ver feliz a Erasmus. Fuera cual fuese su opinión sobre Laurent, Damen no iba a lograr disuadirlo.

—Es incluso mejor en persona. ¿Sabes que vino a hablar conmigo? —preguntó Erasmus.

—¿Ah, sí? —dijo Damen. No podría habérselo imaginado.

—Preguntó por… lo que había ocurrido en los jardines. Después me advirtió sobre lo de anoche.

—Te advirtió —repitió Damen.

—Dijo que Nicaise me obligaría a actuar delante de la corte y que sería horrible, pero, que si era valiente, podía llegar a obtener una recompensa maravillosa. —Erasmus alzó la vista y miró a Damen con curiosidad—. ¿Por qué estás sorprendido?

—No lo sé. No tendría que estarlo, en realidad. Le gusta planear las cosas con antelación —respondió Damen.

—No se habría fijado siquiera en alguien como yo si no hubiese sido porque le pediste que me ayudase —explicó Erasmus—. Es un príncipe y su vida es muy importante. Es normal que haya mucha gente que le pida favores. Me alegra haber tenido la oportunidad de darte las gracias. Si puedo compensarte de alguna forma, lo haré. Te lo juro.

—No hace falta. Tu felicidad es más que suficiente.

—¿Y tú qué? —preguntó Erasmus—. ¿No te sentirás solo?

—Tengo un amo amable —respondió Damen.

Articular las palabras le costó mucho menos de lo que creía.

Erasmus se mordió el labio y los rizos rubios le cayeron sobre la frente.

—¿Estás...? ¿Estás enamorado de él?

—No lo creo —respondió Damen.

Se hizo el silencio por unos momentos. Erasmus fue quien volvió a romper el hielo:

—Me... Me enseñaron que el deber de un esclavo era sagrado, que honrábamos a nuestros amos mediante la sumisión y ellos también nos honraban a nosotros. Y así lo creía. Pero, cuando dijiste que te habían enviado a este lugar como castigo, entendí que para las gentes de este lugar no hay honor alguno en la obediencia y que ser esclavo es algo vergonzoso. Quizá ya hubiese empezado a entenderlo antes incluso de que hablases conmigo. Intenté convencerme de que era un tipo de sumisión más profunda, convertirme en algo que carecía por completo de valor, pero no fui capaz. Creo que la sumisión está en mi naturaleza del mismo modo que no lo está en la tuya. Necesito a alguien... a quien pertenecer.

—Tienes a alguien —dijo Damen—. Los esclavos están muy valorados en Patras y Torveld está encantado contigo.

—Me gusta —dijo Erasmus, que se ruborizó y puso gesto tímido—. Me gustan sus ojos. Me parece guapo. —Luego volvió a ruborizarse por la osadía de sus palabras.

—¿Más guapo que el príncipe de Akielos? —preguntó Damen.

—Pues nunca llegué a verlo, pero la verdad es que no creo que pudiese ser más guapo que mi amo —respondió Erasmus.

—Torveld no diría algo así de sí mismo, pero es un gran hombre —comentó Damen con una sonrisa—. Incluso entre los príncipes. Ha pasado gran parte de su vida en el norte, luchando en la frontera contra Vask. Es quien consiguió al fin negociar la paz entre Vask y Patras. Es el sirviente más leal del rey Torgeir, además de su hermano.

—Otro reino… En Akielos jamás pensábamos que llegaríamos a salir del palacio.

—Siento mucho que tengas que volver a abandonar un lugar, pero esta vez no será igual. Ya verás que disfrutas del viaje.

—Sí. Es verdad… E-estoy un poco asustado, pero obedeceré —comentó Erasmus, que volvió a ruborizarse.

Los primeros en regresar fueron los que iban a pie y los cuidadores de los perros, que venían con una jauría de sabuesos exhaustos tras soltar a un segundo grupo descansado cuando los jinetes pasaron junto a ellos. También tenían la misión de acabar con la vida de cualquier perro que estuviese herido de gravedad a causa de los colmillos afilados del jabalí.

Había algo extraño entre ellos, algo que no solo era la fatiga de los perros que llegaron con la lengua fuera. Se reflejaba en el gesto de los hombres. Damen sintió una punzada de incomodidad. Cazar jabalíes era muy peligroso. Llamó a uno de ellos desde la entrada de la tienda.

—¿Ha ocurrido algo?

—Ten cuidado —respondió el cuidador—. Tu amo está de mal humor.

Bueno, pues todo vuelve a la normalidad.

—Déjame adivinar. Otra persona ha acabado con el jabalí, ¿verdad?

—No. Lo ha hecho él —respondió el cuidador con tono agrio en la voz—. Pero se ha quedado sin montura por hacerlo. La yegua no tenía oportunidad alguna. Antes incluso de que comenzara el enfrentamiento que le destrozó una de las patas traseras, ya había empezado a sangrar por un costado debido a las espuelas.

—Cabeceó en dirección a la espalda de Damen—. Supongo que sabes bien de lo que hablo.

Él se lo quedó mirando y sintió náuseas de repente.

—Era una montura valiente —dijo—. Al otro... Al príncipe Auguste se le daban muy bien los caballos y ayudó a domarla cuando era una potra.

Era lo más cerca que iba a estar alguien de su posición de criticar a un príncipe.

Uno de los otros hombres, que no había dejado de mirarlos, se acercó un momento después.

—No le hagas caso a Jean. Se le va la fuerza por la boca. Fue él quien tuvo que rematar a la yegua clavándole el arma en la garganta. El príncipe lo criticó con saña por no hacerlo lo bastante rápido.

Cuando regresaron los jinetes, Laurent iba montando en un castrado gris y musculoso, lo que significaba que en algún lugar de la partida de caza alguien había tenido que compartir montura.

El regente fue el primero en entrar en la tienda mientras se quitaba los guantes de montar y un sirviente se hacía con su arma.

En el exterior, se oyeron unos aullidos repentinos. El jabalí había llegado y era probable que lo estuviesen destripando y desollando para luego darles las vísceras a los perros.

—Sobrino —dijo el regente.

Laurent había entrado en la tienda con gracilidad y elegancia. Los ojos azules hacían gala de una carencia de expresión aséptica y a Damen le quedó muy claro que lo de «mal humor» había sido quedarse muy corto.

—Tu hermano nunca tuvo dificultad alguna para acabar con una presa sin perder su montura —imprecó el regente—. Pero no quiero hablar del tema.

—¿Ah, no? —preguntó Laurent.

—Nicaise me ha dicho que has convencido a Torveld para negociar por los esclavos. ¿Por qué lo has hecho en secreto?

—preguntó el regente. No dejaba de mirar a Laurent, fijo y reflexivo—. Supongo que la verdadera pregunta sería qué te ha motivado a hacer algo así.

—Creía que era muy injusto por tu parte —dijo Laurent con desgana— quemar la piel de tus esclavos cuando no dejabas que yo azotara ni un poco a los míos.

Damen sintió que se quedaba sin aliento.

La expresión del regente cambió.

—Ya veo que no se puede hablar contigo. No voy a consentir que sigas con ese humor. La irritabilidad es muy desagradable en un niño y mucho peor en un hombre. Si rompes tus juguetes, tú eres el único culpable.

El regente se marchó a través de las lonas dobladas y sujetas por cuerdas rojas de seda de la tienda. Se oyeron unas voces en el exterior, así como el tintineo de la talabartería y el alboroto machacón de la partida de caza. También se apreciaba el sonido cercano de las lonas de la tienda al agitarse con el viento. Los ojos azules de Laurent se centraron en él.

—¿Tienes algo que decir? —preguntó el príncipe.

—He oído que habéis matado a vuestra montura.

—Solo era un caballo —dijo Laurent—. Mi tío me comprará uno nuevo.

Al parecer, las palabras lo divirtieron sobremanera. Su voz adquirió un tono cortante y particular. *Mañana por la mañana, Torveld se marchará y volveré a tener libertad para largarme de este lugar nauseabundo, engañoso y podrido sea como sea*, pensó Damen.

La oportunidad llegó dos noches después, aunque no de la manera que esperaba.

Damen se despertó en mitad de la noche, cuando las antorchas relucían junto a las puertas de su habitación, que estaban abiertas de par en par. Esperaba que fuese Laurent, ya que, cuando tenía visita nocturna y lo despertaban con esa brusquedad, siempre era él, pero solo vio a dos hombres con el uniforme del príncipe. No los reconoció.

—Nos han ordenado venir a por ti —dijo uno mientras separaba la cadena del suelo y le daba un tirón.

—¿Adónde me lleváis?

—El príncipe te quiere en su cama —respondió el otro.

—¿Qué? —preguntó Damen. Se detuvo de repente y la cadena tiró de él y se quedó tensa. Sintió un fuerte empujón por detrás.

—Muévete. No lo hagas esperar.

—Pero... —Clavó los talones en el suelo después del empujón.

—Muévete.

Dio un paso al frente, sin dejar de resistirse. Otro. Iba a ser un paseo muy lento.

El hombre que iba detrás de él soltó un insulto.

—La mitad de la guardia quiere tirárselo. Pensé que ibas a alegrarte.

—El príncipe no quiere que me lo tire —explicó Damen.

—Que te muevas —dijo el guardia que tenía detrás y él sintió la punzada de una daga en la espalda antes de dejar que lo sacasen de la estancia.

DIEZ

Damen había sobrevivido antes a las llamadas de Laurent. No tenía razón alguna para sentir esa tensión en los hombros ni la ansiedad sofocante que le retorcía las entrañas.

El viaje había transcurrido con la máxima privacidad y dando la falsa impresión de que se trataba de una reunión secreta. Pero, pareciese lo que pareciese, diese la impresión que diese y dijesen lo que dijesen, todos se equivocaban. Si le daba muchas vueltas al tema, la histeria amenazaba con apoderarse de él, ya que Laurent no era el tipo de persona que colaba hombres en sus habitaciones para tener citas secretas en mitad de la noche.

No, no era lo mismo.

No tenía sentido, pero Laurent era una persona imposible de anticipar. Damen recorrió el pasadizo con la mirada y descubrió algo que también le resultó muy contradictorio. ¿Dónde se encontraban los guardias que estaban apostados a lo largo de los pasillos la última vez que los había recorrido? ¿Descansaban por la noche o los habían retirado por alguna razón?

—¿Usó esas palabras? ¿Dijo «su cama»? ¿Qué más comentó? —preguntó Damen, a lo que no recibió respuesta alguna.

La daga de su espalda se le clavó un poco más para que siguiese andando. Lo único que podía hacer era seguir avanzando

por el pasillo. Cada paso que daba hacía que se sintiese más tenso e incómodo. Unos cuadrados de luz de luna se proyectaban en
los rostros de los guardias que lo escoltaban desde las ventanas
con barrotes. El único ruido era el de sus pasos.

Una franja de luz estrecha iluminaba la parte baja de las puertas de los aposentos de Laurent.

Solo había un guardia apostado en ellas, un hombre moreno
que llevaba el uniforme del príncipe y una espada a la cadera.
Asintió al ver a sus dos compañeros y dijo con brusquedad:

—Está dentro.

Se detuvieron frente a las puertas el tiempo suficiente como
para retirar la cadena y dejar libre a Damen. Los eslabones cayeron pesados al suelo y formaron una espiral que dejaron allí
abandonada sin más. Era posible que Laurent ya lo hubiese adi-
vinado.

Los guardias las abrieron.

El príncipe se encontraba reclinado en un sofá, sentado sobre
los pies y en una postura relajada e infantil. Tenía abierto frente a
él un libro de páginas apergaminadas. También había un cáliz en
una mesilla junto a él. Seguro que, en algún momento de la noche, algún sirviente había tenido que cumplir la orden de desanu-
darle los cordones de su austero atuendo exterior, ya que solo
llevaba unos pantalones y una camisa blanca, de un material tan
exquisito que no necesitaba bordado alguno para dejar claro su
valor. La estancia estaba iluminada por varios faroles. El cuerpo
de Laurent conformaba una serie de contornos elegantes bajo los
dobleces de la camisa. Damen alzó la vista a la columna blanca
que era su cuello y el cabello dorado, que caía alrededor de una
oreja sin adornos. Era una imagen damasquinada, como metal
bien forjado. Estaba leyendo.

Alzó la vista cuando se abrieron las puertas.

Y parpadeó, como si le costase fijar la vista con esos ojos azules. Damen volvió a mirar el cáliz y recordó que había visto a
Laurent con los sentidos nublados por el alcohol en otra ocasión.

Puede que eso hubiese prolongado la ilusión de un encuentro amoroso durante unos segundos más, porque Laurent borracho seguro que era capaz de todo tipo de exigencias histéricas y comportamientos impredecibles. Pero le quedó claro desde que levantó la cabeza que el príncipe no esperaba compañía. Y que Laurent tampoco reconoció a los guardias.

Cerró el libro con mucho cuidado.

Y se puso en pie.

—¿No podías dormir? —preguntó.

Mientras hablaba, se colocó debajo de la arcada de la galería. Damen no estaba seguro de que una caída de dos pisos a los jardines a oscuras contase como una ruta de escape. Pero, quitando eso y teniendo en cuenta los tres escalones bajos que llevaban hasta donde se encontraba, la mesita tallada y los objetos decorativos que conformaban todo tipo de obstáculos, era la mejor posición de la estancia a nivel táctico.

Laurent sabía lo que estaba ocurriendo. Damen, que había visto el pasillo largo y vacío, oscuro, silencioso y sin hombres, también lo sabía. El guardia de la puerta había entrado detrás de ellos. Había tres hombres, todos armados.

—No creo que el príncipe esté de humor para nada amoroso —dijo Damen con tono neutral.

—Me cuesta un poco ponerme a tono.

Y luego empezó todo. Como si aquella hubiese sido la señal, empezó a oírse el ruido de una espada al desenvainarse a su izquierda.

Más tarde, se preguntaría qué era lo que había hecho que reaccionase como lo hizo. No le gustaba Laurent y, de haber tenido tiempo para pensar, seguro que hubiese dicho con brusquedad que la política interna de Vere no era asunto suyo y que toda la violencia que hubiese provocado el príncipe sobre sí mismo era más que merecida sin atisbo de duda.

Puede que se debiese a la extraña empatía que le provocaba haber estado en una situación parecida, a la traición, a la violencia en un lugar que creía seguro. Puede que fuese una manera de revivir aquellos momentos, de enmendar su error porque no había reaccionado tan rápido como debía en el pasado.

Seguro que se trataba de eso. Seguro que había sido por el eco de aquella noche, por todo el caos y toda la emoción que había reprimido detrás de unas puertas cerradas.

Los tres hombres repartieron su atención: dos de ellos se dirigieron hacia Laurent, mientras que el tercero se quedó vigilando a Damen con la daga. Estaba claro que no esperaba problema alguno, porque sujetaba el arma de forma relajada y despreocupada.

Después de los días y semanas que había pasado esperando la oportunidad, resultaba agradable tener una y aprovecharla; sentir el satisfactorio y pesado impacto de la carne contra la carne debido al golpe que entumeció el brazo del tipo y le hizo soltar el arma.

Llevaba el uniforme en lugar de armadura, una metedura de pata. El cuerpo entero se le dobló alrededor del puño de Damen mientras se lo incrustaba en el abdomen, y luego soltó un quejido gutural que era mitad respuesta al dolor y mitad jadeo para recuperar el aliento.

El segundo de los tres hombres se dio la vuelta entre insultos, seguro que porque había decidido que un guardia era más que suficiente para encargarse del príncipe y que aprovecharía mejor su atención intentando contener a ese bárbaro inexplicablemente problemático.

Por desgracia para él, creyó que una espada sería más que suficiente para conseguirlo. Se acercó rápido en lugar de hacerlo con cuidado. El arma a dos manos que llevaba, con la empuñadura larga, podía llegar a cercenar el cuerpo de una persona por la mitad, pero Damen se le había acercado demasiado y estaba a buena distancia para agarrarlo.

Se oyó un estruendo en el otro extremo de la estancia, pero no le prestó demasiada atención porque estaba centrado en inmovilizar al segundo de los atacantes y no podía pensar en el tercero ni en Laurent.

El de la espada al que Damen tenía agarrado gritó:

—Es la zorra del príncipe. Hay que matarlo.

Y esa fue toda la advertencia que necesitaba Damen para moverse. Apoyó todo el peso de su cuerpo contra el tipo y consiguió intercambiar sus posiciones.

Y la puñalada que supuestamente iba dirigida a él atravesó el esternón sin protección del guardia.

El primero de ellos había conseguido volver a ponerse en pie y recuperó el arma. Era ágil y tenía una cicatriz que le recorría la mejilla debajo de la barba, un superviviente. No era alguien que Damen quisiese dejar por allí en libertad y armado. No le dejó desenvainar el arma de la funda horrible, sino que se abalanzó hacia delante, lo hizo tambalearse hacia atrás y abrió los dedos. Después Damen se limitó a agarrar la cadera y un hombro del tipo para empujarlo con fuerza contra la pared.

Fue suficiente para dejarlo aturdido, para que relajase la expresión y fuese incapaz de resistirse cuando Damen le hizo una llave.

Después, se dio la vuelta con la esperanza de ver que Laurent estaba perdiendo o que habían acabado con él. Se sorprendió al comprobar que el príncipe estaba vivito y coleando tras haberse encargado de su oponente. Se levantaba junto a la silueta inerte del tercero de los guardias tras haberle arrebatado una daga de sus dedos.

Supuso que a Laurent al menos se le había ocurrido usar lo que lo rodeaba para el enfrentamiento.

Damen centró la mirada en la daga.

Luego bajó la vista al guardia muerto. También había cerca un arma blanca, una hoja aserrada con el diseño característico de Sicyon, una de las provincias septentrionales de Akielos.

La daga que Laurent sostenía en la mano tenía el mismo diseño. Vio que estaba manchada de sangre hasta la empuñadura mientras Laurent descendía por los escalones bajos. No le pegaba llevar algo así en la mano, ya que la camisa blanca que tenía puesta había conseguido sobrevivir al enfrentamiento perfectamente inmaculada y la luz del farol le sentaba tan bien como antes.

Damen reconoció la expresión fría y contenida de Laurent. No envidiaba al tipo al que iba a interrogar dentro de nada.

—¿Qué queréis que haga con él?

—Agárralo bien —respondió Laurent.

Se acercó. Damen hizo lo que le había ordenado. Sintió que el guardia se esforzaba por zafarse, pero se limitó a agarrarlo con más fuerza y consiguió reprimir el intento de escapar.

Laurent alzó la daga aserrada con la calma de un carnicero y le degolló la garganta barbuda.

Damen oyó los estertores y sintió los primeros espasmos del cuerpo. Lo soltó, en parte por la sorpresa, y las manos del tipo se acercaron a su garganta en un gesto instintivo y desesperado. Demasiado tarde. La luna creciente, roja y estrecha de su gaznate se ensanchó antes de que el cuerpo se derrumbase cuan largo era.

Damen no pensó siquiera antes de reaccionar. Cuando Laurent lo miró de reojo y cambió la manera en la que aferraba la daga, se movió por instinto para neutralizar la amenaza.

Los cuerpos de ambos chocaron con fuerza. El agarre de Damen se cerró sobre los huesos estrechos de la muñeca del príncipe, pero, en lugar de vencerlo de inmediato, como esperaba, encontró un poco de resistencia, por lo que tuvo que hacer más presión. Sintió cómo el cuerpo de Laurent se resistía y llegaba a su límite, pero Damen todavía estaba muy lejos del suyo.

—Suéltame el brazo —dijo Laurent con tono cauteloso.

—Suelta la daga —insistió él.

—Si no me sueltas el brazo —repuso—, te pondré las cosas muy difíciles.

Damen hizo un poco más de fuerza y sintió que la resistencia titubeaba hasta empezar a ceder. La daga repiqueteó al caer al suelo. Tan pronto como lo hizo, soltó al príncipe. Durante el mismo movimiento, Damen dio un paso atrás para alejarse. En lugar de seguirlo, Laurent reculó dos para ampliar la distancia que los separaba.

Se miraron el uno a otro en aquella estancia patas arriba.

La daga estaba en el suelo entre ambos. El degollado estaba muerto, o moribundo, y se había quedado quieto con la cabeza caída a un lado. La sangre le había empapado el uniforme y borrado la estrella sobre fondo azul.

El enfrentamiento de Laurent no había sido tan contenido como el de Damen: la mesa estaba volcada, había restos de cerámica desperdigados por el suelo y el cáliz había rodado por las baldosas. Uno de los tapices de la pared se había rasgado ligeramente. Y también había mucha sangre. La primera muerte de Laurent aquella noche había sido mucho más complicada que la segunda.

Este no dejaba de jadear a causa del agotamiento. Tampoco Damen. Fue el príncipe quien habló entonces, en aquel instante tenso y receloso:

—Me da la impresión de que dudas entre ayudarme o atacarme. ¿Con cuál te quedas?

—No me sorprende que hayáis provocado que tres hombres vengan a mataros. Lo que me sorprende es que no fuesen más —dijo Damen con brusquedad.

—Sí que eran más —indicó Laurent.

Él comprendió lo que quería decir y se ruborizó.

—Yo no me presté voluntario. Me trajeron hasta aquí y desconozco la razón.

—Para cooperar —indicó Laurent.

—¿Cooperar? —preguntó Damen con toda la aversión que fue capaz—. No estabais armado.

Damen recordó la manera descuidada con la que el guardia sostenía la daga contra él. Sin duda esperaban que cooperase o, al menos, que se quedase quieto haciendo guardia. Frunció el ceño al ver el rostro inerte que tenía más cerca. No le gustaba la idea de que alguien creyese que era capaz de atacar a un hombre desarmado, cuatro contra uno. Aunque ese hombre fuese Laurent.

Este se lo quedó mirando.

—Igual que a quien acabas de matar —imprecó Damen, que volvió a mirar al príncipe.

—En mi parte del enfrentamiento, los atacantes no se estaban matando entre ellos —comentó Laurent.

Damen abrió la boca. Antes de que pudiese hablar, se oyó un ruido que venía del pasillo. Ambos se giraron por instinto hacia las puertas de bronce. El ruido era el repiqueteo de una armadura ligera y de armas. Unos soldados con el uniforme del regente empezaron a entrar en la estancia. Dos. Cinco. Siete. Las probabilidades de vencer empezaron a reducirse. Pero...

—Alteza, ¿estáis herido?

—No —respondió Laurent.

El soldado a cargo hizo un gesto a sus hombres para que asegurasen la estancia y luego comprobasen los tres cadáveres.

—Un sirviente encontró a dos de vuestros hombres muertos en el perímetro de vuestros aposentos. Se dirigió de inmediato a avisar a la Guardia del Regente. Aún no hemos informado a vuestros hombres.

—Ya me he dado cuenta —dijo Laurent.

No se portaron tan bien con Damen, ya que lo sometieron a un agarre restrictivo, como los que recordaba de los primeros días de su captura. No se opuso a ellos, porque ¿qué otra cosa podía hacer? Sintió que le colocaban las manos detrás de la espalda. Una muy grande lo agarró por la nuca.

—Lleváoslo —dijo el soldado.

Laurent habló con un tono muy calmado:

—¿Puedo preguntaros por qué arrestáis a mi sirviente?

El soldado que estaba al cargo le dedicó una mirada confundida.

—Alteza, acaban de atacaros...

—Él no.

—Son armas akielenses —dijo uno de los hombres.

—Alteza, los de Akielos os han atacado. Podéis dar por seguro que este está relacionado.

Lo habían calculado a la perfección. Damen se dio cuenta de que aquella era la razón por la que los tres atacantes lo habían llevado hasta allí: para inculparlo. Estaba claro que también esperaban sobrevivir al ataque, pero sus intenciones habían sido las mismas. Y Laurent, que había pasado mucho tiempo tratando de encontrar la manera de humillar, herir o matar a Damen, habría tenido la excusa que necesitaba servida en bandeja de plata.

Vio y sintió que Laurent se había dado cuenta. También sintió las ansias que tenía el príncipe de que se lo llevasen de allí, de acabar tanto con Damen como con su tío. Se arrepintió del impulso que lo había llevado a salvar la vida del príncipe.

—Te han informado mal —continuó Laurent. Hablaba como si se estuviese comiendo algo muy desagradable—. No me han atacado. Estos tres tipos atacaron al esclavo por algún tipo de disputa entre bárbaros.

Damen parpadeó.

—¿Atacaron… al esclavo? —dijo el soldado, que al parecer estaba teniendo tantas dificultades como Damen para digerir la información.

—Suéltalo, soldado —ordenó Laurent.

Pero las manos que lo aferraban no hicieron amago de soltarlo. Los hombres del regente no aceptaban órdenes de Laurent. El soldado que estaba a cargo negó con la cabeza mientras miraba al que aferraba a Damen para indicar que no obedeciese la orden del príncipe.

—Perdonad, alteza, pero no lo haremos hasta que no estemos seguros de que estáis a salvo. Sería muy negligente no tener cuidado con…

—Ya estáis siendo negligentes —imprecó Laurent.

La afirmación, dicha con tanta calma, provocó un silencio en la estancia, ante el que el soldado que estaba al mando solo titubeó un poco. Probablemente esa era la razón por la que estaba al mando. El agarre en la nuca de Damen se aflojó considerablemente.

—Habéis llegado tarde y puesto las manos encima a mi propiedad —dijo Laurent—. Así que, claro, agrava tus errores arrestando al regalo que me ha hecho el rey de Akielos con toda su buena voluntad. E ignorando mis órdenes.

Soltaron a Damen. Laurent no esperó a la reacción del soldado al mando.

—Necesito un momento en privado. Ya habrá tiempo de aquí al amanecer para limpiar mis aposentos e informar a mis hombres del ataque. Haré llamar a uno de ellos cuando esté listo.

—Sí, alteza —dijo el soldado al mando—. Como desee. Lo dejaremos en sus aposentos.

Mientras empezaban a dirigirse hacia las puertas, Laurent dijo:

—¿Me vais a hacer arrastrar fuera a estos tres desgraciados?

El soldado que estaba al mando se ruborizó.

—Nos los llevaremos. Claro. ¿Hay algo más que necesite de nosotros?

—Que os apresuréis —respondió Laurent.

Los hombres obedecieron. La mesa y el cáliz no tardaron en regresar al lugar que les correspondía. Barrieron los restos de cerámica hasta dejarlos apilados en un rincón. Se llevaron los cuerpos y fregaron la sangre, aunque de manera poco eficiente.

Damen nunca había visto a media docena de soldados obligados a llevar a cabo tareas del hogar por la pura arrogancia de un solo hombre. Le resultó hasta instructivo.

En mitad del proceso, Laurent había dado un paso atrás para apoyar los hombros en la pared.

Los hombres se marcharon al fin.

Habían recogido la estancia de manera superficial y no le habían devuelto la delicadeza apacible que tenía antes. Ahora parecía un santuario revuelto, pero el ambiente no era lo único que había quedado sumido en el caos. Había manchas por el lugar. Los hombres eran soldados, no sirvientes domésticos. Habían pasado por alto más de una salpicadura.

Damen notó que se le aceleraba el pulso, pero no consiguió desentrañar qué era lo que sentía y mucho menos lo que había ocurrido. La violencia, los asesinatos y las extrañas mentiras posteriores habían sido demasiado repentinos. Echó un vistazo por la estancia para valorar los daños.

Su mirada recayó en Laurent, que se la devolvió con cautela.

No tenía mucho sentido que hubiese pedido que lo dejasen en paz durante el resto de la noche.

Nada de lo que acababa de ocurrir tenía sentido alguno, pero Damen se había dado cuenta de algo poco a poco, mientras los soldados limpiaban la habitación. La postura de Laurent quizá fuese un poco más exagerada que su gesto de despreocupación habitual. Damen ladeó la cabeza y dedicó a Laurent una mirada larga y analítica desde las botas hasta la parte superior del cuerpo.

—Estáis herido.

—No.

No dejó de mirarlo. Cualquier hombre, a excepción de Laurent, se habría ruborizado, apartado la mirada o hecho algo que indicase que mentía. Era lo que Damen esperaba también, incluso de Laurent.

El príncipe le aguantó la mirada y luego dijo:

—A excepción de cuando intentaste romperme el brazo, claro.

—A excepción de cuando intenté romperos el brazo, sí —repitió Damen.

Laurent no estaba borracho, como él había pensado en un primer momento. Pero, si se le prestaba atención, quedaba claro que intentaba controlar su respiración y había cierto brillo febril en su mirada.

Damen dio un paso al frente. Se detuvo cuando se topó con una mirada de ojos azules con la consistencia de un muro.

—Preferiría que te alejaras —dijo Laurent con un tono que daba la impresión de estar cincelado en mármol.

Damen pasó a mirar el cáliz que se había volcado durante el enfrentamiento, cuyo contenido se había derramado por la estancia. Los hombres del regente lo habían vuelto a colocar sin pensar. Cuando volvió a observar al príncipe, su expresión le indicó que sus sospechas eran fundadas.

—No estáis herido. Os han envenenado —dijo Damen.

—Intenta contener tu alegría. No voy a morir —aseguró Laurent.

—¿Cómo lo sabéis?

Pero aquel le dedicó una mirada mortífera y rechazó explicarse.

Era justicia poética, pensó Damen, que se sintió extrañamente ajeno a todo. Recordó la sensación de estar drogado y que luego lo obligasen a luchar. Se preguntó si la droga sería también chalis. ¿Podía beberse además de inhalarse? Eso explicaría por qué los tres hombres estaban tan seguros de su éxito a la hora de enfrentarse a Laurent.

Se dio cuenta de que también lo incriminaba más. Alguien podía llegar a creer que se había vengado de Laurent con las mismas tácticas que el príncipe había usado contra él.

Aquel lugar lo ponía enfermo. En cualquier otro sitio, te limitabas a matar a tu enemigo con una espada. O lo envenenabas si no tenías honor y sí los instintos de un asesino. Allí había traiciones dentro de traiciones, oscuras, calculadas y desagradables. Podría haber pensado que lo ocurrido allí había sido producto de la mente de Laurent si el complot no lo hubiese tenido como objetivo.

¿Qué estaba pasando en realidad?

Damen se acercó al cáliz y lo levantó. Aún quedaba un poco de líquido en el interior. Para su sorpresa, descubrió que era agua y no vino. Esa era la razón por la que se apreciaba una pátina rosa en el interior de la copa. Era la marca distintiva de una droga que Damen conocía bien.

—Es una droga de Akielos —explicó—. Se les da a los esclavos de placer durante el entrenamiento. Hace que...

—Soy consciente del efecto de la droga —dijo Laurent con una voz afilada como una cuchilla.

Damen miró a Laurent de otra manera. Era una droga infame en su país. Él mismo la había probado en una ocasión, cuando era un chico curioso de dieciséis años. Solo había tomado una fracción de una dosis normal, lo que le había proporcionado una virilidad embarazosa durante varias horas y había dejado agotados y contentos a tres acompañantes tras tirárselos. No la había vuelto a probar desde entonces. Una dosis más potente podía llevar de la virilidad al desamparo. Para dejar restos en el cáliz, la cantidad había tenido que ser muy generosa, aunque Laurent solo le hubiese dado un sorbo.

El príncipe daba la impresión de haber perdido facultades. No hablaba con la misma facilidad de siempre y jadeaba, pero aquello solo eran indicios.

Damen se dio cuenta de repente de que lo que estaba contemplando era todo un ejercicio de fuerza de voluntad y autocontrol.

—Se pasa —aseguró Damen. Después añadió con algo de sadismo, porque no pudo evitar disfrutar un poco de lo ocurrido—: Tras unas horas.

La mirada que le dedicó Laurent le aseguró que el príncipe prefería cortarse un brazo que contarle a cualquiera lo que le ocurría. También que él era la última persona que quería que lo supiese o con la que deseaba estar en ese momento. Damen tampoco fue capaz de evitar el disfrute que le provocaba aquello.

—¿Creéis que voy a aprovecharme de la situación? —preguntó Damen.

Si algo había quedado claro después de aquella complicada trama vereciana que había tenido lugar esa noche era el hecho de que Damen estaba libre, sin obligaciones y sin guardias por primera vez desde su llegada a ese país.

—Pues voy a hacerlo. Me alegra que hayáis despejado vuestros aposentos —continúo Damen—. Creía que nunca tendría la oportunidad de escapar.

Se dio la vuelta. Laurent soltó un insulto detrás de él. El príncipe habló cuando Damen estaba a medio camino de la puerta.

—Un momento —dijo, como si se hubiese visto obligado a pronunciar la palabra en contra de su voluntad—. Es demasiado peligroso. Si te marchas ahora, se te considerará culpable. La Guardia del Regente no titubeará a la hora de matarte. No podría protegerte, al contrario que si te quedas.

—Protegerme —repitió Damen con incredulidad en la voz.

—Tengo claro que me has salvado la vida.

Él se lo quedó mirando.

Después, Laurent dijo:

—Estar en deuda contigo no es algo me guste. Confía en eso aunque no confíes en mí.

—¿Confiar en vos? —preguntó Damen—. Me desollasteis la espalda. Os he visto engañar y mentir a todas las personas con las que os habéis topado. Usáis cualquier cosa y a cualquiera para vuestros fines. Sois la última persona en la que confiaría.

Laurent apoyó la cabeza en la pared. Había entrecerrado los ojos, por lo que miraba a Damen tras dos hendiduras de pestañas doradas. Él esperaba que lo negase o que empezase una discusión, pero la única respuesta del príncipe fue un acceso de risa que demostró más que cualquier otra cosa lo al límite que estaba.

—Pues lárgate.

Damen volvió a mirar hacia la puerta.

Los hombres del regente estaban alerta y era muy peligroso, pero escapar siempre significaba arriesgarlo todo. Si titubeaba ahora y tenía que esperar otra oportunidad... Si encontraba una manera de librarse de los grilletes perpetuos, si mataba a su guardia o encontraba alguna manera de librarse de ella...

Los aposentos de Laurent estaban vacíos en ese momento. Tenía ventaja. Conocía una salida del palacio. Es posible que no volviese a tener una oportunidad así en semanas, meses o nunca.

Laurent estaba solo y vulnerable después del atentado contra su vida.

Pero el peligro inmediato ya había pasado y el príncipe había conseguido sobrevivir. Los demás no. Damen había matado a personas esa noche y también presenciado la muerte de otras. Apretó la mandíbula. Fuera cual fuese la deuda que hubiese entre ellos, había quedado saldada con creces. *Ya no le debo nada*, pensó.

La puerta se abrió cuando tiró de ella y vio que el pasillo estaba vacío.

Se marchó.

ONCE

Damen solo conocía con seguridad una salida, a través de uno de los patios de la arena de entrenamiento del primer piso.

Se obligó a caminar con calma pero decidido, como un sirviente al que su amo hubiese encargado un recado. No dejaba de imaginarse cuellos degollados, combates cuerpo a cuerpo y dagas. Intentó dejar todo eso al margen y, en su lugar, pensó en el camino por el que atravesar el palacio. Estaba vacío en un principio.

Pasar junto a su habitación le resultó raro. Lo que más le había sorprendido cuando lo llevaron a esa estancia era lo cerca que se encontraba de la de Laurent y que formase parte de sus aposentos. Las puertas estaban entreabiertas, como si las hubiesen dejado así los tres tipos que ahora estaban muertos. El lugar parecía… vacío y sospechoso. El instinto, quizá por ocultar las pruebas de su escape, lo obligó a cerrarlas. Cuando se dio la vuelta, se percató de que alguien lo miraba.

Nicaise estaba de pie en mitad del pasillo, como si estuviese de camino a los aposentos de Laurent.

Damen sintió la necesidad distante de reír, acompañada de un pánico absurdo y tenso. Si Nicaise llegaba hasta allí, si daba la alarma…

Damen se había preparado para enfrentarse a hombres, no a niños ataviados con batas de seda vaporosas sobre camisones.

—Estábamos durmiendo, pero alguien vino y nos despertó. Le han dicho al regente que ha tenido lugar un ataque —explicó Nicaise.

Estábamos, pensó Damen, pálido.

Nicaise dio un paso al frente. Él sintió que el estómago le daba un vuelco y avanzó por el pasillo para bloquear el avance del niño. Se sentía estúpido. Luego dijo:

—El príncipe ha ordenado a todos salir de sus aposentos. Yo no iría a verlo.

—¿Por qué no? —preguntó Nicaise. Miró detrás de Damen, hacia la habitación de Laurent—. ¿Qué ha ocurrido? ¿Está bien?

Damen pensó en la respuesta más disuasoria.

—Está de mal humor —respondió sin más. Y lo cierto es que no mentía.

—Ah —dijo Nicaise, que luego añadió—: Me da igual. Solo quería… —Pero luego se sumió en un extraño silencio durante el que se limitó a contemplar a Damen sin intentar dejarlo atrás. ¿Qué hacía allí? Cada segundo que él pasaba con Nicaise era un segundo durante el que Laurent podía salir de su habitación o podían llegar los guardias. Fue consciente del tiempo, como si la vida se le derramase entre los dedos.

Nicaise alzó la barbilla y repitió:

—Me da igual. Me voy a la cama. —Pero se quedó allí en pie, con los rizos castaños y los ojos azules, mientras la luz de las antorchas le realzaba de vez en cuando las facciones perfectas.

—¿Y bien? Pues márchate —dijo Damen.

Más silencio. Estaba claro que Nicaise le estaba dando vueltas a algo y que no se marcharía de allí hasta decirlo. Al fin habló:

—No le digas que me has visto aquí.

—No lo haré —aseguró Damen, quien lo dijo del todo en serio. Una vez estuviese fuera del palacio, no pretendía volver a ver nunca a Laurent.

Más silencio. La frente lisa de Nicaise se arrugó. El chico se dio al fin la vuelta y desapareció por el pasillo.

Pero luego...

—Tú —oyó que le decía alguien—. Quieto ahí.

Se detuvo. Laurent había ordenado que nadie pasase por sus aposentos, pero Damen había llegado al perímetro y se enfrentaba a la Guardia del Regente.

—El príncipe me ha pedido que vaya a buscar a dos hombres de su guardia —dijo con toda la calma que pudo—. Supongo que les han avisado.

Había muchas cosas que podían salir mal. Aunque no lo detuviesen, podían obligarlo a que lo acompañara un escolta. La más mínima sospecha podía estropearle los planes.

—Tenemos órdenes de que nadie entre ni salga de los aposentos —dijo el guardia.

—Pues tendrás que decírselo al príncipe —aseguró Damen—. Después de decirle que has dejado pasar a la mascota del regente.

Vio el atisbo de una reacción. Dejar claro que Laurent estaba de mal humor era como una llave mágica que abría las puertas más infranqueables.

—Venga, pasa —dijo el guardia.

Damen asintió y avanzó a paso tranquilo mientras notaba que no dejaban de mirarlo. No se pudo relajar, ni siquiera cuando los perdió de vista. Tenía la actividad palaciega muy presente a su alrededor a medida que caminaba. Pasó junto a dos sirvientes que lo ignoraron. Rezó para que la sala de entrenamiento estuviese como la recordaba: remota, sin guardias y vacía.

Y así fue. Sintió alivio cuando la vio, con los aparatos antiguos y el serrín desparramado por el suelo. En el centro estaba la cruz, una mole oscura y firme. Damen no tenía ganas de acercarse y el instinto le decía que la rodease por el extremo de la estancia en lugar de cruzarla y pasar junto a ella.

No le gustó nada sentirse así, por lo que se obligó a acercarse a la cruz y posar la mano durante unos segundos en el poste central. Sintió el tacto de la madera inamovible. En cierto sentido, había esperado ver la cobertura acolchada oscurecida a causa del sudor o de la sangre…, alguna prueba de lo que había ocurrido allí, pero no había nada. Alzó la vista para contemplar el lugar desde el que Laurent se había parado a mirarlo.

No había razón alguna para haber metido esa droga en particular en la bebida de Laurent si la única pretensión era incapacitarlo. Lo más probable es que quisieran violarlo antes de acabar con él. Damen no tenía ni idea de si habían pensado en él como participante o como mero espectador. Ambas ideas le hicieron sentir náuseas. Su destino como autor del crimen sin duda se habría alargado mucho más en el tiempo que el de Laurent; habría sufrido una ejecución larga y duradera frente al público.

Drogas, un trío de atacantes. Un chivo expiatorio al que habían llevado al sacrificio. Un sirviente que se había marchado a la carrera para avisar a la Guardia del Regente en el momento justo. Era un plan perfecto que había fracasado porque no tenían ni idea de la manera en la que iba a reaccionar Damen. Y también por haber infravalorado la resistencia que Laurent había plantado a la droga.

Y por ser demasiado elaborado, pero eso era un error común de los verecianos.

Damen se intentó convencer de que la situación actual de Laurent no era tan mala. En una corte como aquella, el príncipe podía limitarse a llamar a una mascota para desahogarse. No lo hacía por cabezonería.

No tenía tiempo para pensar en ello.

Se apartó de la cruz. En los extremos de la sala de entrenamiento, cerca de los bancos, había unas pocas piezas de armadura desparejadas, así como ropa desechada y vieja. Se alegró de que siguiesen ahí, tal y como recordaba, porque fuera del palacio llamaría la atención con el atuendo ligero de un esclavo. El entrenamiento práctico que había llevado a cabo en los baños lo había familiarizado con la ridícula idiosincrasia de las vestimentas verecianas y podía cambiarse rápido. Los pantalones eran muy viejos y la tela beis estaba ajada y deshilachada en algunas partes, pero le quedaban bien. Los cordones eran dos largas tiras de cuero curtido. Bajó la vista para atarlos y ceñirlos con prisa; servían tanto para cerrar la abertura en forma de V como para conformar un adorno cruzado en el exterior.

La camisa sí que no le servía, pero, como estaba en peor estado que los pantalones y una de las mangas tenía las costuras abiertas a la altura del hombro, le resultó fácil arrancar ambas para luego rasgar el cuello hasta que le quedó bien. Le iba bastante suelta, pero serviría para cubrir las heridas delatoras de la espalda. Ocultó la ropa de esclavo detrás de uno de los bancos. Ninguna de las piezas de armadura servía para nada; eran un yelmo, una pechera oxidada, una única hombrera y unas pocas tiras y hebillas. Unos guardabrazos de cuero le hubiesen venido bien para ocultar los grilletes dorados, pero por desgracia no había ningunos por allí. También era una pena que no hubiese armas.

No podía permitirse buscar armamento. Ya había pasado demasiado tiempo. Se dirigió hacia el tejado.

El palacio no le puso las cosas fáciles.

No había una ruta sencilla para subir y que luego le permitiese bajar al nivel de calle de forma indolora. El patio estaba rodeado por construcciones más altas que tenía que escalar.

A pesar de todo, tuvo la suerte de que aquel no fuese el palacio de Ios ni cualquier fortaleza de Akielos. Ios era una fortificación construida en los acantilados y diseñada para ahuyentar a los intrusos. No había manera de bajar sin toparse con un guardia, a excepción de una caída repentina por un acantilado de piedra blanca y lisa.

El palacio vereciano estaba cubierto de ornamentos que no le hacían ningún bien a la hora de defenderse. Los parapetos se alzaban como chapiteles curvos y sin propósito alguno. Las cúpulas resbaladizas que Damen tuvo que rodear hubiesen sido una pesadilla durante un ataque, ya que ocultaban las partes del tejado entre sí. En una ocasión, tuvo que usar un matacán como asidero, pero le pareció que su única función era decorativa. Aquel lugar era una residencia, no un fuerte ni un castillo construidos para resistir un ejército. Vere había participado en varias guerras y sus fronteras habían cambiado una y otra vez, pero, durante más de doscientos años, ningún ejército extranjero había llegado hasta la capital. La antigua fortaleza defensiva de Chastillon había sido reemplazada y la corte se había mudado a aquella residencia lujosa en el norte.

Cuando oyó las primeras voces, pegó el cuerpo al parapeto y pensó: *Solo son dos*, a juzgar por el ruido de los pasos y de las voces. Que solo fuesen dos quería decir que aún podía llegar a tener éxito si él lo hacía en silencio y ellos no llegaban a dar la alarma. Se le aceleró el pulso. Hablaban con naturalidad, como si estuvieran allí por rutina en lugar de estar buscando a un prisionero perdido. Damen esperó, se tensó y las voces se alejaron.

La luna se alzaba en el cielo. A la derecha, el río Seraine le permitió orientarse: hacia el oeste. La ciudad estaba conformada por una serie de siluetas oscuras con bordes que se recortaban contra la luz de la luna; tejados inclinados, gabletes, balcones y canalones conformaban otro cúmulo caótico de siluetas en la sombra. Tras él, la oscuridad lejana de lo que suponía que tenían que ser los grandes bosques septentrionales. Y al sur... Al sur, tras la silueta oscura de la ciudad, las colinas moteadas de árboles, y las provincias centrales y ricas de Vere, se encontraba la frontera, donde sí que había castillos de verdad: Ravenel, Fortaine, Marlas… Al otro lado, Delpha y su hogar.

Su hogar.

Su hogar, aunque el Akielos que había dejado atrás no era el mismo al que iba a regresar. El reinado de su padre había llegado a su fin y ahora era Kastor quien dormía en los aposentos reales, con Jokaste a su lado, si es que no había empezado a dar a luz; con la cintura cada vez más grande a causa del hijo del rey.

Respiró hondo para mantener la calma. Seguía teniendo suerte. No había sonado ninguna alarma del palacio ni había grupo de búsqueda alguno en los tejados ni en las calles. Nadie se había dado cuenta de que había escapado. Y había una manera de descender, si se atrevía a hacerlo escalando.

Seguro que le venía bien poner a prueba su condición física y enfrentarse a un duro desafío. Cuando había llegado a Vere estaba en su mejor momento y durante las largas horas de confinamiento se había asegurado de mantenerse en forma para luchar, ya que no tenía mucho más que hacer. Pero las semanas que había pasado recuperándose de los azotes le habían pasado factura. Enfrentarse a dos hombres con un entrenamiento mediocre era una cosa, pero bajar una pared era otra muy diferente, una hazaña de resistencia que no dejaría de poner a prueba la fuerza de sus brazos y los músculos de la espalda.

Esta, su debilidad, acababa de curarse y aún no la había probado. No estaba seguro de cuánta tensión continuada sería capaz de aguantar antes de que le cedieran los músculos, pero solo había una forma de descubrirlo.

La noche le proporcionó una cobertura perfecta para el descenso, pero, una vez abajo, no era el mejor momento para atravesar las calles de una ciudad. Puede que hubiese toque de queda o quizá simplemente era costumbre en el lugar, pero las calles de Arles parecían vacías y silenciosas. Una persona moviéndose por ellas sin duda llamaría la atención. Por el contrario, la primera luz del alba, con el bullir de actividad, sería el mejor momento para salir de la ciudad. Puede que antes incluso. Una hora o dos antes del amanecer ya empezaba a haber actividad en cualquier ciudad.

Pero primero tenía que bajar. Después, un rincón oscuro de la ciudad, que bien podría ser un callejón o, si la espalda se lo permitía, un tejado, sería un lugar ideal para esperar a que llegase el tumulto matutino. Agradeció que los guardias que había oído en el tejado se hubiesen ido y que aún no hubiese patrullas.

No tardó en haberlas.

La Guardia del Regente salió a toda prisa del palacio, con monturas y antorchas, solo unos minutos después de que Damen pusiera los pies en el suelo. Dos docenas de hombres a caballo divididos en grupos: la cantidad exacta para despertar a una ciudad. Los cascos repiquetearon contra los adoquines, se encendieron los faroles y se abrieron de repente las ventanas. Se oyeron quejas a voz en grito. Unos rostros aparecieron en las ventanas hasta que volvieron a desaparecer entre gruñidos.

Damen se preguntó quién había hecho sonar la alarma. ¿Quizá Nicaise se había percatado de lo sucedido? ¿Había superado Laurent el estupor de los narcóticos y decidido que quería recuperar a su mascota? ¿Había sido la Guardia del Regente?

Daba igual. Las patrullas habían salido, pero eran estruendosas y fáciles de evitar. No tardó demasiado tiempo en ponerse cómodo en un tejado, oculto entre las tejas inclinadas y las chimeneas.

Alzó la vista al cielo y calculó que esperaría quizás una hora más.

Pasó la hora. Había perdido de vista y tampoco oía a una de las patrullas; la otra estaba a unas pocas calles de distancia, pero ya se retiraba.

El alba empezó a despuntar por los laterales. El cielo ya no era del todo negro. Damen no podía quedarse allí, agachado como una gárgola y a la espera mientras la luz lo dejaba al descubierto poco a poco, como una cortina que revelase un cuadro inesperado. A su alrededor, la ciudad comenzaba a despertar. Tenía que empezar a bajar.

El callejón estaba más oscuro que la azotea. Distinguió varios portales de distintas formas, de madera vieja y molduras de piedra desconchada. Aparte de eso, no era más que un callejón sin salida lleno de basura. Prefirió irse de allí.

Se abrió una de las puertas. Le llegó una brisa perfumada y olor a cerveza rancia. Una mujer apareció en la entrada. Tenía el pelo castaño y rizado, así como un rostro bonito, por lo que fue capaz de apreciar en la oscuridad. También unos pechos generosos, al descubierto en su mayor parte.

Damen parpadeó. Detrás de ella distinguió la silueta sombría de un hombre y, tras él, la luz cálida de faroles cubiertos con telas rojas; una atmósfera muy particular y unos sonidos tenues inconfundibles.

Un burdel. No daba esa impresión desde el exterior. Ni siquiera había luz alguna que se proyectase a través de las ventanas cerradas, pero, si aquel acto era un tabú social entre hombres solteros y mujeres, era comprensible que los burdeles fuesen discretos y no estuviesen a simple vista.

El hombre no parecía tener vergüenza alguna por lo que había hecho, ya que su lenguaje corporal y la manera en la que se colocó los pantalones no dejaban lugar a dudas de que era alguien quien había quedado saciado hacía poco. Cuando vio a Damen, se detuvo y le dedicó una mirada de territorialismo impersonal. Y luego se quedó quieto de verdad y lo miró de forma diferente.

Y la suerte de Damen, que había conservado hasta ese momento, desapareció de un plumazo.

—Déjame adivinar —dijo Govart—: Me tiré a uno de los tuyos, por lo que has venido aquí a tirarte a una de las mías.

Primero se oyó el sonido distante de los cascos sobre los adoquines y luego unas voces lejanas que venían de la misma dirección, gritos que despertaron a la ciudad que se levantó una hora antes entre quejidos.

—O —dijo Govart con el tono de voz de alguien que termina por llegar a una conclusión— quizá los guardias hayan salido a buscarte. ¿No es así?

Damen evitó el primer golpe y luego el segundo. Mantuvo la distancia y recordó las llaves de Govart, que eran fuertes como las de un oso. La noche se estaba convirtiendo en una pista de obstáculos llena de desafíos extravagantes. Detén un asesinato. Escala una pared. Enfréntate a Govart. ¿Qué sería lo próximo?

La mujer, con una capacidad pulmonar impresionante y a medio vestir, abrió la boca y berreó.

Después todo ocurrió muy rápido.

A tres calles de distancia, gritos y el repiqueteo de los cascos indicaron que la patrulla más cercana se había dado la vuelta para empezar a dirigirse hacia allí a toda velocidad. La única oportunidad de Damen era que no viesen la entrada estrecha del callejón. La mujer también se dio cuenta, por lo que volvió a gritar y luego entró en el edificio. La puerta del burdel se cerró y luego pasaron la llave.

El callejón era estrecho y tres monturas de lado a lado no cabían demasiado bien, pero dos eran suficientes. Además de caballos y antorchas, la patrulla también tenía ballestas. No podría con ellos a menos que pretendiese suicidarse.

Junto a él, Govart tenía un aspecto petulante. La expresión de su gesto indicaba que estar en lo cierto sobre Damen lo había alegrado sobremanera.

—De rodillas —dijo el soldado que estaba al mando.

¿Irían a matarlo allí? De ser el caso, presentaría batalla, aunque sabía cómo terminaría un combate contra tantos hombres armados con ballestas. Detrás del soldado que parecía el líder, en la entrada del callejón se alzaban virotes de ballesta como un pino. Lo tuviesen planeado o no, sin duda iban a matarlo si les daba una excusa razonable.

Damen se puso de rodillas despacio.

Estaba amaneciendo. La brisa tenía esa naturaleza inerte y translúcida propia del alba a pesar de que se encontraban en una ciudad. Damen echó un vistazo a su alrededor. No era un callejón muy agradable. A los caballos, que parecían más exigentes que los humanos que vivían allí, no les gustaba nada. Soltó un suspiro.

—Quedas arrestado por alta traición —espetó el soldado—. Por tomar parte en el intento de asesinato del príncipe heredero. Tu vida pertenece a la corona. El Consejo ha hablado.

Lo había intentado, pero había acabado así. No sintió miedo, sino una punzada entre las costillas, como si hubiese tenido la libertad al alcance de la mano para luego escurrírsele entre los dedos. Lo que más le irritaba era que Laurent había tenido razón.

—Átale las manos —dijo el soldado que estaba al mando mientras le tiraba un tramo de cuerda a Govart. Después se apartó, colocó la espada en el cuello de Damen y ofreció a los hombres que estaban detrás de él un tiro limpio hasta el esclavo.

—Si te mueves, morirás —explicó el soldado. Un resumen muy apropiado.

Govart tomó la cuerda. Si Damen iba a luchar, tendría que hacerlo ya, antes de que le atasen las manos. Sabía que hasta su mente entrenada para combatir había visto que estaba a tiro de las ballestas de los doce hombres que montaban a caballo. No consiguió pensar en ninguna táctica con la que lograr llevar el enfrentamiento a buen puerto. Como mucho, conseguiría alguna que otra baja.

—El castigo por la traición es la muerte —explicó el soldado.

En los momentos previos a que levantase la espada, antes de que Damen se moviese, de que empezase el último y desesperado acto en aquel callejón mugriento, se oyó un estruendo de cascos y se vio obligado a soltar una risa incrédula al recordar el otro grupo de la patrulla. Llegó en ese momento, como si de una floritura innecesaria se tratase. Ni siquiera Kastor había enviado tantos hombres para apresarlo.

—¡Quieto! —gritó una voz.

Y a la luz del alba vio que quienes tiraban de las riendas no llevaban las capas rojas de la Guardia del Regente, sino que iban ataviados de azul y dorado.

—Es la mascota de la perra —dijo el soldado al mando con gran desprecio.

Tres de la Guardia del Príncipe habían obligado a sus monturas a cruzar el bloque improvisado para abrirse paso hasta el callejón. Damen incluso llegó a reconocer a dos de ellos: Jord iba delante en un castrado alazán y detrás de él distinguió la figura corpulenta de Orlant.

—Tenéis algo que es nuestro —dijo Jord.

—¿El traidor? —preguntó el soldado al mando—. Aquí no tenéis derecho alguno. Marchaos y os dejaré en paz.

—La paz no es lo nuestro —comentó Jord. Había desenvainado la espada—. No vamos a marcharnos sin el esclavo.

—¿Desafías las órdenes del Consejo? —preguntó el soldado.

Iba a pie y estaba en una posición poco envidiable frente a los tres jinetes.

El callejón era muy pequeño y Jord había desenvainado la espada. Tras él, el rojo y el azul se repartían en igual cantidad. Pero el soldado no parecía desconcertado. Dijo:

—Apuntar con un arma a la Guardia del Regente es un acto de traición.

Orlant sacó la espada en respuesta, con una arrogancia despreocupada. En ese momento, el metal relució entre las filas de hombres tras él. Las ballestas se alzaron a ambos lados. Todos contuvieron el aliento. Jord dijo:

—El príncipe está con el Consejo. Tus órdenes están desactualizadas. Mata al esclavo y tú serás el próximo en perder la cabeza.

Jord sacó algo de una doblez del uniforme y lo agitó. Era un medallón de consejero. Colgaba de la cadena a la luz de las antorchas y relució dorado como las estrellas.

En el silencio posterior, Jord dijo:

—¿Te apuestas algo?

—Tienes que hacerlo muy bien —le advirtió Orlant justo antes de empujar a Damen en dirección a la sala de audiencias, donde Laurent estaba solo frente al regente y el Consejo.

El cuadro era el mismo que la vez anterior, con aquel sentado en el trono y este al completo colocado a la perfección junto a él. Pero en esta ocasión no había cortesanos por la estancia. Laurent estaba solo y así se enfrentaba a ellos. Damen se fijó de inmediato en quién era el consejero al que le faltaba el medallón. Era Herode.

Otro empujón. Damen cayó de rodillas en la alfombra, que era roja como las capas de la Guardia del Regente. Estaba junto a una parte del tapiz en la que atravesaban a un jabalí con una lanza debajo de un árbol lleno de granadas.

Alzó la vista.

—Mi sobrino ha intentado defenderte con mucho énfasis —dijo el regente. Y luego repitió otra versión de las palabras de Orlant—: Debes de tener un gran encanto oculto. Puede que sea tu físico lo que le llama tanto la atención. ¿O tienes otros talentos?

Se oyó la voz fría y calmada de Laurent:

—¿Insinúas que meto al esclavo entre mis sábanas? Qué repugnante. Es un soldado salvaje del ejército de Kastor.

Laurent había adoptado de nuevo ese intolerable autocontrol y estaba vestido con atuendo formal. No tenía nada de lánguido y soñoliento ni tampoco la cabeza apoyada en la pared, como lo había visto Damen la última vez. Era probable que el puñado de horas que habían pasado desde la huida hubiesen sido suficientes para eliminar la droga de su cuerpo. Aunque no había forma de saber cuánto tiempo había pasado Laurent en aquella estancia discutiendo con el Consejo.

—¿Solo un soldado? Pero aun así has descrito las extrañas circunstancias en las que tres hombres han irrumpido en tus aposentos para atacarlo —comentó el regente. Después miró brevemente a Damen—. Si no estaba entre tus sábanas, ¿qué hacía allí a esas horas de la noche?

La temperatura, que ya era baja, bajó aún más de improviso.

—No me acuesto sobre el sudor asqueroso de los hombres de Akielos —comentó el príncipe.

—Laurent, si los de Akielos te han atacado y lo ocultas por alguna razón, tenemos que saberlo. Es un asunto muy serio.

—También lo es mi respuesta. No sé por qué hemos terminado hablando sobre mi cama. ¿Puedo preguntar cuál será el próximo tema de discusión?

Los pesados dobleces de la túnica ceremonial cubrían el trono sobre el que se sentaba el regente. Se acarició el contorno de la mandíbula barbuda con la curva de un dedo. Volvió a mirar a Damen antes de dirigir la atención a su sobrino.

—No serías el primero en quedar presa del embrujo que trae consigo una nueva pasión. La inexperiencia suele llevar a confundir los asuntos de cama con el amor. El esclavo podría haberte convencido de que nos mientas para aprovecharse de tu inocencia.

—Aprovecharse de mi inocencia —repitió Laurent.

—Todos hemos visto que tienes preferencia por él. Sentado a tu lado en la mesa. Comiendo de tu mano. De hecho, habéis estado juntos la mayor parte del tiempo durante los últimos días.

—Ayer lo maltraté y hoy caigo rendido entre sus brazos. Preferiría que se me acusara de algo coherente. Decídete.

—No tengo por qué decidirme, sobrino. Tienes todo un abanico de vicios y la incoherencia es la norma.

—Sí, al parecer me he tirado a nuestro enemigo, he conspirado contra mi futuro y he planeado mi propio asesinato. Tengo muchas ganas de ver qué hazañas consigo en un futuro.

Un vistazo rápido a los consejeros fue suficiente para darse cuenta de que aquella conversación se había alargado demasiado. Habían arrastrado a los ancianos fuera de la cama y todos mostraban señales de agotamiento.

—Y, a pesar de todo, el esclavo consiguió escapar.

—¿Otra vez? —preguntó Laurent—. No me atacaron. De haber sido asaltado por cuatro hombres armados, ¿de verdad crees que hubiese sobrevivido y matado a tres? El esclavo huyó porque es un rebelde complicado. Eso es todo. Creo que ya te he mencionado su naturaleza intratable. A todos vosotros. También habéis decidido no creerme.

—No es cuestión de creerte o no. Lo que me preocupa es que lo defiendas. No es propio de ti y parece fruto de un apego impropio. Si ha hecho que simpatices con las fuerzas que no son de nuestro país…

—¿Simpatizar con Akielos?

El asco con el que Laurent pronunció las palabras fue más persuasivo que cualquier acceso de rabia. Uno o dos consejeros se agitaron.

Herode dijo con nerviosismo:

—No creo que se lo pueda acusar de algo así. Y menos si tenemos en cuenta que su padre y su hermano…

—Nadie tiene más razón que yo para oponerse a Akielos —insistió Laurent—. Si el esclavo que me regaló Kastor me hubiese atacado, sería razón más que suficiente para iniciar una guerra. Y estaría encantado. Lo único que defiendo aquí es la verdad. Ya la habéis oído y no pienso discutir más al respecto. El esclavo es inocente o es culpable. Vosotros decidís.

—Antes de eso —respondió el regente—, quiero que respondas a una pregunta. Si tu oposición a Akielos es genuina, como bien dices; si no hay conspiración alguna, ¿por qué sigues rechazando servir en la frontera de Delfeur? Si fueses tan leal como aseguras, te harías con la espada, harías acopio del poco honor que te queda y cumplirías con tu deber.

—Eh… —empezó a decir Laurent.

El regente se reclinó en el trono y extendió los brazos por la madera oscura y tallada de los costados. Esperó.

—Eh…, no veo razón para hacerlo…

—Eso es una contradicción —dijo Audin.

—Pero tiene una solución muy fácil —continuó Guion. Detrás de él, se oyeron dos murmullos de aprobación. El consejero Herode asintió despacio.

Laurent miró a cada uno de los miembros del Consejo.

Cualquiera que hubiese valorado la situación en aquel momento se habría dado cuenta de lo precaria que era para el príncipe. Los consejeros estaban cansados de la discusión y listos para aceptar cualquier solución que les ofreciese el regente, por muy artificial que fuese.

Laurent solo tenía dos opciones: aceptar la reprobación continuando con una discusión que no iba a ninguna parte y estaba llena de fracasos y acusaciones, o aceptar el ir a la frontera para cumplir su deber y salirse con la suya.

De hecho, podría decirse que ya era tarde y que, tal y como era la naturaleza humana, si Laurent no aceptaba la oferta de su tío, los consejeros podían llegar a retirarle el apoyo solo por alargar más la situación. Y la lealtad de Laurent también había quedado en entredicho.

—Tienes razón, tío —dijo el príncipe—. Evitar mis responsabilidades te ha llevado a dudar de mi palabra. Me dirigiré a

Delfeur y cumpliré con mi deber en la frontera. No me gusta que se cuestione mi lealtad.

El regente extendió los brazos en un gesto de satisfacción.

—Es una respuesta que saciará a todos —comentó. Recibió el acuerdo del Consejo, cinco afirmaciones en voz alta, una detrás de otra. Después miró a Damen y dijo—: Creo que podemos absolver al esclavo y dejar de cuestionar su lealtad.

—Me someto con humildad a vuestro juicio, tío —dijo Laurent—. Así como al del Consejo.

—Soltad al esclavo —ordenó el regente.

Damen sintió unas manos en las muñecas que le desanudaron la cuerda. Era Orlant, quien había estado a su lado todo el tiempo. Los movimientos eran bruscos y concisos.

—Listo. Ya está. Acércate —dijo el regente a Laurent mientras extendía la mano derecha. Llevaba el anillo real en el meñique, de oro y rematado por una piedra preciosa roja: un rubí o un granate.

Laurent se acercó y se arrodilló frente a él con gracilidad y con una sola rodilla.

—Bésalo —dijo el regente y el sobrino bajó la cabeza para obedecer y besar el sello de su tío.

Su lenguaje corporal era calmado y respetuoso; el pelo que le caía sobre la cabeza ocultaba su gesto. Tocó con los labios el centro de la gema roja, con parsimonia, y luego los apartó. No se puso en pie. El regente bajó la mirada hacia él.

Un momento después, Damen vio que la mano del tío de Laurent había vuelto a alzarse para luego apoyarse en la cabeza del príncipe y acariciarla con un afecto comedido y familiar. Laurent se quedó muy quieto, con la cabeza inclinada, mientras los dedos gruesos y anillados del regente apartaban mechones de cabello dorado.

—Laurent, ¿por qué siempre me desafías? Odio que nos peleemos, pero me obligas a escarmentarte. Pareces determinado a destrozar todo lo que se ponga en tu camino. No te faltan presentes, pero te dedicas a derrocharlo todo. Se te dan oportunidades, pero las desperdicias. Odio verte crecer así —continuó el regente—, pues sé que eras un niño encantador.

DOCE

E l afecto paternal poco común entre tío y sobrino dio por terminada la reunión y tanto el regente como el Consejo abandonaron la estancia. Laurent se quedó, se puso en pie y se dedicó a contemplar cómo se marchaban su tío y el resto de los consejeros. Orlant, que había hecho una reverencia antes de marcharse tras liberar a Damen, tampoco estaba por allí. Se habían quedado solos.

Damen se alzó sin pensar. Unos segundos después, recordó que se suponía que tenía que esperar a que Laurent le ordenase algo, pero era demasiado tarde. Estaba en pie y no pudo contener las palabras que brotaron de sus labios:

—Le habéis mentido a vuestro tío para protegerme —dijo.

Los separaban casi dos metros de alfombra llena de adornos. Damen no había querido que sus palabras sonasen así. O puede que sí. Laurent entrecerró los ojos.

—¿He vuelto a ofender tus principios moralistas? Quizá podrías haberme sugerido una forma de relajar tensiones más íntegra. Recuerdo que fui yo quien te dijo que no te escaparas.

Damen oyó en la distancia el tono de sorpresa de su voz.

—No entiendo por qué haríais algo así para ayudarme cuando decir la verdad os habría sido mucho más favorable.

—Si no te importa, creo que ya he oído suficientes opiniones sobre mí por hoy. ¿También quieres que discuta contigo? Pues lo haré.

—No, no quería… —¿Qué es lo que quería decir en realidad? Sabía lo que se suponía que tendría que haber dicho, que debería haberle mostrado gratitud por rescatar al esclavo. Pero no se sentía así. Había estado muy cerca de escapar. La única razón por la que lo habían descubierto había sido Govart, quien no sería su enemigo de no ser por Laurent. Darle las gracias habría sido lo mismo que agradecerle que lo arrastraran con grilletes a una de las jaulas del palacio. Otra vez.

Pero estaba claro que Laurent le había salvado la vida. El príncipe y su tío eran muy parecidos en lo que a violencia verbal se trataba. Damen se había quedado agotado solo de oírlos. Se preguntó cuánto tiempo llevaría Laurent aguantándolo antes de que hubiese llegado él.

«No podría protegerte, al contrario que si te quedas», había dicho Laurent. Damen no había pensado en lo que supondría una protección así, pero nunca hubiese imaginado que Laurent estaría dispuesto a entrar en la arena para ello. Y menos aún a quedarse en ella.

—Quería decir que… te agradez…

Laurent lo interrumpió:

—No hay nada más entre nosotros. Sobran los agradecimientos. No esperes nada más de mí. Nuestra deuda ha quedado saldada.

Pero no había ni rastro de hostilidad en el leve fruncimiento de ceño de Laurent al mirarlo. Después lo contempló durante un rato, con gesto inquisitivo, y dijo:

—Lo de que no me gusta nada estar en deuda contigo iba en serio. —Para después añadir—: Tenías muchas menos razones para ayudarme que yo para ayudarte a ti.

—Eso es cierto.

—Está claro que no tienes pelos en la lengua —continuó Laurent, aún con el ceño fruncido—. Alguien más ingenioso no habría hecho nada para luego aprovecharse al fomentar la responsabilidad y la culpa de su amo.

—No sabía que sentíais culpa alguna —espetó Damen.

Un apóstrofo apareció en la comisura de los labios de Laurent. Se alejó unos pasos más y tocó con la punta de los dedos el reposabrazos tallado del trono. Luego, se sentó en él repantigado y relajado.

—Venga, anímate. Voy a ir a Delfeur y nos libraremos el uno del otro.

—¿Por qué os perturba tanto la idea de ir a la frontera?

—Porque soy un cobarde, ¿recuerdas?

Damen reflexionó al respecto.

—¿Lo sois? No creo haber visto que evitéis una pelea. Más bien lo contrario.

El apóstrofo se ensanchó.

—Cierto.

—Entonces...

—No es de tu incumbencia.

Otra pausa. La pose relajada de Laurent sobre el trono le hacía dar la impresión de no tener huesos en el cuerpo y, mientras Laurent no dejaba de mirarlo, Damen se preguntó si la droga seguiría recorriéndole las venas. Cuando el príncipe volvió a hablar, lo hizo con un tono del todo coloquial:

—¿Hasta dónde has llegado?

—No muy lejos. Un burdel cerca del distrito meridional.

—¿Tanto tiempo ha pasado desde lo de Ancel?

Lo contempló con cierta haraganería en la mirada. Damen se ruborizó.

—No estaba allí por placer. Tenía otras cosas en mente.

—Qué pena —murmuró Laurent con tono indulgente—. Deberías haber aprovechado para rendirte a los placeres del lugar. Ahora, voy a atarte tan fuerte que no vas a poder ni respirar, y mucho menos volver a importunarme así.

—Claro —dijo Damen con un tono diferente.

—Te dije que mejor no me dieses las gracias —aseguró Laurent.

Y lo volvieron a llevar a una habitación pequeña y demasiado decorada que le resultaba familiar.

Había sido una noche larga en la que no había dormido nada y había por el lugar un camastro con cojines en el que descansar, pero algo dentro del pecho le impedía dormir. La sensación se incrementó cuando echó un vistazo por la habitación. Había dos ventanas arqueadas en la pared de su izquierda, con el alféizar bajo y ancho, y cubiertas por una reja con adornos. Daban a los mismos jardines que la galería de Laurent, algo que sabía por la posición de sus aposentos en relación a las habitaciones del príncipe, no porque lo hubiese visto de primera mano. La cadena no era tan larga como para dejarle mirar por ellas. Se imaginó el agua cayendo y la vegetación insulsa propia de los patios interiores verecianos. Pero no vio nada de aquello.

Conocía muy bien todo lo que veía. Conocía cada centímetro de su habitación, cada curva de los adornos con forma de hoja de la reja de las ventanas. Conocía la pared opuesta. Conocía el eslabón de hierro inamovible del suelo, el arrastrar de la cadena y cuánto pesaba. Conocía la duodécima baldosa, que marcaba el límite de sus movimientos cuando tensaba la cadena. Todo había sido exactamente igual desde su llegada, todos los días, a excepción del color de los cojines sobre el camastro, que cambiaban como si tuvieran un suministro ilimitado de ellos.

Un sirviente entró en la estancia sobre media mañana con el desayuno, lo dejó allí y se marchó a toda prisa. Las puertas se cerraron.

Se quedó solo. El plato de exquisiteces contenía queso, rebanadas de pan caliente, un puñado de bayas silvestres apartadas en un recipiente de plata poco profundo y un hojaldre amasado con maestría. Cada uno de los elementos había sido calculado a la perfección, diseñado para que el conjunto fuese atractivo a la vista, como todo lo demás.

Dedicó una expresión de rabia e impotencia total y violenta a la estancia.

Se arrepintió tan pronto como lo hizo. Cuando el sirviente volvió más tarde, pálido a causa de los nervios, y empezó a deambular por los extremos de la habitación para recoger pedazos de queso, Damen se sintió ridículo.

Después tuvo que entrar Radel para ver el desorden, claro, y dedicó a Damen una mirada que le resultaba familiar.

—Tira toda la comida que quieras. Eso no va a cambiar nada. No saldrás de esta habitación mientras el príncipe esté en la frontera. Son sus órdenes. Te bañarás aquí, te vestirás aquí y permanecerás aquí. Se acabaron las excursiones que te han permitido disfrutar de banquetes, baños y cacerías. No te librarás de esa cadena.

«Mientras el príncipe esté en la frontera». Damen cerró los ojos un momento.

—¿Cuándo se marcha?

—Dentro de dos días.

—¿Cuánto tiempo estará fuera?

—Varios meses.

Para Radel era información sin importancia y la pronunció sin ser consciente del efecto que tenía en Damen. Tiró una pequeña pila de ropa al suelo.

—Cámbiate.

Damen tuvo que haber mudado el gesto de alguna manera, porque Radel siguió hablando:

—Al príncipe no le gusta verte con ropa vereciana y ha ordenado que remediemos de inmediato esa ofensa. Son atuendos para gente civilizada.

Se cambió. Tomó la ropa de la pila que Radel había tirado al suelo, aunque tampoco es que tuviese demasiada tela. Era indumentaria de esclavo. Unos sirvientes le quitaron la ropa vereciana con la que había escapado, como si nunca hubiese existido.

Pasó el tiempo de manera insoportable.

El hecho de haber tocado la libertad con la punta de los dedos le hizo sentir añoranza por el mundo que había fuera del palacio. También era consciente de la frustración ilógica que lo agobiaba: había creído que escapar terminaría con su libertad o con su muerte, pero que fuese cual fuese el resultado propiciaría un cambio. Y ahora volvía a estar allí.

¿Cómo era posible que todos los acontecimientos extraños de la noche anterior no hubiesen supuesto cambio alguno en sus circunstancias?

La idea de quedarse atrapado en esa estancia durante varios meses…

Puede que fuese normal que, allí atrapado como una mosca en una telaraña afiligranada, su mente se centrase en Laurent, que tenía ese cerebro arácnido bajo su cabello dorado. La noche anterior, Damen no había pensado mucho en el príncipe ni en la conspiración de la que había sido víctima, sino que se había obsesionado con escapar. No había tenido tiempo ni ganas de reflexionar sobre traiciones verecianas.

Pero ahora estaba solo sin nada en que pensar, a excepción de aquel ataque extraño y violento.

Por ello, mientras el sol recorría el cielo y daba paso a la tarde, empezó a darles vueltas a los tres hombres con sus voces verecianas y las dagas akielenses. Laurent no necesitaba razón alguna para mentir, pero ¿por qué negar que lo habían atacado? Eso ayudaba a quien estuviese detrás de la conspiración.

Recordó el tajo bien calculado de Laurent con la daga y el forcejeo posterior; su cuerpo firme y oponiendo resistencia; la respiración acelerada a causa de la droga. Había formas más sencillas de matar a un príncipe.

Tres hombres con armas de Sicyon. El esclavo que le había regalado Akielos presente para inculparlo. La droga. La violación planeada. Y Laurent forcejeando mientras hablaba. Y mintiendo. Y matando.

Damen lo comprendió.

Por unos momentos, sintió como si el suelo se abriese bajo sus pies y el mundo volviese a organizarse a su alrededor.

Era simple y obvio, algo que tendría que haber visto en un primer momento, de lo que se habría percatado de no haber estado cegado por la huida. Lo tenía delante, un plan y unas intenciones sombrías y consumadas.

No había manera de salir de la habitación, por lo que tenía que esperar. Y esperar. Y esperar. Hasta que llegara la próxima y maravillosa bandeja de comida. Dio gracias por que el sirviente silencioso estuviese acompañado por Radel.

—Tengo que hablar con el príncipe —dijo.

La última vez que había solicitado algo así, Laurent había aparecido al momento ataviado con ropa de la corte y bien peinado. Damen esperaba lo mismo, dada la urgencia del momento, y se levantó a toda prisa del camastro cuando la puerta se abrió menos de una hora después.

Entró solo y luego mandó salir a los guardias. Era el regente de Vere.

Avanzó con el paso lento de un señor que recorriese sus tierras. En esta ocasión, no iba acompañado de consejeros ni de su séquito, no había ceremonia alguna. La impresión que daba seguía siendo de autoridad; el regente tenía una presencia física imponente y la túnica le quedaba ceñida en los hombros. Los mechones plateados en su cabello negro y en la barba denotaban experiencia. No era Laurent, que vagueaba ocioso en el trono. Su sobrino era un poni de circo a su lado y él, un caballo de guerra.

Damen le mostró sus respetos.

—Alteza —saludó.

—Eres un hombre. Ponte en pie —ordenó el regente.

Lo hizo, poco a poco.

—Seguro que te ha aliviado saber que mi sobrino se marcha —afirmó. No era un comentario fácil de responder.

—Estoy seguro de que honrará este país —dijo Damen.

El regente lo miró.

—Eres muy diplomático. Para ser un soldado.

Damen respiró hondo para recuperar la compostura. Estaban a una altura en la que costaba respirar.

—Alteza —dijo con sumisión.

—Esperaba una respuesta de verdad —continuó el regente.

Damen lo intentó.

—Me… Me alegro de que cumpla con su deber. Un príncipe debería aprender a liderar a sus hombres antes de convertirse en rey.

El regente pensó antes de hablar.

—Mi sobrino es complicado. La mayoría creerá que el liderazgo es un atributo que corre por las venas del linaje real, no algo a lo que se ve obligado en contra de su naturaleza defectuosa. Pero, claro, Laurent tenía un hermano mayor.

Igual que tú, un pensamiento que le vino a Damen de improviso. El regente hacía que Laurent pareciese una especie de entrenamiento. No estaba allí para intercambiar opiniones, por mucho que pudiese parecer. Que un hombre de su estatus se rebajase a visitar a un esclavo era extraño e impensable.

—¿Por qué no me cuentas lo que ocurrió anoche? —preguntó el regente.

—Alteza, vuestro sobrino ya os ha contado lo ocurrido.

—Puede que la confusión le haya hecho obviar o malinterpretar algo —insistió—. No está tan acostumbrado a los enfrentamientos como tú.

Damen se quedó en silencio, aunque las ganas de hablar se agitasen en su interior como una corriente submarina.

—Sé que eres sincero por instinto —dijo el regente—. Tranquilo. No te castigaré por ello.

—Eh... —dijo Damen.

Algo se movió en la entrada. Él giró la cabeza con una culpabilidad que estuvo a punto de delatarlo.

—Tío —saludó Laurent.

—Laurent —repuso el regente.

—¿Tenías algún tema que tratar con mi esclavo?

—Nada en particular —respondió —. Pero tenía curiosidad.

Laurent avanzó con una cautela y un desinterés propios de un gato. Era imposible saber cuánto de la conversación había oído.

—No es mi amante —dijo Laurent.

—Mi curiosidad no es por lo que hagas entre las sábanas —explicó—. Sino por lo que ocurrió anoche en tus aposentos.

—¿No había quedado claro ya?

—A medias. Nunca oímos la versión del esclavo.

—Claro —dijo Laurent—. ¿Y valoras más la opinión de un esclavo que la mía?

—Es normal, ¿no? —preguntó el regente—. Finges hasta la sorpresa en tu voz. Tu hermano era un hombre en el que se podía confiar, pero tu palabra es poco más que un harapo deslustrado. No obstante, tranquilo. Por ahora, la versión del esclavo coincide con la tuya.

—¿Creías que había algún tipo de conspiración? —preguntó Laurent.

Se miraron y el regente respondió:

—Solo espero que el tiempo que vas a pasar en la frontera te sirva para mejorar y para centrarte. Espero que aprendas lo que necesitas para liderar a tu pueblo. No sé qué más podría enseñarte.

—No dejas de ofrecerme oportunidades para mejorar —comentó—. Tienes que decirme cómo podría agradecértelo.

Damen esperó una respuesta del regente, pero este se quedó en silencio sin apartar la vista de su sobrino.

El príncipe continuó:

—¿Vendrás a verme partir mañana, tío?

—Laurent, claro que sí —respondió el regente.

—¿Y bien? —preguntó Laurent cuando su tío se había marchado. Lo miraba fijamente con esos ojos azules—. Si me vas a pedir que rescate a un gatito atrapado en la copa de un árbol, mi respuesta es no.

—No tengo nada que pediros. Solo quería hablar.

—¿Una despedida afectuosa?

—Sé lo que ocurrió anoche —indicó Damen.

—¿Ah, sí? —preguntó el príncipe.

Era el mismo tono de voz que acababa de usar con su tío. Damen respiró hondo.

—Y vos también lo sabéis. Mataste al superviviente antes de que lo interrogasen —explicó Damen.

Laurent se acercó a la ventana, se sentó y se acomodó en el alféizar. Se posicionó como si estuviese montado a caballo de lado. Deslizó los dedos de una mano de manera absorta por la reja ornamentada que la cubría. Las últimas luces del día se proyectaban en su pelo y en su rostro, en forma de monedas relucientes creadas por la celosía. Miró a Damen.

—Sí —dijo.

—Lo matasteis porque no queríais que lo interrogasen. Sabíais lo que iba a decir. No queríais que lo dijese.

—Sí —repitió el príncipe un momento después.

—Doy por hecho que iba a decir que lo había enviado Kastor.

El chivo expiatorio era akielense, así como las armas. Los detalles habían sido preparados a la perfección para inculpar al sur. Por verosimilitud, también les habrían dicho a los asesinos que eran espías de Akielos.

—Para Kastor, es mejor tener un tío amistoso en el trono que un sobrino príncipe que odia Akielos —explicó Laurent.

—El problema es que Kastor no puede permitirse una guerra ahora, que hay discrepancias con los kyroi. Si hubiese querido mataros, lo habría hecho en secreto. Nunca hubiese enviado a unos asesinos como esos, armados con torpeza con equipamiento akielense para dejar claro cuál era su procedencia. Kastor no fue el que contrató a esos hombres.

—No —convino Laurent.

Lo sabía, pero oírlo de boca de otra persona era diferente. Y la confirmación lo hizo estremecerse por completo. Sintió frío a pesar de la calidez de la avanzada tarde.

—Entonces…, el objetivo era empezar una guerra —dijo—. Si vuestro tío hubiese oído una confesión como esa…, no le hubiese quedado más elección que responder. Si os hubiesen encontrado… —Violado por un esclavo akielense. Asesinado por dagas akielenses—. Alguien intentó provocar una guerra entre Akielos y Vere.

—Es admirable —comentó Laurent con indiferencia en la voz—. Es el momento perfecto para atacar Akielos. Kastor tiene problemas con las facciones de los kyroi. Damianos, que hizo cambiar las tornas en Marlas, está muerto. Y todo Vere se alzaría contra un bastardo, sobre todo si ha matado al príncipe vereciano. Si mi asesinato no hubiese sido el catalizador, apoyaría el plan incondicionalmente.

Damen se lo quedó mirando y sintió cómo se le revolvía el estómago por la naturalidad con la que había dicho aquello. Lo ignoró. Ignoró el tono empalagoso de arrepentimiento que había notado en las últimas palabras.

Laurent tenía razón: era el momento perfecto. Vere solo tenía que atacar con ganas a un Akielos fracturado y convulso para hacerlo caer. Peor aún, la inestabilidad venía por parte de las provincias septentrionales, como Delpha o Sicyon, las más cercanas a la frontera con Vere. Akielos contaba con un ejército poderoso cuando los kyroi estaban unidos bajo un solo rey, pero, sin ese lazo de unión, no eran más que un grupo de ciudades-estado con ejércitos provinciales que no podrían resistir un ataque vereciano.

Se imaginó el futuro: una larga fila de tropas de Vere avanzando hacia el sur y las provincias de Akielos cayendo una a una. Vio soldados verecianos entrando en el palacio de Ios, voces verecianas que resonaban en las estancias de su padre.

Miró a Laurent.

—Vuestro bienestar depende de esa conspiración. ¿No querríais detenerla, por vuestro bien?

—Es lo que he hecho —comentó Laurent. La mirada azul y severa no se había separado de él.

—Me refiero a si no podríais dejar de lado las rencillas familiares y hablar con sinceridad con vuestro tío —explicó Damen.

Notó la sorpresa del príncipe en el ambiente. En el exterior, la luz empezaba a tornarse anaranjada.

—Creo que no sería muy inteligente —dijo Laurent.

—¿Por qué no?

—Porque es él quien está detrás de todo —zanjó.

TRECE

—P ero si eso es cierto... —empezó a decir Damen.
Era cierto. De alguna manera, no era una sorpresa
siquiera. Más bien se trataba de una verdad que hubiese crecido en los límites de su conciencia desde hacía un tiempo y que ahora veía con nitidez. Pensó: *Dos tronos por el precio de
unos pocos mercenarios y una dosis de la droga de placer.* Recordó a
Nicaise en el pasillo con esos enormes ojos azules y la ropa de
dormir.

—No podéis ir a Delfeur —le advirtió Damen—. Es una
trampa mortal.

Cuando lo dijo, comprendió que era algo que Laurent siempre había sabido. Recordó que el príncipe siempre había rechazado cumplir con su deber en la frontera, una y otra vez.

—Me vas a perdonar, pero no acepto consejos estratégicos de
un esclavo, y mucho menos momentos después de que lo hayan
arrastrado a su habitación tras un intento de escape fallido.

—No podéis marcharos si queréis seguir con vida. Perderéis
el trono tan pronto como salgáis de esta ciudad. Vuestro tío se
hará con la capital. Ya ha... —Damen empezó a recordar las acciones del regente, la serie de movimientos que lo habían llevado
hasta ese punto, todos precisos y con mucha antelación—. Ya ha

acabado con vuestra cadena de abastecimiento en Varennc y Marche. No tenéis dinero ni tropas.

Las palabras le sirvieron para darse cuenta a medida que hablaba. Ahora le había quedado clara la razón por la que Laurent se había esforzado por absolver a su esclavo y dificultar el ataque. Si se declaraba una guerra, la esperanza de vida de Laurent sería aún más corta que si iba a Delfeur. Partir a la frontera con un destacamento de hombres de su tío era una locura.

—¿Por qué lo hacéis? ¿No hay otra opción? ¿No se os ocurre la manera de evitarlo? —Damen contempló el rostro de Laurent—. ¿Acaso vuestra reputación está tan por los suelos que creéis que el Consejo elegirá a vuestro tío para permanecer en el trono a menos que demostréis vuestra valía?

—Has llegado al límite de lo que estoy dispuesto a aguantar de ti —dijo Laurent.

—Llevadme con vos a Delfeur —le pidió Damen.

—No.

—Akielos es mi país. ¿Creéis que quiero verlo arrasado por las tropas de vuestro tío? Haría lo que estuviese en mi mano para evitar la guerra. Llevadme con vos. Necesitaréis a alguien en quien podáis confiar.

Al pronunciar esas últimas palabras, había estado a punto de hacer un mohín y de arrepentirse de ellas de inmediato. Laurent le había pedido que confiase en él la noche anterior y Damen casi que le había escupido en la cara. Ahora iba a recibir el mismo trato.

El príncipe le dedicó una mirada impertérrita cargada de curiosidad.

—¿Por qué iba a necesitar algo así?

Damen se lo quedó mirando, consciente de que, si preguntaba algo como «¿Creéis que estando solo podéis evitar atentados contra vuestra vida, el mando de las tropas, y los trucos y trampas de vuestro tío?», la respuesta iba a ser: «Sí».

—Había pensado que un soldado como tú estaría muy feliz de ver a Kastor derrocado, tras todo lo que te ha hecho —dijo Laurent—. ¿Por qué no aliarte con la regencia contra él... y contra mí? Estoy seguro de que mi tío te ha pedido que espíes para él y te ha ofrecido un trato muy generoso.

—Sí que lo ha hecho. —Damen recordó el banquete—. Me pidió que me metiera en vuestras sábanas y que luego lo informara.

—Fue muy directo—. No con esas palabras.

—¿Y cuál fue tu respuesta?

Eso lo molestó sin motivo aparente.

—De haberme metido en vuestras sábanas, lo sabríais.

Se hizo un silencio peligroso en el que Laurent entrecerró los ojos. Luego dijo:

—Sí. Aún recuerdo cómo agarrabas a tu compañero y le separabas las piernas.

—Eso no era... —Damen apretó la mandíbula. No tenía ganas de verse inmerso en una de las conversaciones exasperantes de Laurent—. Soy una ventaja. Conozco la región. Haré lo que sea por detener a vuestro tío. —Miró esos ojos azules e impersonales—. Ya os he ayudado antes. Puedo volver a hacerlo. Usadme como deseéis, pero llevadme con vos.

—¿Tantas ganas tienes de ayudarme? ¿El hecho de que vayamos a cabalgar en dirección a Akielos no tiene nada que ver?

Damen se ruborizó.

—Tendréis una persona más que se interpondrá entre vuestro tío y vos. ¿No es eso lo que queréis?

—Querido salvaje —dijo Laurent—, lo que yo quiero es que te pudras aquí.

Damen oyó el tintineo metálico de los eslabones de la cadena antes de darse cuenta de que había tirado de los grilletes. Fueron las últimas palabras de Laurent y se regodeó en ellas. El príncipe se giró hacia la puerta.

—No podéis dejarme aquí mientras cabalgáis hacia la trampa de vuestro tío. Hay más cosas en juego que vuestra vida.

Las palabras sonaron bruscas a causa de la frustración.

Pero no sirvieron de nada. No fue capaz de evitar que Laurent se marchara. Damen soltó un taco.

—¿Tan seguro estáis de vos mismo? —gritó mientras el susodicho se alejaba—. Creo que, si pudieseis acabar con vuestro tío, ya lo habríais hecho.

Laurent se detuvo en el umbral de la puerta. Damen vio el cabello rubio, la línea recta que formaban su espalda y sus hombros. Pero aquel no se dio la vuelta para mirarlo. El titubeo solo duró unos instantes antes de que cruzase la puerta.

Damen volvió a tirar de los grilletes, solo y dolorido.

El ajetreo de los preparativos recorría los aposentos de Laurent. Los pasillos estaban abarrotados y había personas que iban de un lado a otro por los jardines de debajo. Preparar una expedición armada en dos días no era tarea sencilla. Había actividad por todas partes.

Por todas partes excepto allí, en la habitación de Damen, donde solo podría haberse enterado de la misión por el ruido que venía del exterior.

Laurent se marchaba al día siguiente. El exasperante e intolerable príncipe iba a escoger la peor opción posible y no había nada que Damen pudiese hacer para detenerlo.

Los planes del regente eran imposibles de anticipar. Lo cierto era que él no tenía ni idea de por qué había esperado tanto para volverse contra su sobrino. ¿Quizá Laurent tenía suerte de que las ambiciones de su tío abarcasen dos reinos? El regente podría haber acabado con él hacía años sin muchas dificultades. Hubiese sido muy fácil achacar la muerte de un joven a una desgracia, mucho más que la de un hombre que estaba a punto de ascender al trono. Damen no veía razón alguna para que Laurent hubiese escapado de algo así cuando era pequeño. Quizá la lealtad familiar había detenido al regente… Hasta que Laurent había terminado por convertirse en una persona tóxica, de naturaleza taimada y difícil de controlar. Si ese era el caso, Damen sentía algo de empatía por el regente. Laurent podía llegar a provocar ciertas tendencias homicidas simplemente por respirar.

Era una familia de víboras. Kastor no tenía ni idea de lo que había al otro lado de la frontera. Se había aliado con Vere, era vulnerable, no estaba preparado y los vínculos de su país habían empezado a agrietarse de una manera de la que una potencia extraña podía llegar a aprovecharse.

Había que detener al regente. Había que volver a unir Akielos y, para ello, Laurent tenía que sobrevivir. Era imposible. Encerrado allí no había nada que Damen pudiese hacer. Y toda la astucia que pudiese tener el príncipe quedaba neutralizada por la arrogancia que le impedía darse cuenta de la ventaja que tendría su tío sobre él una vez saliese de la capital y se dirigiese a las fueras.

¿De verdad Laurent creía que podía hacerlo solo? Iba a necesitar todas las armas que tuviese a su disposición para salir vivo de algo así. Pero Damen no había conseguido persuadirlo. Se había dado cuenta, y no por primera vez, de su incapacidad básica para comunicarse con Laurent. No era solo porque se viese obligado a usar un idioma extranjero, sino porque era como si el príncipe perteneciese a una especie animal del todo diferente. Solo le quedaba la esperanza infundada de que Laurent cambiase de idea por algún motivo.

El sol descendía poco a poco por el cielo en el exterior y en la habitación cerrada de Damen las sombras que proyectaban los muebles se movían formando un semicírculo indolente.

Ocurrió algunas horas antes del amanecer del día siguiente. Se despertó y encontró a varios sirvientes en la habitación, así como a Radel, el supervisor que nunca dormía.

—¿Qué ha ocurrido? ¿Es alguna orden del príncipe?

Se incorporó con un brazo sobre los cojines mientras aferraba la seda con el puño. Sintió cómo lo manipulaban antes siquiera de que llegase a levantarse del todo. Notó las manos de los sirvientes en su cuerpo y estuvo a punto de zafarse por instinto, hasta que se dio cuenta de que le estaban quitando los grilletes. La cadena cayó al suelo con un tintineo ahogado entre los cojines.

—Sí. Cámbiate de ropa —indicó Radel, que soltó una muda sin ceremonia alguna en el suelo frente a él, como había hecho la noche anterior.

Damen sintió cómo se le aceleraba el pulso y bajó la vista para mirarla.

Eran ropas verecianas.

El mensaje estaba claro. La frustración que había arrastrado durante todo el día anterior no le permitía asimilar aquello. No era capaz de confiar. Se inclinó despacio para tomar el atuendo. Se parecía a uno de los que había encontrado en la zona de entrenamiento, pero este era suave y muy elegante, de una calidad muy superior al que se había puesto aquella noche. La camisa era de su talla y las botas parecían de montar.

Miró a Radel.

—¿Y bien? Cámbiate ya —insistió este.

Se llevó una mano al cierre de la cintura y sintió que esbozaba una ligera sonrisa cuando Radel desviaba la mirada con torpeza.

El hombre solo lo interrumpió una vez.

—No, así no. —E hizo un ademán para indicarle a un sirviente que se acercara y volviese a anudar un estúpido lazo.

—¿Vamos a...? —empezó a preguntar Damen mientras le ataban el último, para alegría de Radel.

—El príncipe ha ordenado que te lleven al patio preparado para montar. Una vez allí, recibirás el resto del equipo.

—¿Equipo? —preguntó con indiferencia. Bajó la vista para mirarse. Ya era más ropa de la que había llevado desde que lo habían capturado en Akielos.

Radel no respondió y se limitó a hacer un gesto brusco para indicar que lo siguiese.

Un momento después, Damen se sintió muy extraño a causa de la ausencia de grilletes.

«¿Equipo?», había preguntado. No pensó mucho al respecto mientras se abrían paso a través del palacio para llegar al patio exterior que se encontraba cerca de los establos. Tampoco se le hubiese ocurrido una respuesta de haberlo hecho. Era tan improbable que no podía llegar a ocurrírsele. Hasta que la vio con sus propios ojos y casi no fue capaz de creérselo, ni siquiera en ese momento. Estuvo a punto de soltar una carcajada en voz alta. El sirviente que se acercó a ellos tenía los brazos cargados de pieles, correas, hebillas y piezas grandes de cuero curtido. La mayor de todas era un peto.

Se trataba de una armadura.

El patio que había junto a los establos rebosaba de actividad de sirvientes y fabricantes de armas, mozos de cuadra, pajes, órdenes a voz en grito y el tintineo de la talabartería. Aquel ruido quedaba interrumpido por los relinchos que brotaban de los hocicos de los caballos y el repiqueteo ocasional de algún casco contra los adoquines.

Damen reconoció algunos rostros. Vio a las personas que habían hecho guardia en sus habitaciones de dos en dos a lo largo de su confinamiento. También al galeno que le había tratado la espalda, que ahora no iba ataviado con esa túnica que le llegaba hasta el suelo y en su lugar llevaba ropa de montar. A Jord, quien había mostrado el medallón de Herode en el callejón para salvarle la vida. Y atisbó a un sirviente que le resultaba familiar y se agachaba de manera arriesgada bajo el vientre de uno de los caballos para llevar a cabo alguna tarea. Y, en el otro extremo del patio, vio a un hombre de bigote negro que conocía de la cacería y sabía que era el criador.

La brisa previa al amanecer estaba fría, pero la temperatura no tardaría en subir. La primavera había empezado a dar paso al verano, un buen momento para un viaje así. En el sur haría más calor, claro. Damen flexionó los dedos y enderezó la espalda deliberadamente para dejar que la libertad se apoderase de él. Era una sensación física muy potente. Lo cierto es que no había pensado en escapar. Al fin y al cabo, estaba a punto de cabalgar con un contingente de personas armadas y ahora tenía una prioridad más acuciante. Por el momento, le bastaba que le hubiesen quitado los grilletes y estar al aire libre, y también que pronto fuese a salir el sol para calentar el cuero y su piel mientras se encontraba sobre el caballo.

Era una armadura ligera con suficientes elementos decorativos absurdos como para tratarse de una propia de los desfiles. El sirviente le dijo que sí, que se equiparían como era debido en Chastillon. Lo prepararon junto a las puertas del establo, cerca de una bomba de agua.

Le apretaron la última de las hebillas. Después, sorprendentemente, le dieron un cinturón para la espada. Y, más sorprendentemente aún, le dieron una espada que colocar en él.

Era una buena arma. Y, a pesar de los elementos decorativos, también era una buena armadura, aunque no estuviese acostumbrado a llevar algo así. Le hacía sentir… ajeno. Tocó el patrón de estrellas que tenía en el hombro. Iba vestido con los colores de Laurent y llevaba su insignia. Era una sensación extraña. Nunca había podido llegar a pensar que cabalgaría bajo un estandarte vereciano.

Radel, quien se había marchado para llevar a cabo alguna tarea, acababa de regresar y le espetó una lista de obligaciones.

Damen lo escuchó a medias. Iba a ser un integrante de pleno derecho del grupo, bajo las órdenes de un superior, quien a su vez estaría bajo las del capitán de la guardia, que respondería directamente ante el príncipe. Iba a servir y a obedecer, como cualquiera de los que estaban por allí. También tendría obligaciones propias de un ayudante. En ese caso, su superior directo iba a ser el príncipe. Las tareas que se le encomendaron parecían corresponder a una mezcla de soldado, asistente y esclavo de placer. Tendría que garantizar la seguridad del príncipe, preocuparse por su comodidad y dormir en su tienda. Damen volvió a centrar su atención completa en Radel.

—¿Dormir en su tienda?

—¿Dónde si no?

Se pasó la mano por la cara. ¿Laurent había accedido a ello? La lista continuó. Dormir en su tienda, llevar sus mensajes y atender sus necesidades. Iba a pagar por un periodo de libertad relativa con una proximidad obligada al príncipe.

Con la otra parte de su mente, Damen analizó lo que ocurría en el patio. No era un grupo grande. Cuando te alejabas del alboroto, te dabas cuenta de que habría quizá suministros para cincuenta personas armadas hasta los dientes. O quizá setenta y cinco algo menos armadas.

Los que reconoció formaban parte de la Guardia del Príncipe. La mayor parte de ellos serían leales, al menos. No todos. Estaba en Vere. Damen respiró hondo y soltó el aire poco a poco mientras se fijaba en cada uno de los rostros y se preguntaba a cuál de ellos habrían sobornado o persuadido para trabajar con el regente.

La corrupción de aquel lugar le había calado hasta los huesos. Estaba seguro de que habría una traición. Lo único que no tenía claro era de dónde iba a llegar.

Calculó cuánto costaría a nivel logístico emboscar y asesinar a esa cantidad de personas. No podía ser algo discreto, pero tampoco demasiado difícil. En absoluto.

—Seguro que falta alguien —dijo Damen.

Se lo había dicho a Jord, quien se había acercado para lavarse la cara en la bomba de agua cercana. Esa era la preocupación principal de Damen, que eran pocos.

—No. Estamos todos. Cabalgaremos a Chastillon y allí nos reuniremos con los efectivos del regente —comentó Jord. Luego añadió—: No te hagas ilusiones. Son pocos más que estos.

—No son suficiente para hacer mella siquiera en una batalla de verdad. El regente podría superarnos a razón de varios contra uno —supuso Damen.

—Sí —dijo Jord, breve.

Damen miró la cara empapada del tipo, la manera en la que colocaba los hombros. Se preguntó si la Guardia del Príncipe sabía a qué se enfrentaban. Una traición directa en el peor de los casos y meses de viaje sometidos a los hombres del regente en el mejor. La delgada línea en la que se habían convertido los labios de Jord insinuaba que sí que lo sabían.

—Me gustaría darte las gracias por lo de la otra noche —dijo Damen.

Jord lo miró sin titubear.

—Seguía órdenes. El príncipe quería que volvieses vivo, igual que ha querido que estuvieses aquí. Solo espero que sepa lo que está haciendo y que no sea como dice el regente, que cuenta que se distrae con la primera polla que se mete en la boca.

Una larga pausa después, Damen dijo:

—No sé qué pensarás, pero no me acuesto con él.

No era una nueva insinuación. Damen no estaba seguro de por qué lo irritaba tanto. Quizá por la velocidad sorprendente con la que las especulaciones del regente se habían extendido desde la sala de audiencias hasta la guardia. Las palabras parecían haber sido pronunciadas por Orlant.

—Sea como sea, le has hecho perder la cabeza. Nos envió directos a ti.

—No voy a preguntar cómo sabía dónde encontrarme.

—No mandé que fuesen a buscarte —dijo una voz impertérrita y conocida—. Los envié tras la Guardia del Regente, que estaba haciendo ruido suficiente como para despertar a los muertos, los borrachos y los que no tienen oídos.

—Alteza —dijo Jord, que se ruborizó. Damen se dio la vuelta.

—De haberlos enviado a por ti —continuó Laurent—, les habría dicho que fuiste por el único camino que conocías, por el patio de la zona de entrenamiento septentrional. ¿Me equivoco?

—No os equivocáis —dijo Damen.

La luz previa al amanecer hacía que el cabello del príncipe pasase de ser dorado a algo más claro y también más ralo; los huesos de su rostro daban la impresión de haberse vuelto tan delicados como el cálamo de una pluma. Estaba relajado y apoyado en la entrada de los establos, como si llevase allí un buen rato, lo que explicaría el color que se había apoderado del rostro de Jord. No daba la impresión de haber llegado desde palacio, sino desde uno de los establos, donde parecía haber pasado bastante tiempo ocupado con algún otro asunto. Iba ataviado con el cuero necesario para un día de viaje a caballo, un atuendo cuya seriedad neutralizaba cualquier efecto que pudiese tener en él esa delicada luz.

Damen había esperado en parte que llevase un atuendo ceremonial chabacano, pero Laurent siempre iba en contra de la opulencia de la corte. Y no necesitaba oro alguno para que se lo reconociese bajo el estandarte, tan solo el brillo al descubierto de su pelo.

El príncipe se acercó. Miró a Damen de arriba abajo y mostró un claro desagrado. Verlo con armadura parecía haber sacado a relucir algo muy desagradable de sus entrañas.

—¿Demasiado civilizado?

—Qué va —respondió Laurent.

Damen, que había estado a punto de hablar, vio la silueta familiar de Govart y se tensó de inmediato.

—¿Qué hace él aquí?

—Es el capitán de la guardia.

—¿Qué?

—Sí. Muy interesante, ¿verdad? —dijo Laurent.

—Deberíais darle una mascota para mantenerlo alejado de los demás —dijo Jord.

—No —zanjó Laurent un momento después. Se había pensado la respuesta.

—Les diré a los sirvientes que duerman con las piernas bien cerradas —comentó Jord.

—No te olvides de Aimeric —aseguró Laurent.

El otro soltó un resoplido. Damen, quien no conocía a aquel tipo en cuestión, siguió la mirada que Jord dedicó a uno de los soldados del otro extremo del patio. Cabello castaño, razonablemente joven y también razonablemente atractivo. Aimeric.

—Hablando de mascotas —dijo Laurent con un tono de voz diferente.

Jord inclinó la cabeza y se marchó, ahora que ya no tenía nada que hacer allí. Laurent se había dado cuenta de la pequeña silueta que se erguía a un lado. Nicaise, que llevaba una túnica blanca y lisa, con el rostro sin pintar, había salido al patio. Tenía los brazos y las piernas desnudos, y llevaba unas sandalias en los pies. Se abrió paso hacia ellos hasta colocarse frente a Laurent. Se quedó allí de pie y alzó la vista. El cabello del chico era poco más que una maraña caótica. Tenía unas ligeras sombras bajo los ojos, propias de una noche en vela.

—¿Has venido a despedirte? —preguntó Laurent.

—No —respondió Nicaise.

Le tendió algo al príncipe con un gesto autoritario y cargado de repugnancia.

—No lo quiero. Me recuerda a vos. —Unos zafiros idénticos, azules y transparentes, colgaban de sus dedos. Era el pendiente que había llevado en el banquete y que, sorprendentemente, había perdido en una apuesta. Nicaise lo alejaba de su cuerpo como si fuese algo fétido.

Laurent lo tomó sin decir nada y se lo guardó con cuidado entre las dobleces de su atuendo de monta. Un momento después, extendió el brazo y tocó la barbilla de Nicaise con uno de los nudillos.

—Estás mucho mejor sin toda esa pintura —dijo.

Era cierto. Sin ella, la belleza de Nicaise era como una flecha directa al corazón. Era algo que tenía en común con Laurent, pero el príncipe tenía más confianza y el aspecto de un joven que acababa de llegar al punto álgido de su vida, mientras que Nicaise hacía gala de la belleza afeminada propia de los niños de cierta edad, que no duraba mucho y que era poco probable que sobreviviese a la adolescencia.

—¿Creéis que vais a impresionarme con un cumplido? —preguntó Nicaise—. Pues no. Siempre me los hacen.

—Lo sé —dijo Laurent.

—Recuerdo la oferta que me hicisteis. Todo lo que dijisteis era mentira. Lo sabía —continuó Nicaise—. Os marcháis.

—Pero volveré —dijo Laurent.

—¿Eso creéis?

Damen sintió que se le erizaba el vello de todo el cuerpo. Volvió a recordar a Nicaise en el pasillo después del atentado contra la vida de Laurent. Resistió, no sin dificultad, las ganas de destrozar a aquel niño y hacerle escupir todos los secretos que ocultaba.

—Volveré —repitió Laurent.

—¿Y me convertiréis en vuestra mascota? —preguntó Nicaise—. Os encantaría. Os encantaría que fuese vuestro sirviente.

El alba se apoderó del patio. Los colores cambiaron. Un gorrión aterrizó en uno de los postes del establo, cerca de él, pero volvió a salir volando cuando alguien dejó caer al suelo los aperos.

—Nunca te pediría nada que te resultase desagradable —aseguró Laurent.

—Miraros ya es desagradable de por sí.

No hubo despedida cariñosa entre tío y sobrino, tan solo una ritualista e impersonal propia de las ceremonias públicas.

Fue un espectáculo. El regente iba ataviado con la túnica ceremonial y los hombres de Laurent hicieron gala de una perfecta disciplina. Bien colocados y refinados, permanecieron dispuestos en los extremos del patio mientras el regente recibía a su sobrino en lo alto de unos escalones amplios. La mañana era cálida y sofocante.

El regente colocó una especie de insignia enjoyada oficial en el hombro de Laurent y le indicó que se pusiese en pie para luego besarlo con parsimonia en ambas mejillas. Cuando el príncipe se dio la vuelta para encarar a sus hombres, la insignia relució a la luz del sol. Damen se mareó un poco al recordar con nitidez un enfrentamiento largo tiempo olvidado: Auguste había llevado la misma insignia en el campo de batalla.

Laurent montó a caballo. Los estandartes ondearon a su alrededor: brotes estelares dorados y azules. Las trompetas resonaron y la montura de Govart se encabritó a pesar del entrenamiento. Los cortesanos no eran los únicos que habían salido para ver la ceremonia. También estaban presentes los plebeyos, que se arremolinaban cerca de la puerta. Los grupos de personas que habían salido para ver a su príncipe emitieron una andanada de sonidos de aprobación. A Damen no le sorprendió que Laurent fuese popular entre los ciudadanos. Estaba a la altura de sus expectativas, con ese pelo brillante y aquel perfil arrebatador. Un príncipe dorado era fácil de querer si no tenías que verlo arrancarles las alas a las moscas. Recto y sentado sin esfuerzo alguno en la silla de montar, tenía un porte exquisito cuando no se dedicaba a matar a su montura.

Damen, a quien le habían dado un caballo tan bueno como su espada y un lugar en la formación cerca del de Laurent, se mantuvo en su lugar mientras cabalgaban. Pero, cuando pasaron junto a las murallas interiores, no pudo evitar girarse en el asiento y mirar en dirección al palacio que había sido su prisión.

Era muy bonito, con puertas altas, cúpulas, torres y unos patrones interminables e intrincados tallados en esa piedra de color crema. Iluminados por el mármol y el metal pulido, alzándose hacia el cielo, se encontraban los tejados curvos de los chapiteles que lo habían ocultado cuando lo perseguían los guardias.

No era ajeno a la ironía de la situación. Iba montado y camino de proteger al hombre que había hecho todo lo posible para aplastarlo bajo su bota. Laurent era su carcelero, peligroso y lleno de malicia. El príncipe tenía tantas posibilidades de destrozar Akielos con sus garras como su tío, pero nada de eso importaba debido a la urgencia de detener las maquinaciones del regente. Era la única manera de evitar la guerra y Damen iba a hacer todo lo que estuviese en su mano para mantener al príncipe a salvo. Lo había prometido.

Pero, después de cruzar las murallas del palacio vereciano, supo algo más. Fuera lo que fuera lo que hubiese prometido, el palacio había quedado detrás y no pensaba volver nunca.

Giró la vista hacia el camino y así dio comienzo la primera parte de su viaje. Al sur. A su hogar.

EL ENTRENAMIENTO
DE ERASMUS

Una historia de *El príncipe cautivo*

L a mañana que se despertó y sintió las sábanas pegajosas bajo su cuerpo, Erasmus no llegó a comprender en un primer momento qué era lo que había ocurrido. El sueño se desvaneció poco a poco y le dejó una impresión de calidez. Se agitó, soñoliento, con las extremidades pesadas a causa de un placer que no se había esfumado del todo. Notaba cómo la acogedora ropa de cama le rozaba la piel.

Fue Pylaeus quien tiró de las sábanas y vio las señales, para luego enviar a Delos a que hiciese sonar la campana y un mensajero a palacio, cuyas pisadas se apresuraron por el suelo de mármol.

Erasmus se revolvió para incorporarse, se bajó de la cama, se arrodilló y presionó la frente contra la piedra. No se atrevía a creerlo, pero la esperanza se había apoderado de su pecho. Cada centímetro de su cuerpo fue consciente de que habían retirado las sábanas de la cama, que las habían doblado con mucho cuidado para luego atarlas con un lazo de oro para indicar que, al fin, después de tanto tiempo, había ocurrido.

«No se puede apresurar al cuerpo», le había dicho el viejo Pylaeus en una ocasión con tono amable. Erasmus se había ruborizado al darse cuenta de que quizá las ansias se habían reflejado en su rostro. Lo había deseado todas las noches: que ocurriese antes de que saliese el sol y su cuerpo fuese un día más viejo. El anhelo que tenía de un tiempo a esta parte era de una naturaleza diferente, con un punto físico que le zumbaba por toda la carne como el vibrar de una cuerda que alguien acabase de puntear.

La campana empezó a repicar por los jardines de Nereus cuando Delos tiró de la cuerda y Erasmus se puso en pie mientras el corazón le latía desbocado para seguir a Pylaeus a los baños. Se sintió desgarbado y demasiado alto. Era mayor. Superaba en tres años al de más edad que había tomado las sedas de entrenamiento antes que él, a pesar de su deseo ferviente de que su cuerpo ofreciese lo que era necesario para demostrar que estaba listo.

En los baños, encendieron los chorros de vapor y el aire de la estancia se volvió más denso. Primero se humedeció y luego lo tumbaron en el mármol blanco para que el vapor le cubriera la piel, antes de que diese la impresión de que palpitaba con el aire perfumado. Quedó tumbado en postura de sumisión, con las muñecas cruzadas sobre la cabeza, como había practicado algunas noches solo en su habitación, como si así pudiese hacer que llegase ese momento. Las extremidades se le volvieron más maleables contra la piedra lisa de debajo.

Se lo había imaginado. Al principio con emoción, luego con afecto y, a medida que pasaron los años, con dolor. Se había imaginado bocarriba y quieto para recibir los cuidados. Se había imaginado que, al final de los rituales diarios, le atarían las cintas doradas de las sábanas alrededor de las muñecas y lo colocarían así en la camilla acolchada, con nudos tan finos que un resoplido podía llegar a ser suficiente para romperlos. Tendría que quedarse muy quieto mientras sacaban la camilla por las puertas para comenzar su entrenamiento en el palacio. Eso también lo había practicado; había presionado con fuerza las muñecas y los tobillos unos contra otros.

Salió de los baños maleable y aturdido a causa del calor, por lo que, cuando se arrodilló en la pose ritual, le resultó una postura natural, ya que tenía las extremidades dóciles y dispuestas.

Nereus, el propietario de los jardines, apartó las sábanas y todos admiraron las manchas. Los jóvenes se arremolinaron alrededor y, mientras él se arrodillaba, lo tocaron y felicitaron con alegría; lo besaron en la mejilla, le colocaron una guirnalda de campanillas alrededor del cuello y flores de manzanilla detrás de las orejas.

Cuando se lo había imaginado antes de que ocurriese de verdad, Erasmus no pensaba que fuese a sentir tanto afecto por todo: el tímido y disimulado ofrecimiento de las flores de Delos, la voz trémula del anciano Pylaeus mientras pronunciaba las palabras rituales... La partida hacía que todo le resultase muy querido de repente. Sintió de improviso que no quería permanecer allí arrodillado, sino que necesitaba levantarse y darle un fuerte abrazo de despedida a Delos, salir a toda prisa de aquel dormitorio estrecho que iba a dejar atrás por siempre, con la cama sin sábanas, las pequeñas reliquias que también iba a abandonar allí y el ramo de magnolias en flor que había en un jarrón del alféizar.

Recordó el día que la campana había repicado por Kallias, el largo abrazo que se habían dado antes de que se marchara.

«La campana sonará pronto en tu nombre. Lo sé», había dicho Kallias. «Lo sé, Erasmus».

Eso había ocurrido hacía tres veranos.

Se había demorado mucho, pero los chicos no tardaron en salir y empezaron a abrirse los cerrojos de las puertas.

Y ese fue el momento en el que el tipo entró en el pasillo.

Erasmus no se dio cuenta de que había caído de rodillas hasta que sintió el mármol frío contra la frente. La silueta recortada de aquel hombre que bloqueaba el umbral de la puerta lo había dejado allí postrado. Una sensación le recorrió las entrañas. El cabello negro que enmarcaba un rostro imponente, facciones indómitas como las de un águila. La fuerza de su interior, la curva recia de los bíceps rodeada por tiras de cuero, los músculos broncíneos de los muslos entre las tiras de las sandalias y la falda de cuero. Le dieron ganas de volver a mirar, pero no se atrevió a alzar la vista de la piedra.

Pylaeus se dirigió al hombre con la elegancia que había adquirido hacía mucho tiempo en el palacio, pero Erasmus casi no le prestó atención. Notó cómo el calor se había apoderado de su piel. No llegó a comprender las palabras que se intercambiaron Pylaeus y el recién llegado. No sabía cuánto tiempo había pasado desde que se marchó el hombre hasta que este le ordenó que alzará la vista.

—Estás temblando —dijo el anciano.

Oyó sorpresa y amabilidad en su voz.

—¿Era...? ¿Era un amo del palacio?

—¿Un amo? —La voz de Pylaeus no sonó desagradable—. Era un soldado de tu séquito al que han enviado para proteger tu camilla. Al lado de tu amo no es más que una gota en la gran tormenta que viene del océano y que hiende los cielos.

En verano hacía calor.

Las paredes, los escalones y los senderos no dejaban de calentarse bajo el cielo azul e inclemente, por lo que el mármol continuaba caliente cuando llegaba la noche, como un ladrillo que hubiesen sacado directamente del fuego. El océano, que se veía desde el patio, daba la impresión de retirarse de las rocas secas cada vez que retrocedía de los acantilados.

Los esclavos de palacio que estaban en régimen de entrenamiento hacían todo lo que podían para mantenerse frescos: cobijarse a la sombra, practicar el arte de los abanicos, entrar y salir de las aguas frescas de los baños, tumbarse con las extremidades extendidas como estrellas de mar sobre la piedra lisa y caliente junto a las piscinas al aire libre mientras un amigo, quizá, les derramaba agua fresca sobre la piel.

A Erasmus le gustaba. Le gustaba el esfuerzo adicional que lo obligaba a hacer el calor durante los entrenamientos, la concentración extra que necesitaba. Le parecía correcto que el entrenamiento en el palacio fuese más duro que en los jardines de Nereus. Era digno de la cinta dorada que llevaba a juego, que simbolizaba el collar dorado que se ganaría cuando terminasen sus tres años de entrenamiento para ser esclavo de palacio. También era digno del broche, un pequeño peso adicional en el hombro que hacía que el corazón le latiese desbocado cada vez que pensaba en él, esculpido con la forma de una pequeña cabeza de león, insignia de su futuro amo.

Acudió a las lecciones matutinas de Tarchon en una de las pequeñas salas de entrenamiento de mármol, llena de accesorios que no usó, porque, desde que salía el sol hasta que llegaba a lo más alto del cielo, se centraba en las tres formas, una y otra y otra vez. Tarchon lo corrigió con gesto impasible mientras Erasmus se afanó por seguir sus indicaciones. Al final de cada repetición decía: «Otra vez». Luego, cuando le dolían los músculos, cuando tenía el pelo empapado a causa del calor y las extremidades resbaladizas a causa de todo lo que sudaba por mantener las poses, Tarchon repetía con brusquedad: «Otra vez».

«Así que la flor más preciada de Nereus ha brotado al fin», había dicho el hombre el día de su llegada. La inspección que le hizo fue sistemática y minuciosa. Tarchon era el jefe de entrenadores. Le había hablado con tono neutro:

«Tu apariencia es excepcional. Es un accidente de nacimiento por el que no mereces elogio alguno. Ahora se te entrenará para la casa real y el aspecto no conseguirá granjearte un lugar en ella. Además, eres mayor. Más que el mayor de todos con los que he trabajado. Nereus tiene la esperanza de que uno de sus esclavos sea el elegido para entrenar para una Primera Noche, pero, en veintisiete años, solo ha conseguido uno de esos, mientras que el resto han sido mozos de baño y sirvientes de comedor».

Erasmus no había sabido qué hacer ni qué decir siquiera. Cuando llegó a la oscuridad sofocada de la camilla, había intentado permanecer inerte durante cada uno de los dolorosos latidos de su corazón. Estaba cubierto por una fina pátina de sudor provocada por el pavor de estar fuera. Al otro lado de los jardines de Nereus, esos jardines apacibles y reconfortantes que albergaban todo lo que conocía de la vida. Se había alegrado al ver las sábanas de la camilla, la tela gruesa que se había bajado para impedir el paso de la luz, que lo protegía de las miradas denigrantes del exterior. Dicha tela era todo lo que lo separaba de aquel espacio vasto e ignoto, de los sonidos ahogados y desconocidos, del ajetreo y de los gritos, de la luz cegadora cuando la retiraban.

Pero ahora los senderos del palacio le resultaban tan familiares como las rutinas del lugar y, cuando hicieron sonar la campana a mediodía, apoyó la frente contra el mármol y pronunció las palabras rituales de agradecimiento mientras las extremidades le temblaban a causa del cansancio. Después se dirigió a trompicones a las lecciones de por la tarde: idiomas, protocolos, ceremonias, masajes, lectura, canto y cítara…

La impresión consiguió que se detuviese cuando salió al patio. Se quedó allí en pie, aturdido.

Un mechón de pelo, un cuerpo inerte. Sangre en el rostro de Iphegin, tirado sobre los escalones bajos de mármol mientras un entrenador le sostenía la cabeza y otros dos se arrodillaban preocupados. Estaba cubierto por sedas de colores que parecían aves exóticas que se estuviesen alimentando.

Los esclavos en régimen de entrenamiento habían formado un corro, un semicírculo de espectadores.

—¿Qué ha ocurrido?

—Iphegin se ha resbalado en las escaleras. —Y luego la misma voz dijo—: ¿Crees que Aden podría haberlo empujado?

Era un mal chiste. Había muchos esclavos en régimen de entrenamiento, pero solo cuatro que llevasen el broche dorado, y Aden e Iphegin eran los únicos que portaban el del rey. Oyó una voz a la altura del codo.

—Apártate, Erasmus.

Iphegin respiraba. El pecho se le alzaba para luego volver a caer. La sangre le resbalaba por la barbilla y le había manchado la seda de entrenamiento del pecho. Seguro que iba de camino a las clases de cítara.

—Erasmus, apártate.

Él sintió que una mano le tocaba el brazo. Se dio la vuelta sin pensar y vio a Kallias. Los entrenadores habían empezado a levantar a Iphegin para llevarlo al interior. Seguro que en el palacio sería bien atendido por esos entrenadores preocupados y por los galenos.

—Estará bien, ¿verdad?

—No —dijo Kallias—. Le quedarán secuelas.

Erasmus nunca olvidaría cómo se sintió cuando lo había vuelto a ver. Un esclavo en régimen de entrenamiento que se levantaba después de haberse postrado frente a su entrenador, desgarradoramente encantador, con un mechón de rizos castaño oscuro y unos ojos azules muy separados. Su belleza siempre había tenido algo de intocable y sus ojos eran inalcanzables como ese cielo azul. Nereus siempre había dicho: «Todo aquel que lo mire querrá poseerlo».

La boca de Aden se torció en una mueca hacia abajo.

—Kallias, puedes fantasear con él lo que quieras. Todo el mundo lo hace. Pero él no se fijará en ti. Cree que es superior a todos los demás.

—¿Erasmus? —había dicho Kallias. Se había detenido al mismo tiempo que Aden y también lo miraba igual. Un momento después, lo rodeó con los brazos y lo apretó con fuerza, mejilla contra mejilla, que era el gesto más íntimo que permitían a los que tenían prohibido besarse.

Aden se los había quedado mirando con la boca abierta.

—Así que estás aquí —dijo Kallias—. Y eres para el príncipe.

Erasmus vio que este también llevaba un broche, pero era de oro liso sin la cabeza de león.

—Soy para el otro príncipe. Para Kastor.

Eran inseparables, tan íntimos como lo habían sido en los jardines de Nereus, como si los tres años que habían pasado separados nunca hubiesen transcurrido. «Íntimos como hermanos», decían los entrenadores con una sonrisa, porque era una idea cautivadora. Esclavos jóvenes que recordaban a la relación que tenían los príncipes que eran sus amos.

Por las noches, y en los momentos en los que no estaban entrenando, no dejaban de hablar sobre cualquier tema. Kallias lo hacía con esa voz seria y comedida, sobre todo tipo de temas y en profundidad: política, arte, mitología, y siempre conocía los mejores cotilleos de palacio. Erasmus hablaba con voz titubeante y, por primera vez, sobre sus sentimientos más íntimos, sus reacciones al entrenamiento y sus ansias por complacer.

Ahora veía la belleza de Kallias de otra manera y era consciente de que estaba muy por encima de él.

Era normal. Kallias le llevaba tres años de ventaja en el entrenamiento, aunque tuviesen la misma edad. Se debía a que la edad en la que uno toma las sedas de entrenamiento siempre es diferente y viene dada por la madurez. «El cuerpo sabe cuándo está listo».

Pero Kallias era superior a todo el mundo. Los esclavos en régimen de entrenamiento que no estaban celosos lo adoraban como a un héroe. Sin embargo, había cierta diferencia entre él y los demás. No era un engreído. Ofrecía su ayuda a los jóvenes, quienes se ruborizaban y se sentían incómodos y nerviosos. Pero nunca hablaba con ellos de verdad más allá de la cortesía. Erasmus no sabía por qué Kallias se había fijado en él, pero se alegraba. Cuando recogieron la habitación de Iphegin y le dieron su cítara a uno de los nuevos, lo único que dijo Kallias fue: «El nombre venía de Iphegenia, la más leal. Pero nadie se acordará de tu nombre si caes».

Y Erasmus había respondido, con mucha seriedad: «Tú no caerás».

Esa tarde, Kallias se recostó en la sombra y apoyó la cabeza en el regazo de Erasmus, con las piernas extendidas sobre la suave hierba. Tenía los ojos cerrados y las pestañas negras le reposaban en las mejillas. Erasmus casi no se movía. No quería molestarlo; escuchaba con atención los latidos de su corazón y notaba el peso de su cabeza sobre los muslos. No tenía muy claro qué hacer con las manos. La tranquilidad atrevida de Kallias lo alegraba y lo hacía sentir cohibido al mismo tiempo.

—Ojalá pudiéramos permanecer siempre así —dijo en voz baja.

Y luego se ruborizó. Un rizo reposaba sobre la frente lisa de Kallias. A Erasmus le dieron ganas de extender el brazo y tocarlo, pero no fue lo bastante valiente. En lugar de eso, había soltado aquel atrevimiento.

El jardín rebosaba con el calor del verano, el trino de un pájaro y el zumbido sosegado de un insecto. Vio una libélula posarse en el tallo de una planta llena de pimientos. Aquel movimiento tan lento hizo que fuese más consciente aún de Kallias.

Un momento después, dijo:

—Ya he empezado el entrenamiento para la Primera Noche.

Kallias no abrió los ojos. El corazón de Erasmus empezó a latir con fuerza de repente.

—¿Cuándo será?

—Recibiré a Kastor cuando regrese de Delpha.

Pronunció el nombre con el honorífico, como hacían todos los esclavos cuando hablaban de algún superior: su eminencia Kastor.

Nunca había tenido sentido que entrenasen a Kallias para Kastor. Pero, por alguna razón, el guardián de los esclavos reales había decretado que el mejor esclavo en régimen de entrenamiento no sería para el heredero del rey, sino para Kastor.

—¿Ansías alguna vez el broche con la cabeza de león? Eres el mejor esclavo del palacio. Si alguien merece estar en el séquito del futuro rey, ese eres tú.

—Damianos no tiene esclavos masculinos.

—A veces se…

—Tampoco tengo el mismo color de piel que tú —comentó Kallias, que abrió los ojos y rodeó uno de los mechones de Erasmus con un dedo.

Lo cierto era que su color de piel había sido trabajado con minuciosidad para que estuviese a gusto del príncipe. Le lavaban el pelo con camomila todos los días para que brillase más y estuviese más lustroso, y evitaron que le diese el sol en la piel hasta que pasó del tono dorado cremoso de su infancia en los jardines de Nereus a un blanco lechoso.

—Es la forma más absurda de llamar la atención —dijo Aden, que miraba con disgusto el pelo de Erasmus—. Un esclavo con formación real no debería llamar la atención así.

Kallias añadió más tarde:

—Aden daría lo que fuese por tener el pelo claro. Lo que más ansía en la vida es un broche real.

—No necesita uno. Está siendo entrenado para el rey.

—Pero el rey está enfermo —explicó Kallias.

Al príncipe le gustaban las canciones y los versos bélicos, que eran más difíciles de recordar que la poesía amorosa que prefería Erasmus. Y también eran más largos. Un recital completo de *La caída de Inachtos* duraba cuatro horas y el *Hypenor* duraba seis, por lo que todos los momentos que tenía libres se los pasaba recitando de memoria. «Separado de sus hermanos, se quedó muy corto en Nisos» o «Doce mil hombres centrados en un único propósito» o «Atravesó a Lamakos con la espada y consiguió una victoria implacable». Se quedaba dormido murmurando las grandes genealogías heroicas, la lista de armas y de hazañas que Isagoras había escrito en los poemas épicos.

Pero esa noche dejó que su mente divagase con otros poemas: «Aquí espero, en la larga noche», que relataba las ansias que sentía Laechthon por Arsaces, mientras le desabrochaba las sedas y sentía la brisa nocturna contra la piel.

Todo el mundo cuchicheaba sobre la Primera Noche.

No era habitual que los chicos llevasen el broche, que aseguraba un puesto permanente en el séquito de un integrante de la familia real. Pero también significaba mucho más. Obviamente, si alguien de la realeza se fijaba en él, cualquier esclavo podía llegar a servirle. Pero el broche garantizaba la Primera Noche, en la que presentaban al esclavo en el lecho real.

Los que lo llevaban tenían los mejores aposentos, el entrenamiento más estricto y los primeros privilegios. Los que no lo tenían soñaban con conseguirlo y trabajaban día y noche para ser dignos de él. En los jardines masculinos, Aden no dejaba de repetir que era casi imposible entre el agitar de su cabello castaño. En los femeninos, los broches eran más comunes, claro. Los gustos del rey y de sus dos hijos eran bien predecibles.

Y desde el nacimiento de Damianos no había reina que eligiese esclavos para su séquito. Hypermenestra, la concubina permanente del rey, tenía todos los derechos y esclavas propias de su puesto, pero Aden decía que era demasiado astuta como para meter en la cama a alguien que no fuese el rey. El susodicho tenía diecinueve años y el último año de su entrenamiento hablaba de la Primera Noche con sofisticación.

Tumbado entre las sábanas, Erasmus era consciente de la reacción de aquel cuerpo que no podía tocar. Solo los que tuviesen un permiso especial podían tocarlo allí, lavarlo en los baños. Era algo que le gustaba algunos días. Le gustaba ansiarlo. Le gustaba la sensación de negarse algo para satisfacer a su príncipe. Lo hacía sentir estricto, virtuoso. Otros simplemente lo ansiaban. Era algo irracional que hacía que la obediencia y el sacrificio se intensificasen; le daban ganas de rendirse, pero también de obedecer, y quedaba muy confundido. La idea de tumbarse intacto en una cama y que el príncipe entrase en la habitación... Era un pensamiento arrollador que lo sobrecogía.

No lo habían instruido al respecto, por lo que no tenía ni idea de cómo iba a ser. Sabía que al príncipe le gustaba, claro. Sabía cuál era su comida favorita, la que seguramente le pusiesen en la mesa. También conocía su rutina de las mañanas, la manera en la que le tenía que cepillar el pelo o sus masajes preferidos.

Sabía... Sabía que el príncipe tenía muchos esclavos. Los sirvientes hablaban al respecto con aprobación. El hombre tenía unos apetitos saludables y llevaba amantes a sus aposentos con asiduidad, tanto esclavos como nobles, cuando sentía la necesidad. Era algo bueno. Mantenía muchas relaciones, y un rey debía tener un gran séquito.

También sabía que los gustos del príncipe eran volubles, que siempre había algo nuevo que llamaba su atención, pero que cuidaba y mantenía a sus esclavos cuando perdía el interés y se centraba en nuevas conquistas.

También sabía que, cuando quería estar con un hombre, el príncipe rara vez usaba esclavos. Era más habitual que llegara de la arena con la sangre aún bulléndole en las venas tras elegir a uno de los luchadores de aquel día. Uno de los gladiadores de Isthima había durado doce minutos en un enfrentamiento con el príncipe antes de rendirse y luego habían pasado juntos seis horas en sus aposentos. Erasmus también había oído esos rumores.

Y, como era de esperar, el príncipe solo tenía que señalar a uno de los luchadores para que estos se rindiesen a él como si de esclavos se tratara, ya que era el hijo del rey. Erasmus recordó al soldado que había visto en los jardines de Nereus y visualizó al príncipe montándolo, una imagen maravillosa. No fue capaz de imaginarse un poder así. Y luego pensó: «El príncipe me tomará así» y un intenso estremecimiento le recorrió todo el cuerpo.

Juntó las piernas. ¿Qué se sentiría al ser el receptáculo de todo el placer del príncipe? Se llevó una mano a la mejilla y la sintió caliente, ruborizada mientras se tumbaba en la cama, expuesto. La brisa parecía seda y los rizos se le agitaban como hojas por la frente. Se los apartó y hasta ese gesto le pareció demasiado sexual, como si se moviese a cámara lenta debajo del agua. Después levantó las muñecas por encima de la cabeza y se imaginó que las tenía atadas y que su cuerpo quedaba a merced del príncipe. Cerró los ojos. Pensó en cómo el peso hundiría el colchón, en una silueta inconclusa que era el soldado que había visto perfilado sobre él, en las palabras de un poema: «Arsaces desatado».

La noche del festival de fuego, Kallias cantó la balada de Iphegenia, quien había amado tanto a su amo que esperó por él, aunque sabía a qué se atenía por hacer algo así. Erasmus sintió cómo las lágrimas le caían por las mejillas. Terminó el recital y paseó por los jardines oscuros, donde la brisa fresca soplaba el aroma de los árboles. No le importó que la música se alejase cada vez más, ya que necesitaba ver el océano cuanto antes.

Era diferente a la luz de la luna, negro e ignoto, pero sintió frente a sí la vastedad de su amplitud. Lo contempló desde una balaustrada de piedra que había en el patio y notó el viento impetuoso en la cara, como si el océano fuese una parte de sí mismo. Oyó las olas y se las imaginó rompiendo contra su cuerpo, mojándole las sandalias mientras la espuma se arremolinaba a su alrededor.

Nunca antes había sentido ese anhelo, ese atrevimiento, y se percató de que la silueta familiar de Kallias se acercaba a él por detrás. Pronunció por primera vez las palabras que pujaban por salir de su garganta:

—Me gustaría que me llevasen al otro lado del océano. Quiero ver otras tierras. Quiero ver Isthima y Cortoza. Quiero ver el lugar donde Iphegenia esperó, el gran palacio que Arsaces regaló a un amante —dijo, imprudente. El deseo se apoderó de él—. Me gustaría sentir lo que se siente al…

—Al vivir en el mundo —terminó Kallias.

No era lo que Erasmus había querido decir, pero lo miró y se ruborizó. Y en ese momento también vio algo diferente en el otro esclavo, cuando este se colocó a su lado y se apoyó en la balaustrada de piedra mientras contemplaba el océano.

—¿Qué pasa?

—Kastor ha regresado de Delpha antes de lo esperado. Mañana será mi Primera Noche.

Erasmus se fijó en Kallias y vio la expresión distante de su rostro al mirar el agua, como si contemplase un mundo que él no era capaz de imaginar siquiera.

—Me esforzaré —se oyó decir Erasmus entre titubeos—. Me esforzaré mucho para estar a tu altura. En los jardines de Nereus me prometiste que nos volveríamos a ver y ahora yo te lo prometo aquí. Iré al palacio. Te agasajarán, tocarás la cítara en la mesa del rey todas las noches y Kastor estará siempre contigo. Serás magnífico. Nisos escribirá canciones sobre ti y todas las personas del palacio te mirarán y envidiarán a Kastor.

Kallias no dijo nada y el silencio se alargó hasta que Erasmus se quedó cohibido por las palabras que acababa de pronunciar. Luego, aquel habló en voz baja:

—Ojalá tú fueses mi primera vez.

Sintió el golpe de las palabras contra el cuerpo, como si de pequeñas explosiones se tratara. Fue como si estuviese tumbado en el camastro, tal y como había hecho en su pequeña habitación, ofreciéndole sus ansias. Separó los labios y no brotó de ellos sonido alguno.

—¿Quieres…? ¿Quieres rodearme el cuello con los brazos? —dijo Kallias.

Sintió los latidos lacerantes de su corazón. Unos versos le vinieron a la mente:

Nos abrazamos entre las columnatas de los pasillos.
Su mejilla contra la mía,
una felicidad que hacía miles de años que no sentía.

Erasmus apoyó la frente contra la de Kallias.

—Erasmus —dijo el otro, vacilante.

—Tranquilo. Todo irá bien mientras no…

Sintió los dedos de Kallias en las caderas. Fue un roce delicado e inevitable que no alteró el espacio que los separaba, pero fue como si se hubiese cerrado un círculo. Los brazos de Erasmus alrededor del cuello de Kallias; los dedos de este en sus caderas. El ambiente entre ambos se volvió cargado y confuso. Entendió por qué esos tres lugares de su cuerpo le estaban prohibidos cuando empezó a notar en ellos un escozor.

No fue capaz de abrir los ojos y sintió que el abrazo se intensificaba, mejilla contra mejilla, frotándose a ciegas, dejándose llevar por la sensación. Por unos instantes sintió…

—¡No podemos hacerlo!

Fue Kallias quien lo apartó con un grito ahogado. Había empezado a jadear a medio metro de distancia, doblado sobre sí mismo, mientras una brisa agitaba las hojas de los árboles y estas se movían de un lado a otro, con el océano bullendo a mucha distancia bajo ellos.

La mañana de la ceremonia de la Primera Noche de Kallias comió albaricoques.

Estaban partidos en mitades pequeñas y redondas, y habían madurado lo justo para que el sabor intenso diese lugar a una dulzura perfecta. Albaricoques, higos rellenos de pasta de almendras y miel, cuñas de queso salado que se deshacían en la lengua. Comida festiva para todo el mundo. Las ceremonias de la Primera Noche eclipsaban cualquier cosa que hubiese visto en los jardines de Nereus. Eran el punto álgido de la carrera de cualquier esclavo. Y, en mitad de todo, Kallias con la cara pintada y el collar de oro alrededor del cuello. Erasmus lo miró desde la distancia y se rindió a la promesa que le había hecho. Kallias actuó a la perfección durante la ceremonia, tal y como se esperaba de él.

—Es perfecto para un rey —dijo Tarchon—. Siempre me cuestioné la decisión de Adrastus a la hora de entregarlo a Kastor.

«Tu amigo es una maravilla —le susurraron los sirvientes la mañana después. Y no dejaron de hacerlo durante semanas—. Es la joya de la casa de Kastor. Toca la cítara todas las noches durante la cena y ha eclipsado a Ianessa. El rey lo codiciaría si no estuviese enfermo».

Aden lo zarandeó para despertarlo.

—¿Qué ha pasado? —Erasmus se frotó los ojos, somnoliento. Aquel estaba arrodillado junto a su estrecho camastro.

—Ha venido Kallias. Tenía que hacer un recado para Kastor. Quiere verte.

Fue como un sueño, pero se apresuró para ponerse las sedas y se las colocó lo mejor que pudo.

—Ven rápido —insistió Aden—. Te espera.

Erasmus salió al jardín detrás de él y atravesaron el patio en dirección a los senderos que serpenteaban entre los árboles. Era más de medianoche y los jardines estaban tan silenciosos que se oía el suave murmullo del océano. Notó la tierra del camino bajo los pies desnudos. A la luz de la luna, vio una figura esbelta y familiar que contemplaba el agua más allá de los altos acantilados.

Casi ni se percató de que Aden se había quedado atrás. Las mejillas de Kallias estaban cubiertas de pintura, así como las pestañas. Tenía un lunar en la parte alta de un pómulo que atraía la atención hacia sus enormes ojos azules. Pintado así era probable que acabase de terminar con unos entretenimientos en el palacio o que viniese de la casa de Kastor, de sus aposentos.

Nunca lo había visto tan perfecto, iluminado por la luna y por el resplandor de las estrellas que se proyectaba en la superficie del mar.

—Me alegro mucho de verte, de que hayas venido —dijo Erasmus, que se sintió feliz, pero cohibido de repente—. Siempre les pido a mis sirvientes que me cuenten cosas de ti. Y yo intento recordar lo que me ocurre para poder contártelo algún día.

—¿En serio? —preguntó Kallias—. ¿Te alegras de verme?

Su voz tenía un tono algo extraño.

—Te he echado de menos —dijo Erasmus—. No hemos hablado desde… esa noche. —Oyó el ruido del agua—. Esa noche en la que…

—¿Intentaste probar unas mieles que eran del príncipe?

—¿Kallias? —preguntó Erasmus.

El susodicho rio, un sonido irregular.

—Repíteme que estaremos juntos, que servirás al príncipe y yo a su hermano. Cuéntame cómo será.

—No lo entiendo.

—Pues te lo voy a explicar —dijo Kallias y luego lo besó.

Erasmus se quedó de piedra. Notó los labios pintados presionados contra los suyos y la fuerza de los dientes y la lengua dentro de la boca. El cuerpo empezó a rendirse a él, pero su mente gritaba y sintió que el corazón le iba a estallar.

Estaba aturdido y se tambaleó mientras se apretaba la túnica contra el cuerpo para evitar que se le cayese. Kallias se encontraba a dos pasos de distancia y sostenía el broche dorado de Erasmus en la mano tras habérselo arrancado de la ropa.

Ese fue el momento en el que comprendió lo que habían hecho, mientras los labios no dejaban de latirle a causa de una herida y empezaba a sentir cómo el suelo se abría bajo sus pies. Se quedó mirando a Kallias.

—Ya no puedes servir al príncipe. Estás mancillado. —Fueron palabras bruscas y aserradas—. Estás mancillado. Podrías frotarte durante horas, pero jamás conseguirás limpiarlo.

—¿Qué está pasando aquí?

Era la voz de Tarchon. Aden estaba allí de repente junto a él y Kallias dijo.

—Me ha besado.

—¿Eso es cierto? —Tarchon le agarró el brazo con firmeza, con tanta fuerza que le hizo daño.

«No lo entiendo», había dicho Erasmus, y seguía sin entenderlo incluso cuando oyó que Aden decía:

—Es cierto. Kallias ha intentado apartarlo de un empujón.

—Kallias —dijo Erasmus, pero Tarchon le levantó la cara por la barbilla para colocarla a la luz de la luna, momento en el que le vio un manchurrón de carmín en los labios, rojos como los llevaba Kallias.

—Me aseguró que no podía dejar de pensar en mí —dijo este—, que quería estar conmigo y no con el príncipe. Yo le dije que se equivocaba, pero él insistió en que le daba igual.

—Kallias —repitió Erasmus.

Tarchon empezó a zarandearlo.

—¿Cómo has podido hacer algo así? ¿Acaso querías hacerle perder el puesto por el que se ha esforzado? Lo único que has conseguido es hundirte a ti. Has tirado por la borda todo lo que te han concedido, el trabajo de muchas personas, el tiempo y la atención que se te ha regalado. Nunca servirás dentro de esos muros.

Intentó buscar con la mirada los ojos de Kallias, pero estos eran una pared impasible e intocable.

Tres días de confinamiento mientras los entrenadores entraban y salían sin dejar de hablar de lo que le esperaba. Y luego lo impensable.

No hubo testigos. No hubo ceremonia. Le pusieron un collar dorado alrededor del cuello y lo vistieron con las sedas de esclavo que no se había ganado, que no merecía.

Se había convertido en un esclavo de pleno derecho, dos años antes, y lo iban a enviar fuera de allí.

No empezó a temblar hasta que lo metieron en una estancia de mármol blanco en un rincón desconocido del palacio. Oyó extraños ecos, como si se encontrara en una caverna enorme y llena de agua. Intentó echar un vistazo a su alrededor, pero las figuras ondeaban como la llama de una vela detrás de un cristal esmerilado.

Aún sentía el beso, lo violento que había sido y los labios hinchados.

Pero empezó a ser consciente poco a poco de que el ajetreo de la estancia se debía a un propósito más elevado. Había otros esclavos en régimen de entrenamiento con él en la habitación. Reconoció a Narsis y a Astacos. El primero tenía unos diecinueve años y un temperamento simple pero agradable. Nunca iba a llevar el broche, pero quizá llegase a convertirse en un magnífico sirviente de mesa o incluso en un entrenador, algún día, debido a su paciencia con los jóvenes.

El ambiente se había enrarecido y se oían escándalos por aquí y por allá en el exterior. El vaivén de las voces pertenecía a hombres libres, amos en cuya presencia no se le había permitido estar antes.

—Llevan así toda la mañana —susurró Narsis—. Nadie sabe qué ha ocurrido. Hay rumores… Soldados que han entrado en el palacio. Astacos dice que ha visto a unos soldados hablando con

Adrastus para pedirle los nombres de todos los esclavos que pertenecían a Damianos. Se han llevado a todos los que tenían el broche con el león. Creíamos que estarías con ellos y no aquí con nosotros.

—Pero ¿dónde estamos? ¿Por qué nos han...? ¿Por qué nos han traído aquí?

—¿No lo sabes? Vamos a cruzar el mar. Somos doce y otras doce esclavas.

—¿Vamos a Isthima?

—No, seguiremos por la costa. En dirección a Vere.

Los sonidos del exterior parecieron incrementarse durante unos instantes. Se oyó un repiqueteo metálico que no fue capaz de interpretar. Otro. Miró a Narsis en busca de respuestas, pero vio su expresión confundida. Erasmus se sintió estúpido al pensar que seguro que Kallias sabía lo que estaba ocurriendo y que tendría que preguntarle. En ese momento, empezaron los gritos.

AGRADECIMIENTOS

Este libro tuvo su origen gracias a una serie de conversaciones telefónicas nocturnas de los lunes por la noche con Kate Ramsay, quien en un momento dado dijo: «En mi opinión, esta historia va a ser más larga de lo que crees». Gracias, Kate, por ser una gran amiga cuando más lo necesitaba. Siempre recordaré el ruido de aquel teléfono destartalado que sonaba en mi pequeño apartamento de Tokio.

Tengo una gran deuda con Kirstie Innes-Will, mi increíble amiga y editora, quien leyó incontables manuscritos y pasó horas y horas mejorando la historia. No puedo expresar con palabras lo que su ayuda significó para mí.

Anna Cowan no es solo una de mis escritoras favoritas, sino que también me ayudó mucho con la historia gracias a sus tormentas de ideas y sus magníficos comentarios. Muchas gracias, Anna. Sin ti, esta historia no sería lo que es.

También me gustaría dar las gracias a mi grupo de escritura: Isilya, Kaneko y Tevere, por todas vuestras ideas, vuestros comentarios, sugerencias y apoyo. Tengo la gran suerte de tener maravillosas amigas escritoras como vosotras en mi vida.

Finalmente, a todos los que han formado parte de la experiencia *online* de *El príncipe cautivo*. Gracias a todos por vuestra generosidad y vuestro entusiasmo, y también por darme la oportunidad de escribir un libro como este.